BIBLIOTHÈQUE SCIENTIFIQUE CONTEMPORAINE

LES PROBLÈMES

DE

LA BIOLOGIE

PAR

TH. HUXLEY

Membre de la Société royale de Londres
Correspondant de l'Institut de France

PARIS

LIBRAIRIE J.-B. BAILLIÈRE ET FILS

19, RUE HAUTEFEUILLE, près du boulevard Saint-Germain

—

1892

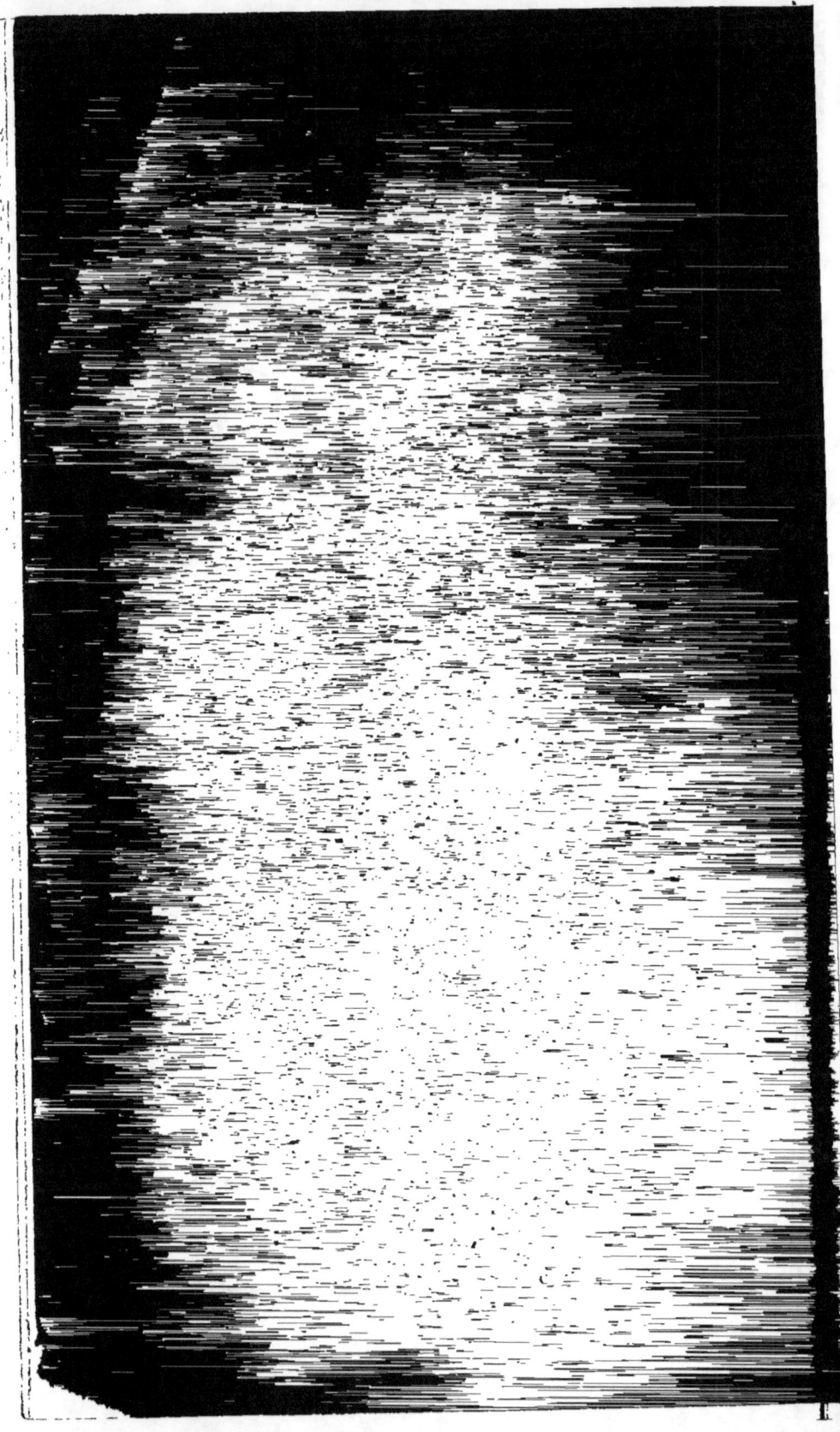

BIBLIOTHÈQUE SCIENTIFIQUE CONTEMPORAINE

LES PROBLÈMES
DE LA BIOLOGIE

Tours, imp. Deslis Frères, rue Gambetta, 6.

LES PROBLÈMES

DE

LA BIOLOGIE

PAR

TH. HUXLEY

Membre de la Société royale de Londres
Correspondant de l'Institut de France

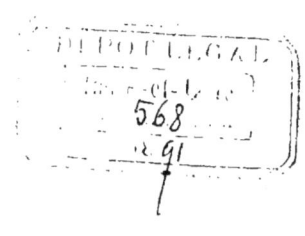

PARIS

LIBRAIRIE J.-B. BAILLIÈRE ET FILS

19, RUE HAUTEFEUILLE, près du boulevard Saint-Germain

—

1892

LES PROBLÈMES

DE

LA BIOLOGIE

I

L'ÉTUDE DE LA BIOLOGIE [1]

Je dois vous entretenir de l'étude de la biologie. Peut-être y a-t-il ici des esprits à qui cette étude est très familière ; mais je sais par expérience que je pourrais commettre une erreur grave si j'étendais cette supposition à tout l'auditoire. Imaginons plutôt la distinction suivante : quelques-uns d'entre vous voudraient savoir ce que c'est que la biologie ; d'autres, instruits sur ce point, seraient heureux de connaître l'utilité de cette science ; d'autres encore, éclairés à ce double point de vue, désirent apprendre la meilleure manière d'étudier la biologie et, enfin, le moment le plus favorable de s'y appliquer. Je tâcherai de résoudre ces quatre questions : objet de la biologie, son utilité, sa vraie méthode, sa place dans l'ordre des études.

[1] Conférence du Muséum de South Kensington, traduction de la *Revue scientifique*, 30 mars 1878, reproduite avec l'autorisation de M. Charles Richet.

I. — En premier lieu, qu'est-ce que la biologie ? Il
y a, je crois, des gens qui s'imaginent que c'est là un
terme forgé à plaisir, un néologisme substitué à la
dénomination connue d'*histoire naturelle*; j'essayerai
de prouver le contraire. Ce mot exprime une science
qui, se développant depuis deux cents ans, s'est défini-
tivement constituée voilà un demi-siècle.

A l'époque de la Renaissance, la science était par-
tagée en deux sections : *science de la nature* et *science
de l'homme*. Une certaine opinion avait cours alors
et subsiste même encore aujourd'hui en grande par
tie : on croyait à une espèce de contraste brusque,
pour ne pas dire antagonisme, entre la nature et
l'homme ; ces deux forces n'ont guère, pensait-on, de
rapport entre elles, hors les cas nombreux où l'une se
déchaîne contre l'autre. C'est sans doute un des mérites saillants de nos grands philosophes du xviie siècle
que d'avoir reconnu une méthode scientifique, applicable et à l'homme et à la nature ; néanmoins cette
démarcation profonde creusée entre la nature et
l'homme se rencontre dans les œuvres de Bacon et de
Hobbes de Malmesbury. J'ai apporté ici ce livre
remarquable, aujourd'hui si peu connu, malgré son
importance, *le Léviathan*, dans l'intention de vous
exposer sous la forme admirablement nette et claire
de Thomas Hobbes les vues de ce philosophe en cette
matière.

« Le registre de la connaissance des faits, dit-il,
s'appelle l'histoire, et se divise en deux parties : 1° l'histoire naturelle, qui a pour objet les faits ou phéno-

mènes de la nature, sur lesquels la volonté humaine n'a point prise, commé, par exemple, l'histoire des métaux, celle des plantes, des animaux ou des contrées, etc.; 2° l'histoire politique qui expose les actes volontaires des hommes organisés en cités. »

Ainsi la science historique formait deux grandes divisions : l'histoire naturelle, l'histoire politique. La Société royale se fondait vers le temps où Hobbes composait cet ouvrage, qui parut en 1651 ; elle s'appelait *Société pour l'avancement des connaissances naturelles*, titre presque équivalent à celui de *Société pour l'avancement de l'histoire naturelle*. Avec le temps, les différentes branches de la science humaine prirent un développement distinct, et quelques-unes parurent se prêter mieux que les autres aux démontrations précises et mathématiques. Newton publie ses *Principes* et imprime à la physique une vive impulsion qui, sans exemple dans le passé, ne se renouvellera peut-être point dans l'avenir ; il fait voir que la précision mathématique est applicable aux sciences comme l'astronomie, à celles que nous rangeons aujourd'hui dans l'ordre des sciences physiques, qui occupent une portion considérable du domaine compris autrefois sous le nom d'histoire naturelle. Grâce à la méthode, tour à tour déductive ·et expérimentale, que Newton et d'autres savants imposèrent à ces sciences en particulier, les phénomènes de la nature qui constituent leur objet paraissaient susceptibles d'explication ; dès lors on les rattachait à ce qu'on désignait sous le nom de *philosophie ;* quant à ceux que n'embrassait point l'astronomie, on les comprit sous le nom de *philosophie naturelle*, auquel Bacon avait donné un sens beaucoup plus étendu.

Plus tard, on voit d'autres branches de la science naître et se développer. La chimie acquiert une forme déterminée ; astronomie, philosophie naturelle, chimie, toutes ces sciences étant ouvertes à la méthode expérimentale ou mathématique exclusive ou non, on créa une division très nette dans le domaine appelé antérieurement *histoire naturelle;* on distingua les sciences expérimentales et les sciences d'observation ; dans ces dernières, on considérait comme difficile l'emploi des expériences, et comme impossible l'usage des procédes mathématiques.

Dès ce moment le vieux nom *d'histoire naturelle* demeura attaché aux phénomènes qui ne souffraient point de démonstration mathématique ni expérimentale, je veux dire les phénomènes de la nature classés aujourd'hui sous les dénominations générales de *géographie physique, géologie, minéralogie, botanique, zoologie.* C'est dans ce sens qu'il était entendu des grands écrivains du milieu du dernier siècle, Buffon et Linné : de l'un dans l'ouvrage imposant : *Histoire naturelle générale;* de l'autre, dans le monument splendide : *Systema naturæ.* Les sujets qu'ils traitent sont désignés sous le nom *d'histoire naturelle;* eux-mêmes s'appelaient et étaient appelés *naturalistes.* Vous le remarquerez, ces termes n'avaient pas, à l'origine, la même signification ; leur sens s'était bien éloigné de leur sens primitif.

La portée qu'avait le mot *d'histoire naturelle* à l'époque dont je vous parle a, dans une certaine mesure, subsisté jusqu'à nos jours. Actuellement, il y a dans quelques-unes de nos universités du Nord des chaires d'*histoire politique* et *d'histoire naturelle,* et cette dernière dénomination répond exactement au sens que lui attribuaient Hobbes et Bacon. Le malheureux titulaire de la chaire d'histoire naturelle est ou était censé développer dans ces cours un vaste programme comprenant la géologie, la minéralogie, la zoologie et peut-être aussi la botanique.

La science a fait, vous le savez, de merveilleux progrès dans la seconde moitié du dernier siècle et au commencement du nôtre ; aussi des penseurs se sont pris à remarquer que l'expression d'*histoire naturelle* embrassait des matières essentiellement différentes. Par exemple, la géologie et la minéralogie étaient, à certains égards, très distinctes de la zoologie et de la botanique ; on pouvait acquérir une connaissance étendue de la structure et des fonctions des plantes et des animaux, sans avoir besoin d'entrer dans l'étude de la géologie et de la minéralogie, et *vice versa.* Puis, grâce au progrès des connaissances, on vit une grande analogie, une alliance très étroite entre la botanique et la zoologie, qui traitent des êtres vivants et qui ont avec les autres sciences des rapports relativement éloignés. On doit faire observer, à l'honneur de Buffon, qu'il a nettement reconnu ce fait capital.

« Ces deux sortes d'êtres organisés (les animaux et les végétaux), dit-il, ont beaucoup plus de propriétés communes que de différences réelles. »

Aussi ne doit-on pas s'étonner si, au commencement de notre siècle, dans deux pays différents, deux hommes illustres, sans aucune communication entre eux, du moins à ma connaissance, ont simultanément conçu l'idée de réunir en un seul tout les sciences qui ont pour objet les êtres organisés et de les soumettre à la même méthode. En réalité, trois penseurs se sont rencontrés qui ont eu cette idée en même temps ; deux l'ont appliquée plus ou moins, un seul l'a mise en pratique d'une façon complète. Les savants en question étaient l'éminent physiologiste Bichat et le grand naturaliste Lamarck, en France, et, en Allemagne, un esprit distingué, Tréviranus. Bichat [1] admet un groupe spécial de sciences physiologiques. Lamarck, en 1801 [2], fait usage le premier du terme de *biologie* dérivé de deux mots grecs et signifiant discours sur la vie et les êtres vivants. Vers la même époque, Tréviranus apercevait l'unité essentielle et fondamentale de toutes ces sciences qui traitent de la matière organisée, et la nécessité d'une même étude qui les embrassât toutes à la fois ; en 1802, il faisait paraître le premier volume d'un ouvrage qu'il appelait également *Biologie*. Le grand mérite de Tréviranus est d'avoir donné suite à son idée et édifié cette œuvre si remarquable. Elle forme six volumes, auxquels l'auteur a consacré vingt années de travail, de 1802 à 1822.

Telle est l'origine du mot *biologie ;* voilà comment

[1] Voir la distinction entre les *sciences physiques* et les *sciences physiologiques* dans l'*Anatomie générale*, 1801.
[2] Lamarck, *Hydrogéologie*, an X (1801).

des esprits nets et amis des classifications solides en sont venus à remplacer ce vieux terme embrouillé d'*histoire naturelle* qui avait reçu tant d'interprétations, par celui de *biologie* qui exprime l'ensemble des sciences traitant des êtres vivants, animaux ou plantes.

Il y a peu de temps, une docte personnage des écoles, le docteur Field de Norwich, m'a fait les honneurs d'une thèse, dans laquelle il s'efforçait de prouver que, au point de vue philologique, Tréviranus et Lamarck n'ont eu aucunement le droit de fabriquer le nouveau mot de *biologie* pour le dessein qu'ils avaient en vue, car le mot grec *bios* n'a rapport qu'à la vie humaine et aux affaires humaines ; les Grecs employaient une autre expression quand ils voulaient parler de la vie animale ou végétale. Ainsi, selon le docteur Field nous avons tort d'employer le mot *biologie*, et nous devrions nous servir d'un autre ; seulement il n'est pas tout à fait sûr du sens de celui qu'il propose à la place. C'est le mot tant soit peu rébarbatif de *zootocologie*.

Je regrette que nous ayons tort, car nous continuerons probablement l'abus. En pareil cas, nous devons avoir une sorte de *Statuts de prescription*. Un nom est employé durant un demi-siècle, des personnages qui font autorité [1] s'en servent, le sens en est par-

---

[1] « Le mot *biologie*, qui exprime d'une manière exacte ce que nous voulons dire, *la science de la vie*, a été souvent employé et ne laisse pas depuis d'être répandu dans tous les bons ouvrages. » Whewell, *Philosophie des sciences inductives*, vol. I, p. 544, édition de 1847.

faitement compris ; il y a grande chance que le public le conserve, malgré tout le poids d'une objection philologique.

Nous voilà édifiés sur l'origine du mot *biologie*. Quelle en est maintenant la valeur et la portée ? Je l'ai dit : dans son sens technique et rigoureux, ce mot désigne tous les phénomènes manifestés par les êtres vivants, abstraction faite des êtres inorganisés, définition qui va de soi, tant que nous nous bornons aux plantes et aux animaux inférieurs ; mais nous sommes acculés à de grandes difficultés quand nous nous élevons aux formes supérieures de la vie. Quel que soit le point de vue sous lequel on considère la nature de l'homme, ce qui est parfaitement certain, c'est qu'il est une créature vivante. Dès lors, si notre définition est interprétée rigoureusement, nous devons faire entrer l'homme, avec ses habitudes et ses actes dans le domaine de la biologie qui, partant, embrasserait la psychologie, la politique et l'économie politique, c'est-à-dire que l'histoire politique ou civile serait englobée dans l'histoire naturelle.

La saine logique autoriserait cette conséquence que les objections ne peuvent guère refouler ; assurément, les lignes primitives, l'esquisse de nos propres modes intellectuels se reproduisent dans les animaux inférieurs, qui ont leur économie, leur police. Or, de l'aveu général, la monarchie des abeilles et la république des loups rentrent dans le cadre des études biologiques ; il serait donc difficile de n'y pas renfermer les actions humaines ; celles-ci ressemblent par bien des côtés à la conduite de l'abeille dans la poursuite des richesses, et ne laissent pas de présenter une certaine analogie avec les procédés du loup. Ce qui est certain, c'est que nous, biologistes, formons une race de bonne composition ; comme il y a, sans exagération, à peu près un quart de million d'espèces d'animaux et de plantes à étudier, nous trouvons le terrain plus que suffisant. Par une sorte de consentement tacite, nous abandonnons un coin d'exploitation à une certaine science, que Bacon et Hobbes auraient désignée sous le nom d'*histoire politique*, et qui s'est constituée sous celui de *sociologie*, je puis user d'une expression qui, à présent, sera très bien comprise, et dire que nous avons accordé à cette province biologique l'autonomie ; mais, qu'il vous en souvienne, c'est un sacrifice, et n'allez pas être surpris de voir d'aventure un biologiste passer, en apparence, outre les problèmes de philosophie ou de politique, ou se mêler lui-même d'éducation humaine, car c'est une partie de son domaine dont il a fait volontiers l'abandon.

II. — Ayant défini le sens du mot *biologie* et indiqué l'étendue de la science biologique, j'arrive à ma deuxième question : pourquoi étudier la biologie ? Peut-être viendra-t-il un temps où cette question semblera bien étrange ; que nous, créatures vivantes, ne nous intéressions pas dans une certaine mesure à ce qui constitue notre vie, cela pourra, une fois modifiées les idées relatives aux objets les plus dignes de l'attention humaine, paraître un phénomène singulier; quant à présent, si j'en juge par l'enseignement et l'éducation actuels, il semblerait que c'est une matière

qui ne nous concerne point du tout. J'ai l'intention
de vous soumettre quelques considérations avec lesquelles plusieurs de mes auditeurs, je le sais, sont
déjà très familiarisés ; elles suffiront à démontrer,
non pas d'une manière complète, car une démonstration complète exigerait une foule de conférences,
que des raisons excellentes et essentielles nous
engagent à cultiver tant soit peu cette branche de la
science humaine.

Je partage entièrement cette seconde opinion du
philosophe de Malmesbury : « Toute spéculation a
pour but l'accomplissement d'un acte ou d'un ouvrage. » Non, je ne porte un bien grand respect ni
un grand intérêt à la science pure et stérile. Je juge
de la valeur des études humaines par l'influence
qu'elles exercent sur les intérêts humains, en un mot,
par leur utilité ; seulement il est nécessaire que nous
comprenions bien clairement ce dernier mot. Dans la
bouche d'un Anglais, il signifie d'ordinaire le moyen
par lequel nous acquérons le bien-être ou la gloire,
ou ces deux choses à la fois. Voilà une manière d'entendre ce mot, mais cette interprétation n'en embrasse
pas toute la portée. A mon avis, la connaissance en
chaque matière est utile dans la mesure selon laquelle
elle tend à donner au public des idées justes, d'où
dépend la rectitude des actions, et à écarter les idées
fausses, qui ne sont pas le fondement le moins
notable et la source la moins féconde de tous les
écarts dans la pratique. Comme en dépit des assertions de la masse des gens positifs, le monde est, après
tout, absolument gouverné par les idées, et très sou-

vent par les idées les plus extravagantes et les plus
téméraires, il importe au plus haut point que nos
théories, même celles qui se rapportent aux objets les
plus éloigneés de notre vie journalière, soient vraies
autant que possible et autant que possible exemptes
d'erreur. Ce n'est pas au point de vue pratique le
plus grossier, mais dans le plus beau et le plus large
sens du mot utilité que je mesure la valeur de l'étude
de la biologie par ses applications. Je tâcherai de
vous le faire voir : nous avons besoin de notions biologiques en mainte circonstance de la vie actuelle,
au XIXe siècle. Par exemple, beaucoup d'entre nous
attachent une grande importance à l'idée que nous
nous faisons de la position de l'homme au sein de
l'univers et de ses rapports avec le reste de la nature.

Selon le langage que nous avons presque tous entendu tenir, et selon la tradition que beaucoup d'entre
nous ont reçue, l'homme occupe dans la nature une
place isolée et particulière, il est au monde sans être
du monde ; les objets qui l'environnent sont marqués
d'un autre caractère ; son origine est récente, et sa
durée probablement courte ; il est le grand centre
autour duquel gravite le reste de l'univers. Ce n'est
pas là ce que nous disent les biologistes.

Pour le moment, veuillez, je vous prie, faire abstraction de ma personne. Il n'est pas absolument
nécessaire que je me fasse, en ce moment, l'avocat
de leurs idées. Je ne dis pas cela dans le but d'éluder
la responsabilité de leurs opinions, car, en d'autres
temps et lieux, je le pense, j'ai donné la preuve du
contraire ; mais je tiens à ce que vous sachiez bien

ceci : quoi que je puisse dire ils peuvent avoir tout à
fait tort ; cependant mon raisonnement n'en aura pas
moins sa valeur. Les biologistes crient donc à l'erreur,
à l'illusion. Ils considèrent l'organisation physique
de l'homme, ils examinent sa structure générale, sa
charpente osseuse et les tissus dont elle est envelop-
pée. Ils l'analysent jusque dans les plus petits éléments que le microscope puisse atteindre. Ils observent
l'accomplissement de ses actes et de ses fonctions
variées et envisagent la façon dont il se présente
à la surface du globe. Puis ils passent aux autres
animaux, et, prenant l'animal domestique le plus
intelligent, je veux dire le chien, ils se déclarent à
même de faire voir que l'étude de la structure du
chien, considérée dans son ensemble, les conduit
précisément aux mêmes résultats que l'étude de
l'homme ; qu'ils trouvent presque identiquement les
mêmes os, ayant entre eux les mêmes rapports ;
qu'ils peuvent désigner les muscles du chien par les
noms des muscles de l'homme, et les nerfs de cet
animal par les noms des nerfs de l'homme ; que la
structure et la disposition des organes des sens
observés chez l'homme se rencontrent aussi chez le
chien ; ils analysent le cerveau, la moelle épinière, et
trouvent que la description faite d'une part a son
pendant de l'autre. Ils poursuivent chez le chien leurs
investigations microscopiques aussi loin que possible,
et établissent que son corps peut se résoudre dans
les mêmes éléments que celui de l'homme.

De plus, ils remontent le cours du développement
du chien et de l'homme, et voient que, à une cer-

taine phase de leur existence, les deux créatures ne sauraient être distinguées l'une de l'autre.

D'après eux, le chien et ses espèces sont distribués à la surface du globe comme les races humaines. Ce qui est vrai du chien l'est de tous les animaux supérieurs : on peut rapporter tous ces êtres à un plan commun, regarder homme, chien, cheval et bœuf, comme des modes particuliers d'une vaste et fondamentale unité.

En outre, d'après les recherches faites depuis le commencement de ce siècle, nous sommes amenés, disent-ils, à suivre, à travers les différentes espèces animales, non une ligne droite, mais plusieurs échelons, pas à pas, de degré en degré, depuis l'homme, point culminant, jusqu'aux moindres traces de matière animée d'apparence gélatineuse qui terminent la série.

De la sorte, l'idée de Leibniz et de Bonnet, selon laquelle les animaux composent une grande échelle d'êtres, dans laquelle entrent des séries de gradations allant des formes les plus compliquées aux plus petites et plus simples, cette idée, bien qu'elle ne soit pas formulée absolument ainsi par ces philosophes, serait au fond justifiée. Il y a plus : le biologiste, abordant le monde végétal, se voit à même d'y suivre, dans le même sens, la structure des plantes depuis les types les plus gigantesques et les plus compliqués, à travers une pareille série de gradations, jusqu'à des formes organiques qu'il lui est difficile de distinguer de celles qui terminent l'échelle animale.

Ainsi le biologiste est arrivé à cette conclusion : une uniformité essentielle de structure règne dans le

monde animal et le monde végétal ; plantes et animaux ne diffèrent que comme expressions variées
d'un même plan vaste et général.

Il en est encore de même à l'égard des fonctions.
Le biologiste admet l'important et large intervalle qui
aujourd'hui sépare les phénomènes intellectuels
propres aux plus hautes formes de l'humanité et même
aux plus humbles connues, des manifestations mentales qu'on observe chez les autres animaux ; mais,
ajoute-t-il, le germe de presque toutes les facultés
humaines se retrouve dans les animaux inférieurs :
il existe une certaine unité pour l'intelligence comme
pour l'organisation physique, et ici encore la différence est dans le degré, non dans l'espèce. Je dis
presque toutes les facultés, et pour cause.

Parmi les nombreuses distinctions qu'on a établies
entre les créatures inférieures et nous-mêmes, il y en
a une sur laquelle on insiste à peine, mais dont on
peut parler à son aise dans une école aussi spécialement consacrée à l'art que le South Kensington
Museum. La voici : bien que parmi les différentes
espèces d'animaux il soit possible de découvrir des
traces de toutes les autres facultés humaines, particulièrement le don de mimique, toutefois on n'y voit pas
ce caractère particulier de la mimique qui se traduit
par l'imitation des formes dans le modelage ou le
dessin.

A ma connaissance [1], il n'y a ni sculpture, ni mo-

---

[1] Le professeur Allmann a été, je crois, le premier à appeler
l'attention sur ce fait.

delage, et à coup sûr ni peinture ni dessin d'origine animale. Cela soit dit pour la consolation des artistes.

Le biologiste dit-il vrai ? Alors nécessité pour nous
de nous affranchir des conceptions erronées que nous
avons sur l'homme et sa place dans la nature, de substituer à ces dernières des idées justes. Mais il n'est
guère possible de juger si le biologiste a tort ou raison,
à moins de pouvoir apprécier la nature des arguments
qu'il peut présenter. C'est là en quelque sorte une
proposition évidente par elle-même. Que dirait un
érudit à un homme qui entreprendrait de critiquer
un passage difficile d'une pièce grecque sans avoir appris les éléments de la grammaire grecque ? Eh bien !
avant de prononcer sur les hauts problèmes de la biologie, il paraît nécessaire d'être au courant de la grammaire du sujet, mais on n'en possède pas même l'alphabet. Vous voyez là une allusion aux personnes qui ne
se sont pas mises en mesure de devenir des juges compétents ; que dis-je, qui n'ont pas même encore senti
la nécessité où l'on est de prendre ces mesures. J'ai
dû moi-même me tenir sur mes gardes, et j'ai été,
comme tant d'autres, en butte aux critiques que l'on
adresse aux biologistes et à leur enseignement.

Il y a, me dit-on à chaque instant, un brillant article [1]
composé de telle ou telle manière, où l'on nous a
lavé la tête à tous. J'avais coutume jadis de lire ces

[1] Galilée était persécuté par une cabale qu'il appelait *philosophes
de papier*, car elle s'imaginait que les vérités de la nature se lisaient
et se découvraient dans la collection des textes. Cette race vit
encore, et, comme jadis, elle répand ses *Souffles de doctrine* qui font
mouvoir parmi nous des têtes comme de véritables girouettes.

choses-là, mais me voilà vieillisant, et j'ai cessé de
me préoccuper des cris « *au loup !* » Quand on lit une
de ces élucubrations, qu'observe-t-on généralement ?
l'absence des éléments mêmes de la biologie chez le
brillant critique, dont le langage rappelle le pétille-
ment des épines sous la marmite dont parle Salomon.
Si j'ai bonne mémoire, Salomon visait par cette image
à une comparaison ; mais n'allons pas plus avant.

Un double fait se dégage : d'abord, tout homme qui
aime la vérité appelle de tous ses vœux la critique légitime et fondée : en second lieu, dans le cas où l'on
sait tirer profit des critiques, il faut que celui qui les
fait se rende bien compte des objets auxquels s'appliquent ses expressions. Sinon, et ceci est aussi évident
en matière de biologie qu'en matière de philologie et
d'histoire, une telle critique est pure perte de temps
pour son auteur, et elle est indigne des savants qui
sont critiqués. L'importance des études biologiques
s'affirme dans ce fait qu'elles peuvent seules fournir
une base rationnelle de critique pour l'enseignement
biologique lui-même [1].

[1] Quelques critiques ne prennent même pas la peine de lire. On
m'a conjuré récemment avec une grande solennité de publier pourquoi *j'ai changé d'opinion* sur la valeur de l'évidence paléontolo-
gique du fait de l'évolution.

Je réponds ceci : Pourquoi cette publication, quand je me suis
expliqué il y a sept ans ? Un discours prononcé du haut de la chaire
présidentielle de la Société géologique en 1870 peut être regardé
comme un document public ; il a paru dans le journal de cette
société savante, et a été publié de nouveau dans un volume (*Les
Problèmes de la Géologie et de la Paléontologie*), auquel mon nom
est attaché. On y trouvera formulés d'une manière assez complète
mes raisons en faveur de deux propositions : 1° *Quand nous envi-
sageons les vertébrés d'un ordre supérieur, les résultats de mes récentes*

Ensuite je crois devoir appeler votre attention sur un autre point des connaissances biologiques, un plus pratique dans le sens ordinaire de ce mot. Considérez la théorie des maladies infectieuses. A coup sûr, cela nous intéresse tous. Aujourd'hui cette théorie est rapidement développée par les études biologiques. Il est possible de produire, même parmi les animaux inférieurs, des cas de maladies qui ont toute l'apparence de nos maladies infectieuses, et qui ont pour cause certaine, indubitable, des organismes vivants. Ce fait donne quelque crédit à la théorie des maladies infectieuses, connue sous le nom de *théorie des germes* ; en tout cas, il indique les moyens pratiques les plus importants pour combattre les fléaux terribles. Il peut être bon, pour le public en général comme pour les savants de profession, d'avoir une connaissance suffisante des vérités biologiques pour pouvoir s'intéresser à la discussion de pareils problèmes, et de voir que tous ceux qui possèdent des éléments suffisants de *biologie* ne se croient pas autorisés à toucher toutes ces questions.

Permettez-moi de citer un autre exemple sérieux et frappant de l'importance des études biologiques. Dans les quarante dernières années, la théorie agricole a subi une révolution. Les travaux de Liebig, ceux

---

investigations qu'on peut d'ailleurs vérifier, me semblent d'un poids considérable en faveur de l'évolution des formes vivantes l'une vers l'autre ; 2° Pour le cheval, la théorie peut affronter une critique sévère. Par conséquent, je ne vois pas pourquoi je suis réputé avoir changé d'opinion ; je l'ai, il est vrai, fortifiée, et à raison de cet accroissement d'évidence depuis 1870, j'ai parlé, il y a peu de temps, de la doctrine qui nie l'évolution comme d'une chose sérieuse.

de nos compatriotes Lawes et Gilbert ont eut à l'é-
gard de cette branche de l'économie une importance
inappréciable tout d'abord ; mais l'ensemble de ces
nouvelles vues résultait de l'explication meilleure de
certains phénomènes botaniques, qui rentrent naturellement dans le domaine de la biologie.

III. — Je pourrais multiplier les exemples de ce
genre, mais l'heure qui s'avance ne me fait point grâce ;
je vais donc aborder la troisième question que je
me suis posée. Étant admise l'utilité de l'étude de la
biologie, quelle est la meilleure manière de se livrer
à cette étude ? Ici je dois établir un point : comme la
biologie est une science physique, la méthode qui lui
convient présente une analogie nécessaire avec la
marche que l'on suit dans les autres sciences physiques. Il y a un fait depuis longtemps reconnu, c'est
qu'un homme qui veut être chimiste ne doit pas se
borner à lire des traités, ni à suivre des cours de chimie, il doit aussi avoir exécuté dans le laboratoire,
pour son propre compte, les expériences fondamentales et connaitre exactement la portée des mots qu'il
rencontre dans ses livres ou recueille de la bouche de
ses maîtres. Sinon, il pourra lire jusqu'au jour du
jugement dernier sans savoir à fond la chimie. Voilà ce
que vous diront tous les chimistes, et les physiciens,
de leur côté, tiendront le même langage. Les grands
changements et perfectionnements opérés en dernier
lieu dans l'enseignement scientifique de la chimie et la
physique, sont tous le résultat du concours des expériences, des lectures et des leçons. Il en est de même
pour la biologie. Nul ne saura la biologie ni ne sortira

du dilettantisme du philosophe de papier, s'il se contente de lire des livres de botanique, de zoologie, etc.; la raison en est simple et facile à comprendre. Tout langage est le symbole pur et simple des objets qu'il exprime ; plus ceux-ci sont complexes, plus pauvre le symbole, et plus une description verbale appelle le secours des informations prises sur la nature même par les yeux et le toucher ; c'est là le point essentiel, fondamental.

Cette assertion rentre de plain pied dans le sens commun; toute vérité, à la longue, n'est que du sens commun éclairci. Si vous destinez un homme à être marchant de thé, vous n'irez pas lui conseiller de lire des livres sur la Chine ou sur le thé, mais vous le placerez chez un négociant où il pourra manier, sentir et palper le thé. Sans cette sorte de connaissances qu'on acquiert uniquement par la pratique, notre marchand verra ses hautes conceptions aboutir à la banqueroute.

Les *philosophes de papier* se font illusion en s'imaginant qu'on peut acquérir la science physique comme on acquiert des notions littéraires ; malheureusement il n'en est pas ainsi. Vous pouvez lire nombre d'ouvrages et demeurer presque aussi ignorant qu'au début, si vous ne changez, au fond de votre esprit, les mots en images déterminées, et cela ne s'acquiert que par l'exercice, par l'observation constante des phénomènes de la nature.

On peut me dire ceci: C'est très bien, mais il y a probablement, nous disiez-vous vous-même tout à l'heure, comme un quart de million de différentes

espèces d'animaux et de plantes, disparues ou encore
vivantes ; la durée d'une vie humaine ne saurait suffire
à l'examen de la cinquantième partie de ces espèces.
C'est vrai, mais il y a la sage ordonnance des choses
naturelles, et, malgré la quantité immense des êtres
vivants, ils ont été organisés, après tout, sur des plans
merveilleusement restreints.

Il y a plus de 100,000 espèces d'insectes. Eh bien !
celui qui connaît un seul insecte convenablement
choisi est capable d'avoir une idée nette de la structure
de l'ensemble. Je ne veux pas dire qu'il connaîtra cette
structure d'une manière complète et à souhait, mais
il en saura assez pour comprendre ce qu'il lit, pour
avoir dans son esprit des images typiques de ces orga-
nisations qui affectent tant de formes variées parmi les
insectes qu'il n'aura point vus. En effet il y a des types
animaux et végétaux ; quand on veut connaître la nature
des modifications importantes de là vie animale ou
végétale, il n'est pas nécessaire d'examiner plus qu'un
nombre assez restreint d'animaux ou de végétaux.

Laissez-moi vous dire comment nous procédons
dans le laboratoire biologique installé dans le bâti-
ment annexe. Là je fais des cours journaliers à l'intention de certains étudiants pendant quatre mois et
demi. Ces auditeurs ont, bien entendu, des manuels,
mais la partie essentielle de l'enseignement, ce qui,
à mes yeux, est le point capital, c'est le laboratoire
où ont lieu les études pratiques ; il consiste en une
salle où se trouve disposé tout le matériel nécessaire à la dissection. Nous avons des tables convenablement exposées au jour, des microscopes, des ins-

truments de dissection, et nous étudions l'organisation de quelques animaux ou végétaux. Nous prenons, par exemple, une plante à levure, un *Protococcus*, un Chara, une Fougère et une plante à fleurs ; parmi les animaux nous examinons des êtres tels qu'une Amœbe, une Vorticelle et un Polype d'eau douce. Nous disséquons une astérie, un ver de terre, un limaçon, une pieuvre, une moule des étangs. Nous étudions un homard, une écrevisse, un escargot, puis une raie ordinaire, une morue, une grenouille, une tortue, un pigeon, un lapin, etc., êtres qui occupent presque tout le temps dont nous avons à disposer. Le but de ce cours d'études n'est pas de former des anatomistes experts, mais de fournir à chaque étudiant une notion claire et précise, par le témoignage des sens, de la structure caractéristique que présente chacune des variétés importantes du règne animal ; on peut parfaitement obtenir ce résultat en se bornant à la liste des types que j'ai dressée. Quelqu'un connaît-il l'organisation des animaux susmentionnés, il a une conception exacte et claire, bien que limitée, des traits essentiels de la structure de ces grandes divisions des règnes animal et végétal auxquels répondent respectivement les êtres énumérés. Alors il est à même de lire avec fruit : toutes les fois qu'il rencontre un terme technique, il a dans l'esprit une image déterminée, relative à l'objet en question ; partant le lecteur n'est plus un simple lecteur. Il n'y a plus là une simple répétition de mots ; chaque terme employé dans la description, par exemple d'un cheval ou d'un éléphant, évoquera l'image des particularités qu'on a observées

dans le lapin ; on pourra se faire une idée nette de ce
qu'on n'a pas vu comme modification de ce qu'on a
pu voir.

A mon avis, ce système est fécond en excellents
résultats, et je n'éprouve aucune hésitation à le déclarer : quiconque a suivi ce cours d'études d'une manière
attentive est mieux en état de saisir les grandes vérités de la biologie, particulièrement de la morphologie,
objet capital de nos efforts, que s'il avaient lu simplement tous les livres concernant ce sujet.

Le rapport qu'ont ces détails avec l'Exposition de
1875 ressort de lui-même, à propos des appareils de
notre laboratoire qui y furent exposés. Ceux d'entre
nous qui ont visité cette Exposition éminemment intéressante peuvent avoir remarqué une série de diagrammes et de préparations représentant la structure
d'une grenouille. Ces dessins ont été faits à l'usage des
étudiants du laboratoire de biologie. Les pièces concernant les autres types vivants sont exécutées ou en
voie de l'être. De la sorte, l'étudiant a devant lui
d'abord un dessin de l'organisme qui doit lui être
mis sous les yeux, puis l'organisme réel ; si avec ces
secours joints aux explications nécessaires et aux
indications pratiques que peut donner un maître, il
n'aboutit point par lui-même aux résultats, les matériaux aidant, il fera bien de s'occuper d'autre chose
que de la biologie.

J'aurais été heureux de dire quelques mots sur l'utilité des muséums dans l'étude de cette science, mais
je vois mon temps diminuer, et il me faut répondre à
une dernière question. Cependant je dois, au risque

de vous fatiguer, effleurer l'important sujet des
muséums. Assurément, il n'y a aucun secours pour
l'étude de la biologie, je veux dire de quelques-unes
de ses parties, qui soit ou puisse être plus important
que les muséums d'histoire naturelle ; mais, pour occuper un rang digne de la biologie, il faut attendre l'a-
venir. Les muséums actuels ne donnent nullement
toute la satisfaction possible. Je ne veux pas entrer
dans les détails, mais je dirai ceci : plusieurs d'entre
vous, dans le désir de s'instruire ou d'employer d'une
manière utile leur jour de fête, ont visité quelque
muséum considérable d'histoire naturelle. Vous vous
êtes promenés à travers des centaines d'animaux plus
ou moins bien empaillés, munis, au dessous, de leurs
longues étiquettes, et à moins d'une expérience plus
consommée que celle du gros public, vous avez quit-
té, en fin de compte, ce superbe entassement, les
pieds fatigués, la tête en feu, emportant cette idée
générale que le règne animal est « *un grand labyrinthe
dépourvu de plan* ». A mon sens, un muséum qui
donne pareil résultat ne répond pas exactement à sa
destination. Le point essentiel d'une collection de ce
genre est d'être le plus possible abordable et utile,
d'une part, au public ordinaire, de l'autre, à ceux qui
cultivent les sciences. Est-ce là ce qu'on rencontre
dans ce charmant fouillis de cases vitrées, où, sous
prétexte d'exhiber chaque objet, on amoncelle les
obstacles sur le chemin de ceux qui veulent examiner spééialement un objet quelconque.

Ce dont le public a besoin, c'est le libre accès à une
collection mise à la portée de son intelligence, et ce

que réclament les hommes de science, c'est un accès
semblable aux matériaux de la science. A cet effet, la
masse imposante des pièces d'histoire naturelle serait
divisée en deux parts, l'une ouverte au public, l'autre
aux hommes de science, et cela chaque jour.

La première division comprendrait surtout les formes
animales les plus remarquables et les plus intéres-
santes. Des légendes explicatives y seraient attachées,
et l'on suivrait sur des catalogues intelligibles les renseignements relatifs aux objets exposés.

La seconde division contiendrait, sur un moindre
espace, dans des salles appropriées au travail, les objets
d'intérêt purement scientifique. Par exemple, suppo-
sez-moi ornithologiste. Je vais examiner la collection
des oiseaux. Ils perdent réellement à être empaillés et
l'on constate souvent une déformation complète ; il
faut aussi que je me conforme aux idées de l'empail-
leur, car, ne voyant que la peau de l'être disparu, je
forme mon jugement d'après la ressemblance façonnée.
Au point de vue ornithologique, on n'a que faire de
cases vitrées, pleines d'oiseaux empaillés et juchés
sur des perchoirs ; ce qu'il faut, ce sont des tiroirs convenablement faits dans chacun desquels entrerait une
grande quantité de peaux. Cela ne prend pas beaucoup d'espace et n'entraîne aucune dépense en dehors
des premiers frais. Quant au public, qui veut, il est
vrai, s'instruire, mais qui ne recherche pas des notions
détaillées et techniques, le cas est différent. Les nombreux visiteurs qui errent dans une galerie d'oiseaux
ne s'inquiètent guère de voir tous les oiseaux qu'on
peut grouper ensemble. Ils ne visent point à compa-

rer cent espèces réunies de familles de passereaux ; ils
désirent savoir ce qu'est un oiseau, être à même d'acquérir aisément cette connaissance. Ce qui répondra
le mieux à leurs désirs, c'est un nombre relativement
restreint d'oiseaux choisis avec soin et distribués avec
art ; l'indication de leurs différents âges, leurs nids,
leurs petits, leurs œufs, leurs squelettes les accom-
pagneraient. Pour répondre à l'admirable plan d'un
tel muséum, une inscription lisible mettrait le specta-
teur au courant de la nature des oiseaux et de leurs
habitudes. En vue de l'instruction et de l'agrément du
public, une pareille collection typique vaudrait dix
fois mieux qu'aucune des vastes imitations de l'arche
de Noé.

IV. — Enfin voici la dernière question : Quand doit-
on se livrer à l'étude de la biologie ? Je ne vois pas
de raison sérieuse qui empêche cette science d'entrer,
jusqu'à un certain point, dans le programme ordinaire
des écoles. J'ai longtemps plaidé en faveur de cette
innovation, et j'ai la conviction qu'elle est aisément
applicable ; bien plus, qu'elle serait éminemment pro-
fitable à la jeunesse studieuse ; toutefois cet enseignement doit s'approprier à l'esprit et aux besoins de l'é-
colier. Quand j'étais jeune, on employait, pour enseigner les langues classiques, une méthode bien étrange.
La première tâche qu'on vous imposait était d'apprendre les règles de la grammaire latine en latin,
langue qu'il s'agissait précisément d'apprendre ! Je
trouvais que c'était un moyen bizarre, mais je n'osais
me révolter contre le jugement de mes supérieurs.
Actuellement, peut-être ne suis-je pas aussi modeste,

car je ne crains pas d'avouer que c'était un procédé bien absurde. Mais il n'y aurait pas moins d'absurdité à vouloir enseigner la biologie, en faisant apprendre aux jeunes gens une série de définitions relatives aux embranchements et aux ordres du règne animal, et en les leur faisant répéter par cœur. C'est une méthode favorite de l'enseignement ; aussi, parfois je m'imagine voir l'esprit du vieux système classique intronisé dans le nouveau système scientifique ; en pareil cas, je préférerais de beaucoup l'absence complète de toute prétention à l'enseignement scientifique. Ce qu'il faut en réalité, c'est inculquer aux jeunes esprits des notions sur la vie animale ou végétale. Vous avez à considérer en cette matière les convenances pratiques et autres points de vue. Il se présente des difficultés dans la méthode qui consisterait à laisser certains jeunes gens faire du gâchis avec des limaces et des escargots ; ce n'est point praticable. Mais il y a un animal bien commode, que tout le monde a à sa portée, c'est soi-même. Il est également facile de se procurer les plantes ordinaires. De cette façon, les gros faits d'anatomie et de physiologie peuvent être enseignés à la jeunesse sur nature, à propos des détails importants de l'organisation humaine.

Quant aux viscères qu'on ne peut examiner sur soi-même, tels que le cœur, les poumons, le foie, il est facile de se les procurer à l'étal d'un boucher voisin. Quant à l'enseignement biologique des plantes, il n'offre aucune difficulté pratique, car presque toutes les plantes communes se prêtent très bien aux manipulations du laboratoire et ne donnent lieu à aucun gâchis. De la sorte, à mon avis, le meilleur plan de biologie pour le jeune public, c'est la physiologie humaine élémentaire d'une part, et de l'autre les éléments de botanique; d'ailleurs, je ne crois ni sage ni possible de pousser plus loin pour le moment. Nulle raison alors pour laquelle, dans les écoles secondaires, et dans les classes de science qui sont sous le contrôle du département de la science et des arts — et qui, je puis le dire en passant, ont tout fait pour la diffusion des connaissances dans le pays — nulle raison pour laquelle, dis-je, dans ces établissements, on n'espérerait pas voir l'instruction, en fait d'élément de biologie, arriver, non peut-être au même point qu'ici, mais au moins aux mêmes données principales. Aucune difficulté, quand nous avons affaire à des étudiants de quinze ou seize ans, pour une dissection ou une notion quelconque sur les quatre ou cinq grands embranchements du règne animal; de même pour l'anatomie générale des plantes.

Enfin, à tous ceux qui étudient la science biologique pour leur satisfaction personnelle pure et simple, ou dans l'intention de devenir zoologistes, botanistes, à tous ceux qui veulent cultiver la physiologie, et particulièrement à ceux qui désirent consacrer les années laborieuses de leur existence à la pratique de la médecine, à tous je leur dis : Il n'y a pas d'instruction meilleure, plus féconde, plus utile que la pratique des travaux de biologie, qui se poursuivent dans le laboratoire voisin et dont j'ai tracé l'esquisse devant vous.

Dois-je l'ajouter : en dehors de toutes ces différentes

catégories de personnes qui peuvent profiter de l'étude
de la biologie, il en est encore une autre.

Il me souvient qu'il y a quelques années un gentil-
homme, ennemi acharné des idées de M. Darwin, et
auteur d'articles redoutables composés contre ce savant
s'adressait à moi pour savoir quel était le meilleur
moyen de connaître les arguments les plus solides en
faveur de l'évolution. Je luis répondis en toute fran-
chise et simplicité : Suivez un cours d'anatomie comparée et de physiologie, et étudiez les développements.

J'ai le regret de vous apprendre qu'il fut vivement
contrarié, conséquence ordinaire des sages avis.

Malgré ce résultat décourageant, je terminerai par
le même conseil et je dirai à tous les *philosophes de
papier* [1] plus ou moins subtils, laïques ou cléricaux :
Abordez la biologie et faites-vous une petite instruction saine, complète, pratique et élémentaire.

---

[1] Les écrivains de ce caractère s'acharnent à parler de la méthode
de Bacon. Je les prie de confier à leur mémoire ces deux graves
sentences du héraut de la science moderne :

« Le syllogisme se compose de propositions ; les propositions
de mots ; ceux-ci sont les tablettes des idées. De la sorte, quand
les idées elles-mêmes *qui forment la base du jugement*, sont confuses
et mal conformées aux objets, on ne peut asseoir sur elles rien de
solide. » *Novum Organum*, II, 14.

« Cette vanité de raisonnement est le défaut de quelques modernes
dont l'esprit est léger et accommodant : le premier chapitre de la
Genèse, Le Livre de Job et d'autres écrits sacrés leur paraissent
être le fondement de la philosophie naturelle ; *au milieu des vivants,
ils cherchent des cadavres.* » *Ibid.*, 65.

II

L'ÉTUDE DE LA ZOOLOGIE

On appelle communément *histoire naturelle* l'étude des propriétés des corps naturels désignés sous les noms de *minéraux*, de *plantes* et d'*animaux ;* et c'est en opposant les sciences naturelles aux sciences dites *physiques* qu'on appelle *naturelles* celles de ces sciences qui embrassent les connaissances acquises sur ces sujets. On appelle habituellement encore *naturalistes* ceux qui se dévouent à cette étude spéciale.

Linné était naturaliste dans cette acception étendue, et son Système de la Nature [1] est un ouvrage sur l'histoire naturelle, dans le sens le plus large du mot. Ce grand esprit méthodique a rassemblé dans ses écrits tout ce que l'on savait à cette époque sur les caractères distinctifs des minéraux, des animaux et des plantes.

Mais Linné a donné une telle impulsion aux recherches de la nature, qu'il ne fut bientôt plus possible à un seul homme d'écrire un livre embrassant comme le sien tout le système de la nature, et il est

---

[1] *Systema naturæ.*

très difficile aujourd'hui d'être naturaliste comme l'était Linné.

Les trois branches scientifiques, autrefois comprises sous ce titre d'*histoire naturelle*, se sont toutes bien développées, mais il est certain que la zoologie et la botanique se sont accrues bien plus que la minéralogie ; et c'est sans doute le motif qui fait que, de plus en plus, on appelle *histoire naturelle* l'étude des divisions les plus marquantes de ce sujet, tant et si bien qu'on en vient à désigner plus spécialement par ce nom de *naturaliste* celui qui étudie la structure et les fonctions des êtres vivants.

Quoi qu'il en soit, les progrès des connaissances ont certainement écarté de plus en plus la minéralogie des sciences qui lui étaient autrefois associées, tout en réunissant par des liens plus intimes la zoologie et la botanique. Aussi dans ces derniers temps, a-t-on trouvé commode, je dirai même nécessaire, de réunir, sous le nom commun de *biologie*, les sciences qui traitent de la vitalité et de tous ses phénomènes, et les biologistes, récusant aujourd'hui leur parenté directe avec les minéralogistes, ne veulent plus voir en ceux-ci que des frères de lait.

Certaines grandes lois s'appliquent au monde animal et au monde végétal, mais le terrain commun à ces deux règnes n'a pas grande etendue, et la multiplicité des détails est si grande que celui qui étudie les êtres vivants se trouve bientôt dans l'obligation de dévouer exclusivement ses études soit à l'une, soit à l'autre des deux sciences.

S'il se décide pour les plantes, à un point de vue

quelconque, nous savons bien le nom qu'il faudra lui donner. Il s'appellera *botaniste*, sa science sera la *botanique*.

Mais s'il se met à étudier la vie animale, on l'appellera de différents noms, selon le genre différent d'animaux ou les différents phénomènes de la vie animale qui feront l'objet particulier de ses études. S'il s'occupe de l'homme, on l'appellera *anatomiste, physiologiste ethnologiste ;* mais s'il dissèque les animaux, ou s'il cherche à se rendre compte du fonctionnement de leurs organes. il fait de l'*anatomie* ou de la *physiologie comparées.* Il fera de la *paléontologie* s'il s'occupe des animaux fossiles. S'il cherche à donner des descriptions spécifiques, à différencier et à classer les animaux. et à reconnaître leur distribution sur la surface du globe, il fera de la *zoologie proprement dite*, on l'appellera *zoologiste.*

Cependant en vue de ce que je veux vous faire savoir aujourd'hui, j'emploierai ce dernier terme seulement, comme correspondant à celui de botaniste, et je me servirai du terme *zoologie* pour indiquer toute la doctrine de la *vie animale*, en l'opposant à la *botanique* qui indique toute la doctrine de la *vie végétale.*

En ce sens la zoologie, comme la botanique, peut se diviser en trois grandes sciences secondaires : la *morphologie*, la *physiologie* et la *distribution des êtres vivants*, et l'on peut pousser très loin chacune de ces études indépendamment des deux autres.

La *morphologie zoologique* est l'enseignement de la forme ou de la structure des animaux. L'*anatomie* en est une branche, l'étude du *développement* en est une autre, et la *classification* est l'expression des rapports que présentent entre eux les différents animaux, relativement à leur anatomie et à leur développement.

La *distribution zoologique* est l'étude des animaux par rapport aux conditions terrestres aujourd'hui régnantes, ou qui régnaient à une époque antérieure de l'histoire de cette terre.

Enfin la *physiologie zoologique* se rapporte aux fonctions ou aux actions des animaux. Elle considère les animaux comme des machines poussées par certaines forces et accomplissant une somme de travail pouvant s'évaluer par les termes qui nous servent à évaluer les autres forces de la nature. Le but de la physiologie est de déduire les faits morphologiques d'une part, ceux de la distribution de l'autre, d'après les lois des forces moléculaires de la matière.

Telle est la portée de la zoologie.

Mais si je m'en tenais à l'énonciation de ces définitions arides, je m'y prendrais mal pour vous faire comprendre la méthode d'enseigner cette branche des sciences physiques que je veux chercher à faire valoir à vos yeux. Abandonnons les définitions abstraites; prenons un exemple concret, un être vivant, l'animal le plus commun de préférence, et voyons comment on arrive inévitablement à toutes ces branches de la science zoologique en appliquant, aux faits patents qu'il présente, le sens commun et la logique du bon sens.

J'ai devant moi un homard. Quand je l'examine, quel est le caractère apparent le plus saillant qu'il me présente ? Je vois que cette partie, que nous appelons la *queue du homard*, se compose de six anneaux distincts et résistants et d'une septième pièce terminale. Si je sépare un des anneaux du milieu, le troisième par exemple, il porte, comme vous voyez à sa partie inférieure, une paire de membres ou appendices composés chacun d'une tige et de deux pièces terminales. Il est donc facile d'établir le dessin schématique qui représente cette disposition, en section transversale de l'anneau et de ses appendices.

En prenant maintenant le quatrième anneau, je m'aperçois que la structure en est semblable ; le cinquième et le second anneau me présentent encore la même disposition ; ainsi, dans chacune des divisions de la queue, je trouve des parties qui se correspondent : un anneau et des appendices, et, dans chacun des appendices une tige et deux parties terminales. En langage technique d'anatomie, ces parties correspondantes s'appellent parties *homologues*. L'anneau de la troisième division est l'homologue de l'anneau de la cinquième, et les appendices sont aussi les homologues les uns des autres. Et comme chaque segment nous montre, en des points correspondants, des parties qui se correspondent, nous disons que les divisions sont toutes construites sur le même plan.

Mais examinons maintenant la sixième division. Elle est semblable aux autres, bien qu'elle en diffère en même temps. L'anneau ressemble essentiellement à ceux des autres divisions, mais au premier abord les appendices font l'effet d'être tout autres. Que trouvons-nous pourtant en y regardant attentivement : une tige, deux parties terminales, absolument comme

dans les autres divisions ; mais ici la tige est très
courte, très épaisse, les parties terminales sont larges
et aplaties, et l'une de celles-ci se subdivise elle-
même en deux lames.

Je puis donc dire que le sixième segment est semblable aux autres par son plan, mais qu'il présente des
modifications dans les détails.

Le premier segment est semblable aux autres
quant à l'anneau, et si les appendices, par la simplicité de leur structure, diffèrent de tous ceux que nous
avons examinés jusqu'ici, il est facile d'y reconnaître
des parties correspondant à la tige et à une des divisions.

Ainsi donc, la queue du homard semble composée
d'une série de segments fondamentalement similaires, bien qu'ils présentent tous, par rapport au
plan commun, des modifications qui leur sont propres.
Mais, en portant les yeux vers la partie antérieure du
corps, je ne vois plus qu'une grande coquille en
forme de bouclier, appelée en langage technique
la *carapace*, teminée antérieurement par une épine
fort pointue, à chaque côté de laquelle se trouvent
des yeux composés, bien curieux, portés eux-mêmes
par des tiges mobiles et fortes. En arrière des yeux,
à la partie inférieure du corps se trouvent deux paires
de longues palpes, les *antennes;* puis, plus loin, six
paires de mâchoires, se repliant l'une contre l'autre
en recouvrant la bouche, et cinq paires de pattes
dont les plus antérieures sont les grandes pinces ou
grifles du homard.

A première vue, il ne semble pas possible de re-

trouver dans cette masse compliquée une série d'anneaux portant chacun ses deux appendices, comme
je vous l'ai fait voir dans l'abdomen, et pourtant leur
existence n'est pas difficile à démontrer. Arrachez
les pattes et vous verrez que chacune de ces paires
de membre s'attache à un segment très nettement
défini de la paroi inférieure du corps ; mais, au lieu
d'appartenir à des anneaux libres, comme l'étaient
ceux de la queue, ces segments sont les parties inférieures d'anneaux réunis et solidement soudés ensemble supérieurement ; et ceci s'applique encore aux
mâchoires, aux palpes, aux tiges oculaires, toutes
parties disposées par paires, portées chacune sur son
segment spécial.

Ainsi, peu à peu, nous sommes amenés forcément à
conclure que le corps du homard se compose d'autant
d'anneaux qu'il y a d'appendices, soit vingt en tout,
mais que les six anneaux postérieurs restent libres et
mobiles, tandis que les quatorze anneaux antérieurs
se soudent solidement ensemble, et forment supérieurement un manteau continu, la carapace.

Unité dans le plan, diversité dans l'exécution,
voilà la leçon que nous enseignent les anneaux du
corps, et cette leçon, l'étude des appendices nous la
répète d'une façon plus frappante encore. Si j'examine la mâchoire la plus extérieure, je m'aperçois
qu'elle se compose de trois parties distinctes : une
portion interne, une portion moyenne, une portion
externe, fixées toutes trois sur une tige commune, et
si je compare cette mâchoire aux pattes situées plus
en arrière, ou aux mâchoires situées en avant de la

première, il m'est facile à voir que c'est la partie de
l'appendice correspondant à la division interne qui
se modifie dans la patte pour former ce membre, en
même temps que disparaît la division moyenne, et
que la division externe se cache sous la carapace. Il
n'est pas plus difficile de reconnaître que dans les
appendices de la queue, ce sont les divisions moyennes
qui se montrent de nouveau, en l'absence des divisions externes, et, d'autre part, dans la mâchoire antérieure, appelée *mandibule*, il ne reste plus que la division interne. Les parties des palpes et des tiges oculaires s'identifient de la même façon avec celles des
pattes et des mâchoires.

Mais où cela nous mène-t-il ? A cette conclusion
bien remarquable : qu'une unité de plan semblable à
celle de la queue ou de l'abdomen se révèle dans
toute l'organisation du squelette du homard. Je puis
ainsi reprendre le dessein schématique représentant
un des anneaux de la queue, et, en ajoutant une
troisième division aux appendices, il me servira de
schème pour vous faire comprendre le plan de chacun
des anneaux du corps. Je puis donner des noms à
chacune des parties de la figure, et alors, en prenant
un des segments du corps du homard, je puis vous
indiquer exactement les modifications qu'a subies le
plan général dans ce segment particulier, quelles sont
les parties restées mobiles, celles qui se sont fixées à
d'autres parties, ce qui s'est développé à l'excès en se
métamorphosant et ce qui a été supprimé.

Mais vous m'adressez sans doute cette question :
Comment s'assurer de tout cela ? C'est une façon

élégante et ingénieuse de se rendre compte de la structure d'un animal, mais cela va-t-il plus loin ? La nature vient-elle corroborer d'une façon plus profonde l'unité de plan ainsi indiquée ?

Ces questions impliquent une objection très valable et fort importante ; et, tant que la morphologie reposait seulement sur la perception d'analogies se présentant dans des parties pleinement développées, elle était bien discutable. Des anatomistes spéculatifs pouvaient donner libre cours à leurs théories ingénieuses et tirer des mêmes faits bon nombre d'hypothèses contradictoires ; il en résultait des rêves morphologiques sans fin, qui menaçaient de supplanter la théorie scientifique.

Mais heureusement il y a un criterium de la vérité morphologique, une pierre de touche pour reconnaître ce que valent les analogies apparentes.

Notre homard n'a pas été toujours tel que nous le voyons ; il a été œuf, petite masse semi-fluide de jaune ou *vitellus*, grosse tout au plus comme une petite tête d'épingle, renfermée dans une membrane transparente et ne présentant pas la moindre trace des organes qui, chez l'adulte, nous étonnent par leur multiplicité et leur complexité.

Mais bientôt il se produit, sur un des côtés du jaune, une petite membrane cellulaire faisant légèrement tache, et c'est cette tache qui est le fondement de tout l'animal, le moule où il va se former. Empiétant peu à peu sur le jaune, elle se subdivise par un cloisonnement transversal en segments, avant-coureurs des anneaux du corps. A la surface ventrale de chacun de ces anneaux ainsi ébauchés, se montre une paire de bourgeons proéminents, rudiments des appendices de l'anneau. A l'origine, tous les appendices se ressemblent, mais en croissant ils ne tardent pas à présenter, pour la plupart, des traces distinctes d'une tige et de deux divisions terminales, auxquelles s'ajoute une troisième division externe dans les parties moyennes du corps et, plus tard seulement, au moyen de la modification ou de la résorption de certaines de ces parties constituantes primitives, les membres acquièrent leurs formes parfaites.

Ainsi donc, l'étude du développement prouve que la doctrine de l'unité de plan n'est pas seulement une vue de l'esprit, un genre d'interprétation des choses, mais que cette doctrine est l'expression même des faits naturels. Par le fait, par la nature des choses, les pattes, les mâchoires du homard sont donc des modifications d'un type commun, et il ne nous est pas loisible d'accepter ou de rejeter cette interprétation, car il fut un moment où la patte et la mâchoire de l'animal ne pouvaient se reconnaître l'une de l'autre.

Ce sont là des vérités merveilleuses, d'autant plus merveilleuses qu'elles sont pour le zoologiste d'une application universelle.

Si nous avions étudié un poulpe, un limaçon, un poisson, un cheval, un homme, nous serions arrivés absolument au même point, mais par une voie plus ardue peut-être. L'unité de plan est cachée partout sous le masque de la diversité de structure, le complexe procède toujours du simple. Tout animal a d'abord la forme d'un œuf, et, pour atteindre son état

adulte, chacun d'eux, comme chacune de leurs parties
organiques, traverse des conditions qui lui sont communes avec d'autres animaux, d'autres parties, à leur
état de complet développement ; et ceci m'amène à
un autre point.

Jusqu'ici je vous ai parlé du homard comme si cet
animal était seul au monde, mais je n'ai pas besoin
de vous rappeler qu'il y a un nombre immense
d'autres organismes animaux.

Parmi ceux-ci, il en est, tels que l'homme, le
cheval, l'oiseau, le poisson, le limaçon, la limace,
l'huître, le corail, l'éponge, qui ne ressemblent pas le
moins du monde au homard.

En même temps nous trouvons d'autres animaux
qui, tout en différant beaucoup du homard, lui ressemblent beaucoup aussi, ou ressemblent à ce qui lui
est fort semblable. La langouste, l'écrevisse, la salicoque, la crevette par exemple, malgré toutes les dis-
semblances, ressemblent tellement au homard, cependant, qu'un enfant réunirait tous ces animaux en un
seul groupe, pour l'opposer aux limaces et limaçons,
et ces derniers formeraient aussi un groupe qu'il
opposerait aux bestiaux: vaches, chevaux, moutons.

Mais ce groupement, spontané pour ainsi dire, est
le premier essai de classification que fait l'esprit humain cherchant à donner un nom commun aux choses
qui se ressemblent, cherchant à les arranger de
façon à indiquer la somme de ressemblance ou de
dissemblance qu'elles peuvent avoir avec toutes les
autres.

Les groupes qui ne présentent pas d'autres subdivisions que celle des sexes ou des différentes races, s'appellent en langage technique des *espèces*.

Le homard d'Angleterre constitue une espèce particulière, j'en dis autant de notre écrevisse et de notre salicoque. Dans d'autres pays pourtant, il y a des homards, des écrevisses, des salicoques, ressemblant énormément à nos espèces indigènes et présentant malgré cela des différences suffisantes pour qu'il y ait lieu de les distinguer. Aussi les naturalistes expriment cette ressemblance et cette diversité en réunissant les espèces distinctes dans un même *genre*.

Mais, tout en appartenant à des genres distincts, le homard et l'écrevisse ont bien des caractères communs ; on réunira donc ces genres différents en *familles*.

On trouve ensuite entre le homard, la salicoque et le crabe des ressemblances plus éloignées, ce que l'on exprime en les réunissant sous le nom d'*ordre*.

Puis on trouve des ressemblances de plus en plus faibles, mais toutefois bien définies, entre le homard, le cloporte, le crabe des Moluques ou limule, la puce d'eau ou daphnie et l'anatife, des caractères communs séparant ces animaux de tous les autres ; ils formeront donc un groupe plus considérable, une *classe*, celle des *crustacés*.

Mais les crustacés ont bien des traits qui leur sont communs avec les insectes, les araignées et les mille-pieds, on les réunira ainsi en groupe, de plus en plus étendu, pour en former la *subdivision* des *articulés*.

Et enfin les rapports de tous ces animaux avec les vers et d'autres animaux inférieurs s'expriment en les réunissant tous en un grand groupe auquel on donne le nom d'*embranchement*, celui des *annelés*.

Si j'avais pris pour point de départ une éponge, au lieu d'un homard, j'aurais vu que l'éponge se rallie par des liens semblables à un bon nombre d'autres animaux pour former l'embranchement des *protozoaires*.

Si j'avais choisi un polype d'eau douce, ou un corail, autour de ce type se seraient groupés les membres d'un autre embranchement que les naturalistes anglais et allemands appellent aujourd'hui les *cœlentérés* (Cœlenterata de Frey et Leuckart) [1].

Si j'avais choisi un limaçon, tous les habitants de coquilles univalves ou bivalves, terrestres ou marins, la térébratule, la seiche, la flustre, se seraient rassemblés autour de celui-ci pour former l'embranchement des *mollusques*.

Si enfin j'étais parti de l'homme, j'aurais dû le rapprocher du singe, du chat, du cheval, du chien avec lesquels il aurait formé une grande classe; puis il m'aurait fallu ajouter l'oiseau, le crocodile, la tortue, la grenouille, le poisson pour former ainsi l'embranchement des *vertébrés*.

Et si j'avais poursuivi jusqu'au bout, pour tous les animaux, ces lignes différentes de la classification, j'aurais facilement reconnu que tous les animaux, récents ou fossiles, font partie d'un de ces grands embranchements. En d'autres mots, l'organisation des animaux se rattache à un de ces grands plans d'organisation dont la réalité rend possibles nos classifica-

[1] Voyez *Les problèmes de la géologie et de la paléontologie*. Paris, 1892, p. 25.

tions. La structure de chaque animal est si bien définie, marquée d'une façon si précise que, dans l'état actuel de nos connaissances, aucune forme ne peut être alléguée comme preuve de transition d'un groupe à un autre, des vertébrés aux annelés, des mollusques aux cœlentérés, pas plus aujourd'hui qu'aux époques anciennes dont le géologue étudie les annales. N'allez pas croire pourtant que, si ces formes de transition n'existent pas, les animaux faisant partie des divers embranchements soient sans rapport les uns avec les autres et tout à fait indépendants. Au contraire, à leur premier état, ils se ressemblent tous, et les germes primordiaux de l'homme, du chien, de l'oiseau, du poisson, du hanneton, du limaçon, du polype ne sont séparés les uns des autres par aucun caractère essentiel de structure.

Envisageant ainsi l'ensemble des choses, on peut dire, en toute vérité, que toutes les formes d'animaux vivants, que toutes les générations éteintes révélées par la géologie se relient entre elles et sont dominées par une unité d'organisation constante, moins facile à reconnaître assurément, mais du même genre que celle qui nous permet de reconnaître un plan unique dans les vingt segments différents du corps d'un homard. C'est avec vérité qu'on a pu dire que, pour celui qui sait voir, le moindre fait dévoile des régions infinies.

Laissons de côté ces considérations purement morphologiques, pour considérer maintenant comment l'étude attentive du homard nous conduit à des recherches nouvelles.

On trouve des homards dans toutes les mers de l'Europe, mais on n'en trouve pas sur les côtes opposées de l'Atlantique, ni dans les mers de l'hémisphère du Sud. Pourtant les homards y sont représentés par des formes très rapprochées, quoique distinctes : le *Homarus Americanus* et le *Homarus Capensis*; ainsi donc, nous pouvons dire qu'en Europe il y a une espèce de homard, qu'il y en a une autre en Amérique, une autre en Afrique, et ainsi nous voyons poindre le fait remarquable de la distribution géographique.

De même, si nous examinons le contenu de la croûte terreste, nous trouverons, dans les dépôts les plus récents, ces grands cimetières des siècles passés, un grand nombre d'animaux semblables au homard, mais ne ressemblant pas assez au nôtre, cependant, pour permettre au géologue de les attribuer sûrement au même genre.

Si nous remontons plus haut dans le cours du passé, nous découvrirons dans les roches les plus anciennes les restes d'animaux construits sur le même plan général que le homard et appartenant à ce même grand groupe des crustacés, mais leur structure diffère beaucoup de celle du homard comme de celle de tous les autres crustacés actuellement vivants : ainsi nous reconnaissons les changements successifs de la population animale du globe pendant le cours des siècles, et c'est le plus frappant de tous les faits révélés par la géologie.

Voyez maintenant où nous ont menés nos recherches.

Nous avons étudié notre type au point de vue de la morphologie, quand nous recherchions à reconnaître son anatomie et son développement, et quand nous lui avons assigné une place dans un système de classification, en le comparant à cet égard avec d'autres animaux. Si nous examinions de même tous les animaux, nous établirions un système complet de morphologie zoologique.

Nous avons aussi recherché la distribution de notre type dans l'espace et dans le temps, et si tous les animaux avaient été soumis à la même étude, la science de la distribution géographique et géologique aurait atteint ses limites.

Mais observez une chose importante : jusqu'ici nous n'avons pas encore tenu compte de la vie de tous ces organismes divers. Si les animaux, les plantes avaient été une forme particulière de cristaux, ne possédant pas les fonctions qui distinguent d'une façon si remarquable les êtres vivants, nous aurions pu étudier tout aussi bien la morphologie et la distribution. Mais il faut expliquer les faits de la morphologie et ceux de la distribution : la science qui a pour but de les expliquer s'appelle la *physiologie*.

Revenons encore une fois à notre homard. Si nous l'observions dans son élément naturel, nous le verrions grimper et courir à l'aide de ses fortes pattes parmi les roches submergées dont il fait son séjour de prédilection. Nous le verrions encore nager rapidement par des coups puissants de sa forte queue, dont le sixième anneau est garni d'appendices, en forme d'éventail largement étendu, qui lui servent de propulseur. Saisissez-le et vous reconnaîtrez que ses grandes pinces ne sont pas des armes offensives à

mépriser, et, si dans les lieux qu'il habite vous sus-
pendez un morceau de charogne, il le dévorera glou-
tonnement après avoir arraché la chair au moyen de
ses mâchoires multiples.

Si nous n'avions connu jusque-là le homard que
comme une masse inerte, un cristal organique, s'il
m'est permis d'employer une semblable expression,
et que tout à coup nous le voyions exercer toutes ses
forces, combien de questions, d'idées nouvelles et
merveilleuses surgiraient dans nos esprits!

Voici la grande question nouvelle qui s'imposerait :
Comment tout cela se fait-il ? Et, comme idée capitale, il faudrait reconnaître qu'il y a ici adaptation à
un but ; que les parties constituantes du corps des
animaux ne sont pas indépendantes les unes des
autres, mais des organes concourant à une fin. Examinons encore la queue du homard à ce point de vue.
La morphologie nous a démontré qu'elle se compose
d'une série de segments dont les parties sont homologues, malgré les différentes modifications que ces
parties présentent, et qu'un même plan de formation
se reconnait dans chacune d'elles. Mais si j'examine
cette même partie au point de vue physiologique, j'y
reconnais un organe de locomotion admirablement
construit, à l'aide duquel cet animal peut se mouvoir
rapidement en tous sens.

Mais comment ce remarquable appareil de propulsion accomplit-il sa fonction ? Si je tuais subite-
ment un de ces animaux, je verrais qu'après avoir
retiré toutes les parties molles, la coque est parfaitement inerte et n'a pas plus la puissance de se mouvoir

que les parties d'un moulin, quand on les a séparées
de la machine à vapeur ou de la roue à aube qui lés
mettait en mouvement. Si je l'ouvrais cependant, et
si je me bornais à en retirer les viscères, sans toucher
à la chair blanche, je verrais que le homard peut
replier sa queue et l'étendre comme précédemment.
Si je coupais cette queue, elle ne me présenterait plus
de mouvements spontanés ; mais, en pinçant la chair
en un point, j'y verrais survenir un changement très
curieux : chaque fibre devient plus courte et plus
épaisse. Par cette *contraction*, comme on appelle ce
phénomène, les parties auxquelles s'attachent les
extrémités de chacune de ces fibres se rapprochent
nécessairement, et selon les relations de leurs points
d'attache aux centres du mouvement des différents
anneaux, il en résulte des mouvements de flexion ou
d'extension de la queue. L'observation attentive du
homard récemment ouvert nous ferait voir bientôt
que tous ses mouvements sont dus à la même cause :
raccourcissement et épaississement de ces fibres char
nues appelées en langage technique des *muscles*.

Voici donc un fait capital. Les mouvements du
homard sont dus à la contractilité musculaire. Mais
pourquoi un muscle se contracte-t-il à certains moments et ne se contracte-t-il pas à d'autres ? Pourquoi
voyons-nous tout un groupe de muscles se contracter
quand le homard désire étendre sa queue, pourquoi
un autre groupe se met-il en jeu quand l'animal veut
la fléchir ? D'où provient cette puissance motrice ?
qu'est-ce qui la dirige et la contrôle ?

L'expérimentation, le grand moyen de reconnaitre

la vérité en fait de science physique, nous fournit une réponse à cette question. Dans la tête du homard, on trouve une petite masse d'un tissu spécial que l'on appelle *substance nerveuse*. Des cordons d'une matière similaire réunissent directement ou indirectement ce cerveau du homard avec les muscles. Si l'on coupe ces cordons de communication, le cerveau restant intact, on détruit le pouvoir de produire ce que nous appelons des *mouvements volontaires* dans les parties situées au-dessous de la section ; et, d'autre part, si l'on détruit la masse cérébrale sans endommager les cordons, la motilité volontaire est également abolie. D'où résulte cette conclusion inévitable : que le pouvoir de produire ces mouvements réside dans le cerveau et se propage le long des cordons nerveux.

On a étudié dans les animaux supérieurs les phénomènes qui accompagnent cette transmission, et l'on a reconnu que l'action qui résulte de l'énergie spéciale résidant dans les nerfs s'accompagne d'un trouble dans l'état électrique de leurs molécules.

Si nous pouvions évaluer ce trouble d'une façon précise, si nous pouvions obtenir la valeur d'une action donnée de force nerveuse en déterminant la quantité d'électricité ou de chaleur dont cette action est l'équivalent, si nous pouvions reconnaître l'arrangement ou toute autre des conditions des molécules matérielles, d'où dépendent les manifestations de l'énergie nerveuse et musculaire, toutes choses que déterminera certainement la science un jour ou l'autre, les physiologistes auraient atteint, en ce sens, l'ultime limite de leur science ; ils auraient déterminé le rapport de la force motrice des animaux aux autres formes des forces disséminées dans la nature. Si l'on avait mené à bien ces investigations pour toutes les opérations qui s'effectuent dans l'organisme des animaux, pour tous les mouvements extérieurs qu'ils produisent, la physiologie serait parfaite et l'on pourrait déduire les faits morphologiques et ceux de la distribution géographique des lois établies par les physiologistes, en les combinant avec celles qui déterminent les conditions de l'univers environnant.

Il n'est point dans l'organisme de cet animal, un seul fragment dont l'étude ne nous ouvrirait des régions aussi élevées de la pensée que celles qu'en peu de mots j'ai cherché à vous faire entrevoir, mais j'espère que mes paroles ne vous ont pas seulement mis à même de vous faire une idée de la portée et du but de la zoologie et qu'elles vous ont encore donné un exemple des voies les plus utiles à suivre pour arriver à connaître la zoologie ou toute autre science physique d'ailleurs.

Avant tout, il s'agit de faire que l'enseignement soit réel et pratique, en fixant l'attention de l'étudiant sur les faits particuliers ; mais en même temps il faut rendre cet enseignement large et compréhensif en se reportant sans cesse aux généralisations dont tous les faits particuliers sont des exemples.

Le homard nous a servi comme type de tout le règne animal ; son anatomie, sa physiologie nous ont fait reconnaître quelques-unes des plus grandes vérités de la zoologie. Après avoir vu par lui-même les faits que je vous ai décrits, après avoir bien compris les relations qui lui auront été expliquées, l'étudiant aura, dans ces limites, une connaissance de la zoologie vraie et valable, toute restreinte qu'elle peut être, et toutes les connaissances scientifiques qu'il aurait pu acquérir par la simple lecture ne pourraient lui être aussi profitables. D'une part il connaît les faits, de l'autre il ne sait que des on dit.

Si j'avais à vous préparer aux examens pour l'obtention des diplômes ès sciences naturelles, je suivrais une voie absolument semblable, en principe, à celle que j'ai suivie.

Je choisirais une éponge d'eau douce, un polype d'eau douce ou une cyanée, une moule d'eau douce, un homard, une poule, comme type de grands embranchements du règne animal; je vous expliquerais leur structure dans tous ses détails, et je vous montrerais en quoi chacun d'eux élucide les grands principes zoologiques : après avoir parcouru soigneusement en tous sens ce champ d'étude, qui serait pour vous une base solide sur laquelle je pourrais compter, je vous ferais reconnaître de la même façon, sans entrer pourtant dans les mêmes détails, des types choisis de même, pour représenter les classes; et puis je dirigerais votre attention aux formes spéciales successivement énumérées comme types, dans ce sommaire, et autres faits qui y sont indiqués.

Tel serait, en thèse générale, le plan que je suivrais, mais j'ai entrepris de vous expliquer le meilleur moyen d'acquérir et de transmettre la connaissance de la zoologie, et vous êtes, par cela même, fondés à me demander de vous expliquer, d'une façon précise et

HUXLEY. La Biologie.   4

détaillée, de quelle façon je me proposerais de vous
procurer les connaissances dont je vous parle.

Il me semble que la méthode d'enseignement de
l'anatomie, en vigueur dans les écoles de médecine,
est le meilleur modèle d'enseignement qu'il soit possible de proposer pour l'enseignement de toutes les
sciences physiques.

Trois éléments constituent cette méthode : des
cours, des *démonstrations*, des *examens*.

Le *cours* a d'abord pour but d'éveiller l'attention et
d'exciter l'ardeur de l'étudiant ; et, j'en suis certain, la
parole, l'influence personnelle d'un professeur res-
pecté réussissent bien mieux que tout autre moyen
pour atteindre ce but.

En second lieu, les cours ont un double avantage,
en tant qu'ils mènent l'étudiant au point saillant d'un
sujet, et qu'en même temps ils le forcent à porter son
attention sur toutes les parties qui le composent, sans
le laisser libre de s'attacher seulement aux parties qui
ont pour lui de l'attrait.

Enfin, les cours donnent à l'étudiant l'occasion de
demander l'explication des difficultés qui se présentent
dans ses études et qui se présenteront d'autant plus
qu'il voudra aller au fond des choses.

Mais, pour que l'étudiant retire d'un cours tout le
bénéfice possible, il y a plusieurs précautions à prendre.

Je suis fort porté à croire que mieux vaut le cours
au point de vue de l'art oratoire, moins il vaut comme
enseignement. La belle élocution entraîne l'auditeur,
il oublie le sens précis du sujet. Puis un mot, une
phrase lui échappent ; pendant un instant il n'a pas

suivi le fil de l'idée, il cherche à le rattraper, et l'orateur parle déjà d'autre chose.

Depuis quelques années, voici comment je m'y prends pour faire mes cours aux étudiants. Je condense en quelques propositions toutes sèches ce qui va faire le sujet du cours pendant une heure; je les lis lentement; les élèves les écrivent sous ma dictée Après avoir lu chacune d'elles, je la fais suivre d'un libre commentaire, je la développe et je l'explique par les exemples, j'explique les termes, j'écarte, au moyen de dessins schématiques largement faits, et qui doivent se succéder facilement sous la main du professeur, toutes les difficultés qu'il est possible d'écarter ainsi. Jusqu'à un certain point vous vous assurez du moins, par ce moyen, la coopération de l'étudiant. S'il est forcé de prendre des notes, il ne peut pas quitter l'amphithéâtre sans avoir acquis quelque chose, et s'il n'apprend rien, après avoir pris des notes qui lui ont été bien expliquées, il faut qu'il soit singulièrement nul et inintelligent.

Quels livres me conseillez-vous de lire? Voilà une question que l'étudiant pose sans cesse à son professeur. J'ai l'habitude de répondre: Laissez là les livres; prenez soigneusement vos notes, sans rien omettre, tâchez de bien comprendre, venez me demander l'explication de tout ce que vous ne comprenez pas, et, pour moi, je préfère que vous n'embrouilliez pas vos idées par la lecture.

Si les leçons du professeur sont bien instituées, elles doivent renfermer toute la matière que l'élève peut s'assimiler pendant le temps qu'il passe à les entendre;

et le professeur ne doit jamais oublier qu'il a pour fonction d'alimenter l'intelligence et non de la bourrer. Je crois vraiment que, si l'élève prend au cours l'habitude de concentrer son attention sur une série de faits bien limitée, jusqu'à ce qu'il les ait parfaitement compris, il a fait par cela même un progrès dont l'importance ne saurait trop s'évaluer.

Mais, malgré toute l'utilité d'un cours bien fait, malgré toutes les lectures excellentes dont on peut l'appuyer, tout cela n'est qu'accessoire. C'est la *démonstration* qui est le grand moyen d'enseignement en fait de science.

Si j'insiste sans cesse, et je dirai même avec fanatisme, sur l'importance des sciences physiques comme moyen d'éducation, c'est qu'à mon avis l'étude bien conduite d'une branche quelconque de la science remplit un vide que ne sauraient combler les autres moyens d'éducation.

J'ai le plus grand respect, le plus grand amour pour la littérature et, si les connaissances littéraires ne devaient plus occuper une place éminente dans l'éducation, j'en serais désolé; je voudrais même que l'on tînt bien plus grand compte, qu'on ne l'a fait jusqu'ici, de la valeur des études littéraires comme moyen de discipline mentale; mais tout cela ne peut m'empêcher de reconnaître qu'il y a une différence énorme entre les hommes dont l'éducation a été purement littéraire, et ceux qui ont acquis des connaissances scientifiques solides.

Si je me demande d'où provient cette différence, je crois en trouver l'explication en ce fait, que dans le monde des lettres il n'y a qu'un genre de savoir, et c'est par les livres que nous l'acquérons ; mais, quand il s'agit des sciences proprement dites, comme quand il s'agit de la vie, il y en a deux ; le savoir des livres ne suffit plus, et pour savoir réellement et à fond, ce sont les faits et non les livres qu'il faut étudier.

On peut acquérir tout ce que peut donner la littérature par la lecture et par les exercices pratiques de l'écriture et de la parole, mais je n'exagère pas en disant que les dons supérieurs de la science ne peuvent s'acquérir par ces moyens. Au contraire, soit que l'on considère l'éducation comme moyen de façonner les hommes, soit qu'il s'agisse de leur donner des connaissances directement utiles, l'heureux résultat d'une éducation scientifique dépendra des limites plus ou moins étendues dans lesquelles on aura pu mettre l'intelligence de l'élève en contact direct avec les faits. On aura réussi selon qu'on aura pu d'autant mieux lui enseigner à en appeler directement à la nature, et qu'il aura acquis par les sens des images concrètes des propriétés des choses que le langage humain exprime imparfaitement, qu'il sera toujours incapable de rendre d'une façon adéquate. D'année en année, nous voyons la nature sous un aspect différent, et nous en parlons en termes nouveaux ; mais un fait, une fois vu, une relation de cause à effet, une fois comprise par la démonstration, sont choses acquises qui ne changent plus, ne passent point, formant tout au contraire des centres fixes autour desquels se réunissent d'autres vérités par affinité naturelle.

Ainsi donc, le professeur de science a pour premier

devoir de graver dans l'esprit de l'étudiant les grands
faits fondamentaux et indiscutables de la science qu'il
professe. Il ne peut se borner à les énoncer, il faut
qu'il les fasse voir, entendre, toucher à son élève, et
qu'au moyen des sens il les lui fasse apprécier d'une
façon si complète que tous les termes employés,
toute loi énoncée lui rappellent plus tard une vive
image des faits particuliers de structure, de rapport,
de mouvement, etc., qui serviront à démontrer la loi
ou à expliquer le nom des choses.

Tout cela est de majeure importance et ne peut
s'obtenir qu'au moyen de démonstrations incessantes.
Ces démonstrations peuvent se donner plus ou moins
pendant un cours, mais il faut alors s'adresser à chacun
des étudiants pris en particulier, et le professeur doit
s'attacher, non pas à montrer à l'élève ce qu'il expose,
mais à faire que celui-ci voit et touche par lui-même.

Quand il s'agit de vraies démonstrations zoologiques, il se présente, je le sais bien, de grandes
difficultés pratiques. La dissection des animaux n'est
pas une occupation des plus agréables ; il faut y
passer beaucoup de temps, et il est souvent difficile
de se procurer tous les spécimens dont on peut avoir
besoin. Le botaniste est bien plus heureux à cet
égard ; il se procure facilement les spécimens qui lui
sont nécessaires ; ses fleurs sont propres, saines et
peuvent se disséquer dans une maison particulière
comme partout ailleurs. C'est pour cela, je pense, que
l'enseignement de la botanique se fait mieux que
celui de la zoologie et trouve plus d'adeptes. Mais,
facile ou non, la démonstration est indispensable si

l'on veut étudier convenablement la zoologie, et il
faut par conséquent disséquer. Sans cela, personne ne
peut acquérir une connaissance solide de l'organisation des animaux.

Pourtant, sans que l'étudiant dissèque par lui-
même, il y a beaucoup à faire au moyen de démonstrations; et il ne serait sans doute pas bien difficile,si
la demande était suffisante, d'organiser, à des prix
relativement modérés, des collections d'anatomie
zoologique qui suffiraient aux besoins d'un enseignement élémentaire.

Sans cela, il y aurait même moyen d'arriver à de
très bons résultats, si les collections zoologiques
ouvertes au public étaient disposées selon ce que
nous avons appelé le principe des types; c'est-à-dire,
si les spécimens, mis sous les yeux du public, étaient
choisis de façon que chacun eût à apprendre quelque
chose en les examinant, tandis qu'aujourd'hui leur
multiplicité amène la confusion.

Ansi la grande galerie d'ornithologie du « British
Museum » contient deux ou trois mille espèces d'oiseaux, et les espèces sont parfois représentées par
quatre ou cinq spécimens. le coup d'œil est charmant, certaines vitrines sont splendides, mais je l'affirme, à part quelques ornithologistes de profession,
personne n'y a jamais puisé des connaissances nouvelles
de quelque importance. Des milliers de promeneurs
parcourent cette galerie, mais, en la quittant, personne
assurément n'en sait plus, au sujet des particularités
essentielles des oiseaux, que lorsqu'il y est entré. Si,
au contraire, en un point de cette grande salle, on

avait exposé quelques préparations pour montrer les
particularités principales de la structure et du mode
de développement d'une simple poule, si les types
des genres, les grandes modifications du squelette,
du plumage selon les âges, de la nidification, etc.,
parmi les oiseaux, y étaient représentés, cette collection pourrait être, selon moi, un grand moyen d'éducation scientifique, et l'on pourrait bien transporter
tous les autres spécimens en un endroit où les hommes
de science, qui peuvent seuls en tirer profit, y auraient
libre accès.

Parmi les moyens à la disposition du professeur,
l'*examen* est le dernier de ceux dont je vous ai parlé,
et ce moyen d'éducation est aujourd'hui si bien compris qu'il n'est guère nécessaire d'entrer dans de longs
développements à ce sujet. Je professe que l'examen
oral et l'examen écrit sont tous deux nécessaires, et
si l'on demande à l'élève de décrire des spécimens, ces
descriptions pourront servir de supplément à la démonstration.

Le temps que j'ai à ma disposition ne me permet
pas d'entrer dans de plus grands détails pour vous
faire connaître les meilleures voies à suivre, en vue
d'acquérir et de transmettre des connaissances en zoologie.

Mais il y a une question préalable que l'on peut
nous présenter et, de fait, je le sais, plus d'un est disposé à la faire valoir. On demandera : Pourquoi
encourager des maîtres d'écoles à acquérir ces connaissances, comme toutes les connaissances physiques
en général ? A quoi bon, dira-t-on, chercher à faire,

des sciences physiques une branche de l'éducation primaire ? En poursuivant de semblables études, les maîtres d'école ne vont-ils pas être détournés de l'étude de connaissances bien plus importantes, mais moins attrayantes ? Et, en admettant même qu'ils puissent acquérir quelques connaissances scientifiques, sans faire tort au but d'utilité auquel ils doivent satisfaire, à quoi serviraient les efforts qu'ils feraient pour inculquer ces connaissances à des petits garçons qui ont simplement besoin d'apprendre à lire, à écrire et à compter.

Voilà des questions que l'on a souvent posées et qu'on posera encore, car elles proviennent de la profonde ignorance qui infecte l'esprit des classes les mieux élevées et les plus intelligentes de notre société, par rapport à la valeur et à la position réelle des sciences physiques. Mais si je ne savais qu'il est facile d'y répondre d'une façon satisfaisante, que cette réponse a été faite bien des fois, et que bientôt tout homme ayant reçu une éducation libérale rougira de poser ces questions, j'aurais honte d'occuper la tribune d'où je vous parle. Vous avez pour but bien important d'assurer l'éducation élémentaire ; il est hors de doute que tout ce qui pourrait mettre obstacle à l'accomplissement de cette fonction capitale serait un grand mal ; et, si je pensais qu'en acquérant les éléments des sciences physiques, ou en les inculquant à vos élèves, vous agissiez à l'encontre de vos devoirs réels, je serais le premier à protester contre ceux qui vous encourageraient à agir de la sorte.

Mais est-il vrai qu'en acquérant des connaissances du

genre de celles qui sont ici proposées, ou qu'en les
transmettant à vos élèves, vous agissiez à l'encontre
du but utile que vous avez à remplir ? Ne serais-je pas
fondé plutôt à demander s'il vous est possible de bien
remplir votre but sans cette aide.

Quel est le but de l'éducation intellectuelle donnée
dans les écoles primaires ? Son premier but selon moi,
est de dresser les enfants à se servir des instruments
à l'aide desquels les hommes tirent leurs connaissances
de la succession sans cesse renouvelée des phénomènes qui passent sous leurs yeux. Puis cette éducation primaire doit leur faire connaître les grandes lois
fondamentales qui gouvernent le cours des choses,
comme le prouve l'expérience, pour qu'ils n'arrivent
pas tout nus dans le monde, qu'ils n'y soient pas sans
défense et la proie d'événements dont ils auraient pu
se rendre maîtres.

Un petit garçon apprend à lire sa langue et celle
des peuples voisins, pour être à même d'avoir accès
à un fonds de connaissance bien plus étendu que
celui que pourraient mettre à sa disposition les rapports qu'il aurait par la parole avec ses semblables ;
il apprend à écrire pour multiplier indéfiniment ses
moyens de communication avec tous les autres
hommes, et en même temps pour se trouver à même
de noter et de mettre en réserve toutes les connaissances qu'il peut acquérir. On lui enseigne les mathématiques élémentaires pour qu'il puisse comprendre
toutes ces relations de nombre et de forme sur lesquelles reposent les transactions des hommes asso-
ciés en sociétés compliquées, et pour qu'il puisse

avoir quelque pratique du raisonnement par déduction.

La lecture, l'écriture et le calcul sont des opérations qui doivent servir de moyens intellectuels, et il est de première importance de les connaître et de les connaître à fond, afin que le jeune homme puisse faire de sa vie ce qu'elle doit être : un progrès continuel en connaissances et en sagesse.

Mais, de plus, l'éducation primaire cherche à munir les enfants d'un certain bagage de connaissances positives. On leur enseigne les grandes lois morales, la religion de leur secte, et ce qu'il faut d'histoire et de géographie pour savoir où sont situés les grands pays du monde, ce qu'ils sont eux-mêmes, et comment ils sont devenus ce qu'ils sont actuellement.

Sans doute, voilà d'excellentes choses à enseigner à un petit garçon, et je ne voudrais rien en retrancher dans un système d'éducation primaire. Dans ses limites, celui-ci est excellent.

Mais si je l'observe attentivement, il fait naître en moi une singulière réflexion.

Je me figure qu'il y a quinze cents ans un citoyen de Rome, en bonne position de fortune, faisait apprendre à son fils absolument les mêmes choses. L'enfant apprenait à lire et à écrire en sa langue, en grec aussi peut-être ; il apprenait les mathématiques élémentaires, la religion, la morale, l'histoire, la géographie qui avaient cours alors. De plus, je ne crois pas me tromper en affirmant que si un jeune chrétien de l'ancienne Rome, ayant fini son éducation, pou-

vait être transporté dans une de nos grandes écoles
publiques, et qu'on lui fît parcourir toute l'instruction
qu'on y donne, il n'y rencontrerait pas une seule
ligne de pensée nouvelle pour lui ; parmi tous les faits
nouveaux qu'on lui donnerait à étudier, il n'en est
pas un qui pourrait l'amener à considérer l'univers
d'une façon différente de celle qui avait cours à son
époque.

Et pourtant, il y a assurément quelque différence
capitale entre la civilisation du IV⁰ siècle et celle du XIX⁰,
et cette différence est plus marquée encore entre les
habitudes intellectuelles et la manière de penser, de
cette époque et de la nôtre.

D'où provient cette différence? Je vous réponds en
homme sûr de son fait. Elle provient du développement prodigieux des sciences physiques pendant les
deux derniers siècles.

La civilisation moderne repose sur les sciences
physiques ; retranchez tout ce qu'elles ont donné à
notre pays, et demain nous aurons perdu notre position parmi les nations qui dirigent le monde; ce sont,
en effet, les sciences physiques qui seules rendent l'intelligence et l'énergie morales plus puissantes que la
force brutale.

La science domine toute la pensée moderne; elle
exerce son influence sur les œuvres de nos meilleurs
poètes, et même celui qui se dévoue exclusivement
aux lettres, affectant de l'ignorer et de la mépriser,
est, à son insu, imprégné de son esprit et doit à ses
méthodes ce qu'il a fait de mieux. Je crois que la
science détermine en ce moment la plus grande des

révolutions intellectuelles que l'humanité ait encore vues. Elle nous enseigne qu'il faut en appeler en dernier ressort à l'observation, à l'expérience, et non à l'autorité ; elle nous apprend à connaître ce que vaut l'évidence ; elle doit nous donner une oi ferme et efficace en l'existence de lois morales et physiques immuables auxquelles nous devons une soumission absolue, une obéissance qui constitue le but le plus élevé que puisse se proposer un être intelligent.

Mais notre vieux système stéréotypé d'éducation ne tient pas compte de tout ceci. A chaque instant de sa vie, le plus pauvre enfant va se trouver en présence des sciences physiques, de leurs méthodes, de leurs problèmes, des difficultés qu'elles soulèvent, et pourtant nous l'élevons de telle façon qu'en entrant dans le monde il ignorera, comme au jour de sa naissance, les méthodes et les faits scientifiques. Le monde moderne est plein d'artillerie, et nous y lançons nos enfants pour combattre équipés du bouclier et de l'épée des anciens gladiateurs.

Si nous ne portons pas remède à ce déplorable état de choses, la postérité aura droit de nous vouer à la honte, et même, si nous avons encore vingt ans à vivre, la conscience de ce que nous faisons aujourd'hui nous fera rougir alors de confusion.

A tout cela il n'y a qu'un seul remède, j'en ai l'intime conviction : il faut que les éléments des sciences physiques fassent partie intégrante de l'éducation primaire. J'ai cherché à vous faire voir comment on peut y arriver dans la voie scientifique qui fait l'objet de mes occupations, et j'ajoute que le jour où chacun des maîtres d'école de ce pays formerait un centre de connaissances physiques vraies, toutes rudimentaires qu'elles pourraient être, ferait pour moi époque dans l'histoire de notre pays.

Mais, je vous en supplie, n'oubliez jamais les quelques mots qu'il me reste à vous dire : comme professeurs, rappelez-vous qu'en fait de sciences physiques le savoir des livres est une fiction, un trompe-l'œil. Si vous ne voulez être des imposteurs, il faut d'abord savoir réellement ce que vous avez à enseigner à vos élèves, et la science, le savoir réel, signifie la connaissance personnelle des faits, soit que vous en connaissiez seulement quelques-uns, soit au contraire que vous en connaissiez beaucoup [1].

---

[1] Certaines personnes m'ont donné à entendre qu'on pourrait mal interpréter mes paroles et croire que je veux proscrire toute espèce d'instruction scientifique qui ne ferait pas connaître les faits de première main. Mais tel n'en est pas le sens. Sans doute l'idéal de l'enseignement scientifique est un système au moyen duquel l'élève verrait les faits par lui-même, le professeur ne servant qu'à lui donner les explications. Il est bien rare cependant que les circonstances nous permettent de réaliser cet idéal, et il faut savoir se contenter de ce qu'il y a de mieux après cela. Il faudra que l'élève croie souvent sur parole un professeur qui, connaissant les faits pour les avoir vus par lui-même, saura les décrire avec assez de lucidité pour mettre ses auditeurs à même de s'en former des idées exactes. Le système que je repousse est celui qui permet à un professeur sans connaissance pratique et directe des faits capitaux d'une science, de repasser ensuite aux autres ses connaissances de seconde main. Le virus scientifique est semblable à celui de la vaccine ; quand il passe successivement par un trop grand nombre d'organismes, il perd son efficacité et ne garantit plus la jeunesse contre les épidémies intellectuelles auxquelles elle est exposée.

III

L'ENSEIGNEMENT ÉLÉMENTAIRE
DE LA PHYSIOLOGIE

Le principe d'après lequel je me hasarde à recommander que l'enseignement élémentaire de la physiologie forme une partie essentielle de tout cours d'instruction organisé pour les matières d'économie domestique, est qu'une connaissance, même des seuls éléments de ce sujet, fournit ces idées de la constitution et du mode d'action du corps vivant, et de la nature de la santé et de la maladie, qui préparent l'esprit à recevoir la connaissance de la science qui guérit.

Il est, je pense, très désirable que l'hygiéniste et le médecin trouvent, dans l'esprit du public, quelque chose qui puisse répondre à leur appel, une petite provision de vérités universellement reconnues, qui puisse servir de fondement à leurs avertissements, et prédisposer les patients à obéir avec intelligence à leurs recommandations.

Quand on écoute une conversation ordinaire, au sujet de la santé, de la maladie et de la mort, on en vient parfois à douter que ceux qui parlent croient que le cours de la causation naturelle s'effectue aussi aisément dans le corps humain que partout ailleurs.

On trouve trop souvent des indices d'un courant d'opinion, à demi-avoué et à demi-inconscient, suivant lequel les phénomènes de la vie ne sont pas seulement très différents, dans leurs caractères superficiels et leur importance pratique, d'autres événements naturels, mais qu'ils ne se suivent pas dans cet ordre défini qui caractérise la succession de tous les autres événements, ordre auquel nous donnons le nom de loi de nature. C'est de là que viennent, je pense, le manque de croyance sincère dans la valeur de la connaissance des lois de la santé et de la maladie, et de la prévoyance et du soin dont la connaissance est le préliminaire essentiel, que l'on remarque si souvent, et un relâchement et une négligence correspondante, dans la pratique, dont les résultats sont fréquemment déplorables.

On dit que, parmi les nombreuses sectes religieuses de la Russie, il en est une qui croit que toute maladie est amenée par l'intervention directe et spéciale de la Divinité, et qui, par conséquent, considère avec répugnance les mesures, soit préventives, soit curatives, comme étant également une intervention sacrilège contre la volonté de Dieu.

Chez nous, une seule secte, je crois, professe la même doctrine intégralement et la pousse jusqu'à la dernière rigueur. Mais il en est parmi nous d'assez âgés pour se souvenir que l'administration du chloroforme pour l'adoucissement des douleurs de l'enfantement rencontra à son début, une résistance obstinée par des raisons semblables.

Je ne suis pas sûr que le sentiment, dont la

secte à laquelle je viens de faire allusion est la plus complète expression, n'existe pas au fond de l'esprit de beaucoup de gens qui auraient pourtant de grandes objections à donner un assentiment verbal à la théorie elle-même. Quoi qu'il en puisse être, le point principal est que nous avons acquis maintenant une connaissance des phènomènes vitaux qui suffit pour justifier l'assertion que l'idée que ces phéno- mènes ont quelque chose d'exceptionnel ne reçoit l'appui d'aucun fait connu : au contraire, il se produit une masse énorme et croissante de témoignages qui montrent que la naissance et la mort, la santé et la maladie font tout autant partie du courant des événe- ments que le lever et le coucher du soleil, ou les phases de la lune ; et que le corps humain est un méca- nisme dont le fonctionnement normal s'appelle santé ; le dérangement, maladie ; et l'arrêt, mort. L'activité de ce mécanisme dépend de beaucoup de conditions compliquées, dont quelques-unes sont irrémédiable- ment en dehors de notre contrôle, tandis que d'autres sont aisément accessibles et capables d'être modifiées par nos actions d'une manière indéfinie. L'affaire de l'hygiéniste et du médecin est de connaître la portée de ces conditions modifiables et de savoir les influencer pour le maintien de la santé et la prolongation de la vie ; l'affaire du public en général est de donner un consentement intelligent et une obéissance, basée sur ce consentement, aux règles posées pour leur gouverne par ces experts. Mais un assentiment intelligent doit s'appuyer sur la connaissance, et le savoir dont il s'agit ici est une connaissance des éléments de la physiologie.

Il n'est pas difficile d'acquérir ce savoir. Ce qui, dans une certaine mesure, est vrai de toutes les sciences physiques, l'est, d'une manière caractéristique, de la physiologie ; la difficulté du sujet commence au-delà de l'étape de la connaissance élémentaire, et s'accroît à chaque étape du progrès. Si l'intelligence la mieux dressée et la plus cultivée peut trouver toutes ses ressources insuffisantes quand elle s'efforce d'atteindre les sommets, ou de pénétrer les profondeurs des problèmes physiologiques, les vérités élémentaires et fondamentales peuvent être rendues claires pour un enfant.

Nul ne peut avoir de difficulté à comprendre le mécanisme de la circulation ou de la respiration, ou le mode général d'action de l'organe de la vue, bien que le débrouillement de tous les détails de ces processus puisse, actuellement, dérouter les attaques réunies des physiciens, chimistes et mathématiciens les plus distingués. Connaître l'anatomie du corps humain, même à peu près complétement, est l'œuvre de toute une vie; mais ce qu'il en faut savoir pour comprendre les vérités physiologiques élémentaires peut être appris en une semaine.

Non seulement il est facile d'acquérir une connaissance des éléments de la physiologie, mais on peut se faire une connaissance véritable et pratique des faits. On a toujours sous la main, en soi-même, le sujet à étudier. On peut sentir, sous sa propre peau, les éléments principaux du squelette et les changements de forme des muscles qui se contractent; on peut prendre note du battement de son cœur et de ses rapports avec le pouls ; on peut montrer l'influence des valvules de ses propres veines ; les mouvements de la respiration peuvent être observés, tandis que les merveilleux phénomènes de la sensation offrent un champ sans bornes à une étude de soi-même aussi curieuse qu'intéressante. La piqûre d'une aiguille donnera, dans une goutte du propre sang de l'observateur, matière à l'observation microscopique des phénomènes qui sont le fondement de toute conception biologique; et un rhume, avec son accompagnement de toux et d'éternuements, peut prouver l'utilité de l'adversité en favorisant une claire conception de ce qu'on entend par « action réflexe ».

Il y a, naturellement, une limite à cet examen physiologique personnel. Mais il existe une solidarité si intime entre nous et nos parents pauvres du monde animal que nos parties intérieures inaccessibles peuvent trouver dans les leurs un supplément d'examen. Un anatomiste sait que le cœur, les poumons ou l'œil du mouton ne doivent pas être confondus avec ceux d'un homme ; mais, pour ce qui concerne l'intelligence des faits élémentaires de la physiologie de la circulation, de la respiration et de la vue, les uns fournissent les données anatomiques essentielles tout aussi bien que les autres.

Donc, il est parfaitement possible d'enseigner les éléments de la physiologie de manière, non seulement à conférer la science qui, par la raison que j'en ai donnée, est utile en soi, mais aussi aux fins de former l'esprit à l'observation rigoureuse et aux méthodes de raisonnement de la science physique ; mais c'est là un avantage que je ne mentionne qu'en passant, puisque je n'ai pas à traiter ici de l'éducation dans le sens ordinaire du mot.

On ne soupçonnera point que je veuille faire des physiologistes de tout le monde. Il serait tout aussi logique d'accuser un partisan des études classiques du désir de faire un orateur, un auteur et un mathématicien de chacun. Un orateur qui patauge, un écrivain de pattes de mouche, et un arithméticien qui n'a pas dépassé la règle de trois, ne font pas des personnages brillants par leurs talents; mais la différence entre un semblable membre de la société et celui qui ne sait ni lire, ni écrire, ni compter, est presque impossible à exprimer; et personne, de nos jours, ne doute du prix de l'instruction, même à ce degré seul.

Dire qu'un peu de savoir est chose dangereuse est, à mon sens, un adage très dangereux. Si le savoir est réel, et vrai, je ne crois pas qu'il soit jamais autre chose qu'une possession très précieuse, quelque infinitésimale qu'en soit la quantité. En réalité, si peu de connaissance offre du danger, quel est l'homme qui en ait assez pour se sentir en sûreté ?

Si les travaux de la longue vie de William Harvey lui eussent révélé la dixième partie de ce qui peut constituer un savoir sain et réel pour nos garçons et nos filles, il n'eût pas été seulement ce qu'il fut, le plus grand physiologiste de son siècle, mais il eût brillé au XVIIe siècle comme une sorte de prodige intellectuel : notre « petit savoir » eût été, pour lui, une vision grande, prodigieuse, inattendue, de vérité scientifique.

Je ne sais quel mal il peut y avoir à donner à nos

enfants une petite connaissance de la physiologie. Mais alors, ainsi que je l'ai dit, l'enseignement doit être réel, basé sur l'observation, soutenu par de bons diagrammes et modèles explicatifs, et donné par un professeur dont le savoir a été acquis par l'étude des faits, et ce ne doit point être le bavardage de perroquet, en forme de catéchisme, qui, trop souvent, usurpe la place de l'enseignement élémentaire.

Il est, j'espère, inutile que je donne un démenti formel à la sotte légende que mettent assidûment en circulation les fanatiques qui devraient savoir et qui savent réellement toute la fausseté de leurs assertions, que j'ai prêché l'introduction de cette discipline expérimentale qui est absolument indispensable aux physiologistes de profession, dans l'enseignement élémentaire.

Mais, quoique je sois opposé à toute expérimentation qu'on peut appeler à juste titre douloureuse pour les fins de l'enseignement élémentaire, et que, en ma qualité de membre de la dernière Commission royale, j'aie fait de mon mieux pour empêcher d'infliger des souffrances inutiles, à quelque fin que ce fût, je crois de mon devoir de saisir cette occasion pour exprimer mon regret de l'état d'une loi qui permet à un gamin de piquer des brochets ou d'armer une ligne avec une grenouille vivante en guise d'appât, pour un amusement frivole, et qui, au même moment, expose le professeur de ce gamin à la punition d'une amende ou de la prison quand il se sert de ce dernier animal pour montrer un des spectacles physiologiques les plus beaux et les plus instructifs, la circulation dans la palmure de la patte. Personne ne se hasarderait à affirmer qu'une grenouille n'est pas gênée quand on l'enveloppe dans un chiffon mouillé, avec ses doigts de patte étendus en dehors ; et il n'est pas douteux que cette gêne ne soit une sorte de souffrance. Mais on ne doit pas infliger la moindre souffrance à un animal vertébré pour des buts scientifiques (bien que cela soit permis pour gagner de l'argent ou s'amuser) sans une autorisation du secrétaire d'État du département de l'intérieur accordée en vertu de l'acte de vivisection.

C'est ainsi qu'il arrive qu'en l'an de grâce 1875 deux personnes peuvent être accusées de cruauté envers les animaux. L'une a empalé une grenouille et laissé la pauvre créature se tordre pendant des heures, dans cette situation ; l'autre n'a pas torturé l'animal plus que nous ne le serions si l'on nous attachait des ficelles aux doigts, en nous gardant comme des patients hydrophobes. Le premier délinquant dit : « Je l'ai fait parce que la pêche est si amusante, » et le magistrat le renvoie en paix ; peut-être même lui souhaite-t-il bonne pêche. Le second plaide que : « il voulait faire pénétrer une vérité scientifique avec la clarté que rien autre ne pouvait remplacer dans l'esprit de ses élèves, » et le magistrat le condamne à cinq livres d'amende [1].

Je ne puis m'empêcher de penser que cet état de choses est anormal et nous fait fort peu d honneur.

---

[1] Cent vingt-cinq francs d'amende.

IV

LA BASE PHYSIQUE DE LA VIE [1]

Pour me faire plus généralement comprendre, j'ai traduit par *base physique de la vie*, titre de cette conférence, le terme *protoplasme*, nom scientifique de la substance dont je vais vous parler. Je suppose que, pour beaucoup d'entre vous, l'idée qu'il existe quelque chose méritant le nom de *base physique* ou *matière de la vie* sera nouvelle, tant il est habituel de concevoir la vie comme quelque chose agissant au moyen de la matière, dont elle serait néanmoins indépendante. Même ceux qui savent que la matière et la vie se relient d'une

---

[1] Les pages suivantes contiennent en substance ce qui a été dit dans un discours prononcé à Édimbourg le dimanche soir, 8 novembre 1868. J'avais été chargé de faire la première des conférences sur des sujets non théologiques, instituées pour les soirées du dimanche par le révérend J. Cranbrook. Je la publie ici en omettant quelques phrases dont l'intérêt était tout local et transitoire ; au lieu de citer le discours de l'archevêque d'York d'après les comptes rendus des journaux, je cite la brochure « Sur les limites des recherches philosophiques » (*On the Limits of philosophical Inquiry*), publiée plus tard par ce prélat. En divers endroits j'ai cherché à exprimer ce que je voulais dire, d'une façon plus complète et plus claire que je ne l'avais fait tout d'abord, paraît-il, à en juger par certaines critiques adressées aux opinions que l'on m'a prêtées gratuitement. Mais, comme fond et même comme forme, autant que je puis compter sur ma mémoire, ce que j'écris ici correspond à ce que j'ai dit à Édimbourg.

façon inséparable ne sont pas préparés à admettre
cette conclusion, clairement indiquée par mon expression de *base physique de la vie*, qu'il y a une sorte de
matière unique commune à tous les êtres vivants, et
qu'une unité physique, aussi bien qu'une unité idéale,
réunit leurs diversités infinies. En effet, cette doctrine,
à première vue paraît choquante pour le sens commun.

Que peut-il y avoir de plus clairement dissemblable
en vérité, comme facultés, comme forme et comme
substance, que les espèces différentes des êtres vivants ?
Quelle faculté commune peut-il y avoir entre ce lichen
aux couleurs chatoyantes qui ressemble si bien à une
incrustation minérale des roches dénudées sur lesquelles il pousse, et le peintre pour lequel cette petite
plante rayonne de beauté, ou le botaniste qui y puise
les connaissances qui font sa joie ?

Considérez encore un fongus microscopique, particule ovoïde infinitésimale qui trouve dans le corps
d'une mouche vivante le temps et l'espace nécessaires
pour se multiplier des millions de fois, puis voyez la
richesse du feuillage, l'abondance de fleurs et de fruits
qui séparent cette maigre ébauche d'une plante, et le
pin géant de Californie dont la cime s'élève à la hauteur des flèches de nos cathédrales, ou le figuier d'Inde
dont l'ombre épaisse couvre de grandes étendues et
qui dure pendant que des nations et des empires
naissent et disparaissent autour de sa vaste circonfé-
rence.

Ou, vous tournant vers l'autre moitié du monde de
la vie, figurez-vous la grande baleine Jubarte, la plus
énorme des bêtes actuellement vivantes ou ayant vécu

autrefois, promenant sa masse d'os, de muscles, de lard, longue de vingt-cinq ou trente mètres, et la roulant à l'aise, au milieu des tempêtes où les plus puissants navires sombreraient inévitablement, et comparez ce monstre aux animalcules invisibles, petits points gélatineux dont les multitudes peuvent danser en réalité sur la pointe d'une aiguille, comme le pouvaient en imagination les anges entrevus par la scholastique.

Après vous être figuré tout cela, vous pouvez bien vous demander : qu'y a-t-il de commun, comme forme et comme structure, entre l'animalcule et la baleine, entre le fongus et le figuier ? Et, *à fortiori*, entre les quatre ?

Finalement, si nous considérons la substance ou la composition matérielle, quel lien caché peut-il y avoir entre cette fleur qui orne la chevelure d'une jeune fille et le sang généreux qui coule dans ses veines ; qu'y a-t-il de commun entre la masse dense et résistante du chêne, la structure si compacte d'une tortue, et ces larges disques de gelée transparente dont on reconnaît les pulsations sous les eaux d'une mer calme, mais qui s'écoulent en bave dans les mains de celui qui cherche à les retirer de leur élément ?

Des objections de ce genre doivent se présenter, je pense, à l'esprit de tous ceux qui réfléchissent pour la première fois sur la conception d'une base physique unique de la vie, sur laquelle reposeraient toutes les diversités d'existence vitale ; mais je me propose de vous montrer que, malgré ces difficultés apparentes, une triple unité se manifeste dans toute l'étendue du monde vivant : unité de puissance ou de faculté, unité de forme et unité de composition substantielle.

Nous n'avons pas d'arguments bien abstraits, d'abord, pour prouver que les puissances ou facultés de toutes sortes de la matière vivante, quelle que soit la diversité qu'elle présente en degré, sont substantiellement similaires en espèce.

Gœthe a réuni une vue d'ensemble de toutes les puissances du genre humain dans une épigramme bien connue :

« Pourquoi le peuple se précipite-t-il en criant ? Il veut se nourrir,
« Elever des enfants, et les nourrir le mieux possible,
. . . .
« Aucun homme ne peut aller plus loin malgré tous ses efforts. »

Pour traduire ceci en langage physiologique, nous dirons que les activités multiples et compliquées de l'homme se résument en trois catégories : les actions humaines ont pour but immédiat de maintenir ou de développer le corps ; ou bien elles produisent des changements passagers dans les positions relatives des parties du corps ; ou enfin elles se rattachent à la propagation de l'espèce. Même ces manifestations de l'intelligence, de la sensibilité, de la volonté, que nous appelons à juste titre les facultés supérieures, sont comprises dans cette classification ; car, mettant à part celui qui en est le sujet, elles ne sont connues aux autres que comme changements transitoires de la position relative des parties du corps. En dernière analyse la parole, le geste et toutes les autres formes d'actions humaines peuvent se réduire en contractions musculaires, et la contraction musculaire n'est qu'un changement transitoire dans la position relative des parties d'un muscle.

Mais, si cette manière de voir est assez large pour inclure les activités des formes supérieures de la vie, elle embrasse celle de toutes les créatures inférieures. La plante et l'animalcule les plus bas dans l'échelle se nourrissent, s'accroissent et reproduisent leur espèce. De plus, tous les animaux manifestent ces changements transitoires de formes que nous classons sous les titres d'*irritabilité* et de *contractilité*; et il est infiniment probable que, quand nous aurons exploré à fond le monde végétal, nous reconnaîtrons qu'à un moment ou l'autre de leur existence, toutes les plantes possèdent ces mêmes puissances.

Je n'ai pas ici en vue certains phénomènes rares et frappants, à la fois, du genre de ceux que nous montrent les folioles de la sensitive, ou les étamines de l'épine-vinette, mais des manifestations de la contractilité végétale bien plus largement répandues et en même temps plus délicates et plus cachées. Vous savez tous assurément que l'ortie ordinaire doit sa propriété de piquer à des poils innombrables, raides, en forme d'aiguilles excessivement fines qui en recouvrent toute la surface. Chacun de ces petits aiguillons s'amincit de la base au sommet, et, bien que ces sommets soient arrondis, ils sont d'une finesse microscopique telle qu'ils pénètrent facilement dans la peau et s'y rompent. Tout le poil se compose d'une enveloppe ligneuse extérieure fort délicate ; une couche de matière semi-fluide, pleine de granules innombrables d'une petitesse extrême, est intimement appliquée contre la surface interne de l'enveloppe. Cette couche semi-fluide est du protoplasme, qui forme ainsi une sorte de sac plein d'une liqueur limpide, et qui correspond assez régulièrement à l'intérieur du poil qu'il remplit. Quand on examine la couche de protoplasme du poil d'ortie à un grossissement suffisant, on y reconnaît un mouvement continuel. Des contractions locales de toute l'épaisseur de la substance des poils se propagent lentement et graduellement d'une pointe à l'autre, comme des vagues successives, semblables aux ondulations que produit le vent en courbant les uns après les autres les épis d'un champ de blé.

Mais, indépendamment de ces mouvements on en reconnaît encore d'autres. Les granules sont poussés en courants relativement rapides à travers des canaux du protoplasme, et ce mouvement, paraît-il, persiste d'une façon remarquable. Le plus souvent les courants des parties adjacentes du protoplasme prennent la même direction, et l'on voit sur un des côtés du poil un courant général ascendant et un courant descendant de l'autre côté. Mais ceci n'empêche pas la production de quelques courants partiels prenant des routes différentes ; quelquefois on voit des trains de granules courant rapidement en sens inverses à un ou deux millièmes de millimètre l'un de l'autre. Parfois il se produit des collisions entre courants opposés, et, après une lutte plus ou moins longue, un des courants l'emporte. Ces courants, semble-t-il, sont causés par des contrac-

tions du protoplasme limitant les canaux dans lesquels les courants se produisent, mais les contractions sont si minimes qu'on ne peut les voir à
l'aide des meilleurs microscopes qui nous montrent
seulement leurs effets.

Le spectacle de ces énergies merveilleuses ren-
fermées dans les limites du poil microscopique
d'une plante que nous regardons habituellement
comme un organisme purement passif est une chose
que n'oublie pas facilement celui qui l'a observée
pendant des heures successives, sans qu'il s'y manifeste aucun signe d'arrêt. On commence alors à
entrevoir la complexité possible de beaucoup d'autres
formes organiques, aussi simples en apparence que
le protoplasme de l'ortie, et l'idée d'un éminent
physiologiste, qui comparait un protoplasme de ce
genre à un corps muni d'une circulation interne,
perd beaucoup son étrangeté.

On a observé des courants semblables à ceux des
poils de l'ortie dans un grand nombre de plantes très
différentes, et des hommes d'une haute autorité ont
émis l'idée qu'ils se produisaient probablement, d'une
façon plus ou moins parfaite, dans toutes les jeunes
cellules végétales. S'il en est ainsi, le merveilleux
silence de midi, dans une forêt des tropiques, dépend
seulement de notre faiblesse d'ouïe et, si nos oreilles
pouvaient saisir les murmures de ces petits tourbillons qui roulent dans les myriades innombrables de
cellules vivantes contenues dans chacun des arbres,
nous en serions étourdis comme au bruissement
d'une grande ville.

Parmi les plantes inférieures il n'est pas rare, il est même plutôt de règle que la contractilité se manifeste plus évidemment encore à quelque moment de leur existence. Le protoplasme des algues et des fongus s'échappe complètement ou partiellement, dans bien des circonstances, de son enveloppe ligneuse et nous montre des mouvements de totalité de sa masse, ou se meut par la contractilité d'un ou de plusieurs prolongements en forme de poils et que l'on appelle des cils vibratiles. Et, en tant qu'on a étudié jusqu'ici les conditions de la manifestation des phénomènes de contractilité, ces conditions sont les mêmes pour la plante et pour l'animal. Dans les deux cas, la chaleur et les commotions électriques l'influencent et dans le même sens, quoique cette action puisse différer en degré.

Je n'ai nullement l'intention de vous donner à entendre qu'entre la plante la plus basse et la plante la plus élevée dans l'échelle il n'y a pas de différence de faculté, ou qu'il n'y en a pas entre les plantes et les animaux.

Mais ces différences de puissance qui séparent les êtres vivants inférieurs, des supérieurs, sont des différences de degré non des différences spécifiques, et comme Milne-Edwards l'a si bien indiqué il y a longtemps, elles dépendent de ce que la division du travail se produit à des degrés différents dans l'économie des êtres vivants. Dans les organismes inférieurs toutes les parties peuvent accomplir toutes les fonctions, et la même portion de protoplasme devient successivement organe de nutrition, de mouvement

ou de reproduction. Dans les êtres supérieurs, au contraire, un grand nombre de parties se réunissent pour
accomplir une fonction, chaque partie accomplissant
la part de travail qui lui est assignée d'une manière
fort exacte et très efficace, sans pouvoir cependant
servir à aucun autre usage.

D'autre part, malgré toutes les ressemblances fondamentales qui existent entre les puissances du protoplasme dans les animaux, ces puissances nous
offrent une différence frappante (je développerai tout
au long ce point un peu plus loin) en ce fait que les
plantes peuvent produire du protoplasme nouveau
au moyen des composés minéraux, tandis que les
animaux doivent se le procurer tout fait, et dépendent ainsi des plantes en fin de compte. Nous ne
savons rien actuellement des conditions qui produisent cette différence dans les puissances des deux
grandes divisions du monde vivant.

En tenant compte de ce que nous venons de dire,
on peut avancer en toute vérité que tous les actes
des êtres vivants sont uns, fondamentalement. Peut-
on dire que cette unité se révèle aussi dans leurs
formes? Cherchons une réponse à cette question
dans les faits faciles à vérifier. Si l'on se procure une
goutte de sang par une petite piqûre du doigt, et
qu'on l'examine avec les précautions voulues, à un
grossissement suffisant, on verra parmi la foule in-
nombrable des corpuscules, petits corps discoïdes
qui y flottent et donnent au sang sa couleur, d'autres
corpuscules incolores, bien moins nombreux, un
peu plus grands et de formes très irrégulières. Si l'on

maintient la goutte de sang à la température du corps, on reconnaîtra dans ces corpuscules incolores une singulière activité ; leurs formes changent rapidement ; il se produit des prolongements en saillie ou en dépression sur la substance de ces petits corps, et ils se meuvent en tous sens comme s'ils étaient des organismes indépendants.

La substance qui manifeste ainsi son activité est une masse de protoplasme, et c'est par les détails, plutôt qu'en principe, que cette activité diffère de celle du protoplasme de l'ortie. Sous l'influence de circonstances variées, le corpuscule meurt, se distend et forme une masse arrondie, au milieu de laquelle on voit un petit corps sphérique qu'on appelle le noyau. Il existait précédemment dans le corpuscule vivant, mais il était alors plus ou moins caché. On trouve, dans la peau, des corpuscules d'une structure essentiellement similaire ; on en retrouve encore dans la membrane qui revêt l'intérieur de la bouche ; ils sont disséminés dans toute la charpente du corps. Bien plus, au premier moment de l'existence de l'organisme humain, en l'état où l'on commence à le distinguer dans l'œuf qui le produit, cet organisme n'est qu'un assemblage de corpuscules de ce genre, et à un certain moment tous les organes du corps n'ont été qu'un agrégat de même nature.

Ainsi donc, on reconnaît dans une masse de protoplasme munie d'un noyau, ce que l'on peut appeler *l'unité de structure* du corps humain. De fait, le corps, à son premier état, n'est qu'un multiple d'unités de ce genre ; à son état parfait, c'est un multiple des mêmes unités diversement modifiées.

Mais cette formule qui exprime les caractères essentiels de structure des animaux supérieurs, suffit-elle à exprimer la structure des autres, comme nous avons vu que celle qui exprimait les puissances et les facultés s'appliquait à tous les animaux en général ? Peu s'en faut. Les mammifères et les oiseaux, les reptiles et les poissons, les mollusques, les vers et les polypes sont tous composés d'unités de structure, présentant le même caractère ; ce sont des masses de protoplasme à noyau. Il y a divers animaux très inférieurs qui ne sont, comme structure qu'un corpuscule blanc du sang menant une vie indépendante. Mais tout au bas de l'échelle animale, cette simplicité se simplifie encore, et tous les phénomènes de la vie se manifestent dans une particule du protoplasme sans noyau. Ce n'est pas le défaut de complexité qui rend ces organismes insignifiants ! Il y a lieu de se demander si la masse du protoplasme de ces formes les plus simples de la vie qui peuplent une immense étendue du fond des mers ne l'emporterait pas en poids sur l'ensemble de tous les êtres vivants superieurs qui habitent la terre. Et aux temps anciens, comme aujourd'hui même, ces êtres vivants ont été les plus grands constructeurs de rochers.

Ce que j'ai dit du monde animal n'est pas moins vrai des plantes.

On trouve un noyau sphérique caché dans le protoplasme de la base du poil de l'ortie. En outre, l'examen attentif de toute la substance de l'ortie fait reconnaître que cette plante se compose d'une répétition de semblables masses de protoplasme à noyau, chacun des noyaux étant contenu dans une petite enveloppe ligneuse dont la forme se modifie pour former tantôt la fibre du bois, tantôt un conduit ou vaisseau spiral, ou encore un grain de pollen ou un ovule. En remontant à son premier état, on voit l'ortie provenir, comme l'homme, d'une particule de protoplasme à noyau.

Et dans les plantes les plus basses, comme dans les animaux les plus inférieurs, une seule masse de protoplasme de ce genre peut constituer toute la plante, et même ce protoplasme peut manquer de noyau.

S'il en est ainsi, on pourra bien demander : Comment reconnaîtrez-vous l'une de l'autre de semblables masses de protoplasme sans noyau ? Pourquoi donner à l'une le nom de *plante*, à l'autre le nom d'*animal ?*

La seule réponse à faire, c'est que, si l'on tient compte des formes seulement, il n'est pas possible de distinguer les plantes des animaux, et que dans bien des cas c'est une pure convention qui nous fait donner à tel ou tel organisme le nom de *plante* ou celui d'*animal.*

Il y a un corps vivant, appelé *Æthalium septicum*, que l'on voit paraître sur les substances végétales en décomposition, et que l'on trouve souvent à un de ses états au-dessus des puits à tan. C'est alors, à tous égards, un fongus, et autrefois on le considérait toujours ainsi ; mais les belles recherches de de Bary ont fait voir qu'à un autre état l'*Æthalium* est un être

doué de mouvements de locomotion très actifs, absor-
bant des matières solides qui selon toute apparence
lui servent d'aliment et dénotant ainsi un des traits
les plus caractéristiques de l'animalité. Est-ce là une
plante, est-ce là un animal ? L'*Æthalium* est-il à la
fois plante et animal, ou n'est-il ni l'un ni l'autre ?
Quelques-uns se sont décidés en faveur de cette dernière supposition ; on établit ainsi un règne intermédiaire, une sorte de terrain neutre, siège de toutes
ces formes douteuses. Mais, comme il est impossible,
chacun le reconnaît, d'établir une limite bien tranchée entre ce terrain neutre pour le séparer, d'une part,
du monde végétal, et du monde animal, de l'autre, il
me semble qu'on n'est ainsi arrivé qu'à mettre ici deux
difficultés au lieu d'une.

Le protoplasme simple ou à noyau est la base for-
melle de toute vie. C'est la terre du potier. Faites-la
cuire, ornez-la de couleurs, elle reste argile, essentiel-
ement semblable à la brique la plus commune, à la
motte séchée au soleil, dont elle ne diffère que par
des artifices, et non par sa nature.

Ainsi il devient évident que toutes les puissances de
la vie se relient par une étroite parenté et que toutes
les formes vivantes ont fondamentalement un caractère unique. Les recherches du chimiste ont révélé
une uniformité non moins frappante dans la composition matérielle de la matière vivante.

Pour parler d'une façon absolument précise, il est
vrai que les recherches chimiques ne peuvent rien
nous faire connaître, ou peu s'en faut, d'une manière
directe, relativement à la composition de la matière

vivante, en tant que cette matière doit nécessairement mourir dans l'acte analytique ; et, en se basant sur cet aperçu bien évident, on a fait des objections qui me semblent assez frivoles, je l'avoue, pour nier la valeur de toute conclusion relative à la composition de la matière actuellement vivante, ces conclusions étant tirées de la matière de la vie après sa mort, seul état où elle nous soit accessible. Mais ceux qui font des objections de ce genre semblent oublier qu'il est aussi vrai qu'en précisant de la même façon nous ne pouvons rien savoir de la composition d'un corps quelconque tel qu'il est réellement. Si l'on dit qu'un cristal de spath d'Islande se compose de carbonate de chaux, cette affirmation est vraie, si l'on entend par là qu'au moyen des procédés convenables on peut faire résoudre ce corps en acide carbonique et en chaux vive. Si vous faites agir ce même acide carbonique sur la chaux vive qui vient de se produire, vous obtiendrez de nouveau du carbonate de chaux, mais ce ne sera pas du spath, et votre produit n'y ressemblera en aucune sorte. Peut-on dire, par conséquent, que l'analyse chimique ne nous apprend rien relativement à la composition du spath d'Islande ? Ce serait absurde, mais ce ne le serait guère plus que tout ce verbiage qui nous arrive parfois aux oreilles sur la vanité des résultats de l'analyse chimique appliquée aux corps vivants qui les ont fournis.

En tout cas il est un fait qui ne saurait atteindre ces minuties : c'est que toutes les formes du protoplasme examinées jusqu'à cette heure contiennent les quatre éléments : carbone, hydrogène, oxygène et azote, en union fort complexe, et qu'elles se comportent toutes de la même façon en présence de divers réactifs. A cette combinaison complexe, dont la nature n'a jamais été déterminée exactement, on a donné le nom de *protéine*, et si nous employons ce terme avec les réserves que nous impose l'ignorance relative où nous sommes de la chose qu'il représente, nous pouvons dire en toute vérité que tout protoplasme est de nature protéique ; ou encore, comme le blanc ou l'albumine d'un œuf est un des exemples les plus répandus d'une matière protéique à peu près pure, nous pouvons dire que toute matière vivante est plus ou moins albuminoïde.

Nous ne sommes peut-être pas encore bien fondés à dire que toutes les formes du protoplasme sont affectées par l'action directe des commotions électriques ; et cependant on voit augmenter chaque jour le nombre de cas où cet agent détermine des contractions du protoplasme.

On ne peut pas non plus affirmer en toute confiance que toutes les formes du protoplasme soient propres à subir, sous l'influence d'une chaleur de 40° à 50° centigrades, cet état particulier de raideur que les Allemands appellent *warme-stasse ;* pourtant les belles recherches de Kühne ont prouvé que ce phénomène se produit dans des êtres si divers et si nombreux que nous sommes autorisés à admettre la valeur universelle de cette loi.

J'en ai sans doute dit assez pour prouver que le protoplasme, base physique de la vie, présente, dans tous les groupes des êtres vivants où on peut l'étudier, le caractère d'une uniformité générale. Mais il faut bien comprendre que cette uniformité n'exclut en aucune façon toutes les modifications spéciales de la substance fondamentale qui peuvent se présenter. Le minéral, carbonate de chaux, présente les caractères les plus divers, et personne ne doute cependant que, sous ces changements protéens, ce soit toujours la même chose.

Et maintenant quelle est la destinée ultime de la matière de la vie? quelle en est l'origine?

Est-elle répandue, comme le supposaient quelques-uns des plus anciens naturalistes, dans toute l'étendue de l'univers, en molécules indestructibles et immuables par leur nature même, mais qui dans leurs transmigrations continuelles revêtent mille aspects divers et produisent ainsi toutes les diverses formes vitales que nous connaissons ? Ou bien la matière de la vie se compose-t-elle de la matière ordinaire, n'en différant que par l'agrégation spéciale de ses atomes ? Est-elle construite de matière ordinaire, qui doit se résoudre en matière ordinaire quand elle aura accompli son travail?

Entre ces deux alternatives la science moderne n'hésite pas un seul instant. La physiologie a inscrit au fronton de la vie :

Debemur morti nos nostraque,

en un sens plus profond que celui du poète latin qui a écrit ce vers mélancolique. Sous tous les masques qui le cachent, chêne ou moisissure, homme ou vermisseau, le protoplasme vivant finit toujours par mourir

et se résoudre en ses constituants minéraux inanimés ;
mais de plus il meurt sans cesse, et, tout étrange que
puisse vous sembler ce paradoxe, il ne peut vivre que
par sa mort.

Dans l'étrange histoire de la *Peau de chagrin*, le
personnage principal est mis en possession d'une peau
magique d'âne sauvage qui lui donne le moyen de
satisfaire tous ses désirs. Mais l'étendue de cette peau
représente la durée de la vie de son propriétaire ; à
chaque désir satisfait la peau se rétrécit en raison de
la jouissance éprouvée, jusqu'au moment où la vie
de son possesseur et le dernier petit morceau de peau
de chagrin disparaissent par un dernier désir satisfait.

Les études de Balzac lui avaient fait parcourir un
vaste champ de recherches et de pensées spéculatives,
et dans cette singulière histoire il avait peut-être l'intention d'indiquer une vérité physiologique. En tout
cas, la matière de la vie est une véritable peau de
chagrin que fait rétrécir chacune des actions vitales.
Tout travail implique usure, et le travail de la vie
a pour résultat direct ou indirect l'usure du protoplasme.

Chacune des paroles d'un orateur représente pour
lui une perte physique, et dans le sens le plus strict
il brûle pour éclairer les autres ; tant d'éloquence,
tant de son corps réduit en acide carbonique, en eau
et en urée. Il est clair que cette dépense ne pourrait
se continuer indéfiniment. Mais heureusement la peau
de chagrin du protoplasme diffère de celle de Balzac,
en ce qu'elle peut se réparer, et qu'après nous en
être servis nous pouvons lui rendre ses dimensions

premières. Ainsi, par exemple, quelle que soit pour
vous la valeur intellectuelle des paroles que j'émets,
en ce moment, elles représentent pour moi une
certaine valeur physique, pouvant idéalement s'exprimer par le poids du protoplasme et d'autres substances
corporelles que j'use pour maintenir mes actions vitales
pendant que je vous parle. On pourra reconnaître que
ma peau de chagrin se sera notablement rétrécie lorsque j'aurai fini cette conférence, et qu'elle n'aura plus
alors les dimensions qu'elle avait d'abord. Tout à
l'heure, afin de l'étirer et de la ramener à la longueur
qu'elle avait auparavant, j'aurai probablement recours
à la substance vulgairement appelée *côtelette*. Or cette
côtelette était autrefois le protoplasme plus ou moins
modifié d'un autre animal, un mouton. Quand je la
mangerai, ce sera la même matière altérée par la mort
en premier lieu, puis ensuite, par diverses opérations
artificielles du ressort de l'art culinaire.

Mais les changements ainsi déterminés, quelle qu'en
soit l'étendue, n'arrivent pas à rendre cette substance
incapable de reprendre sa fonction antérieure comme
matière de la vie. Je possède en moi un singulier
laboratoire à l'aide duquel je dissoudrai une certaine
portion de protoplasme modifié ; la solution ainsi
formée passera dans mes veines, et l'influence subtile
à laquelle elle sera soumise convertira le protoplasme
mort en protoplasme vivant et opérera la transsubs-
tantiation du mouton en homme.

Ce n'est pas tout ; s'il était permis de traiter la
digestion à la légère, je pourrais manger du homard
pour mon souper, et la matière de la vie d'un crustacé

subirait la même métamorphose merveilleuse et deviendrait humanité.

Puis, si je devais rentrer chez moi par mer et si je faisais naufrage, le crustacé pourrait bien me rendre la pareille et démontrerait notre commune nature en transformant mon protoplasme en homard vivant.

Ou encore, si je ne trouvais rien de mieux à ma disposition, je pourrais satisfaire à mes besoins avec du pain sec et je reconnaîtrais que le protoplasme d'un grain de blé peut se convertir en homme aussi facilement que celui du mouton et bien plus facilement, à mon avis, que celui du homard.

Il paraît donc qu'il n'est pas fort important de demander le protoplasme dont nous avons besoin à telle plante, à tel animal, plutôt qu'à d'autres, et ce fait en dit bien long pour prouver l'identité générale de cette substance dans tous les êtres vivants. Je partage cette catholicité d'assimilitation avec d'autres animaux qui pourraient tous, d'après ce que nous en savons, s'alimenter parfaitement du protoplasme de leurs voisins ou de celui des plantes : mais ici cesse le pouvoir assimilateur des animaux. Une solution aqueuse de sels volatils qui contiendrait une proportion infinitésimale de quelques autres matières salines, renfermerait tous les corps élémentaires qui composent le protoplasme ; mais, je n'ai pas besoin de vous le dire, un tonneau plein de ce liquide n'empêcherait pas un homme affamé de mourir d'inanition et ne sauverait aucun animal du même sort. Un animal ne peut pas faire du protoplasme, il faut qu'il le prenne tout fait à un autre animal ou aux plantes, la chimie créatrice de l'animal n'arrivant pas plus haut qu'à convertir le protoplasme mort en la matière vivante spéciale à sa vie.

Ainsi donc nous sommes contraints de nous tourner vers le monde végétal pour trouver l'origine du protoplasme. Le liquide contenant de l'acide carbonique, de l'eau et de l'ammoniaque, vrai festin des Barmécides pour les animaux, est une table bien servie pour une foule de plantes ; avec ces seuls matériaux en abondance, plus d'une plante se maintiendra vigoureuse, poussera même et multipliera un million de fois, et bien plus encore, la quantité de protoplasme qu'elle possédait d'abord, fabriquant ainsi la matière de la vie en quantité indéfinie avec la matière commune de l'univers.

Ainsi, l'animal peut seulement élever la substance complexe du protoplasme mort, à ce que nous pouvons appeler la puissance supérieure de protoplasme vivant, tandis que la plante peut élever les substances moins complexes : acide carbonique, eau, ammoniaque, à ce même état de protoplasme vivant, sinon au même niveau. Mais les capacités des plantes ont aussi leurs limites. Certains fongus, par exemple, semblent demander, à leur origine, des composés plus élevés, et aucune plante connue ne peut vivre des éléments dissociés du protoplasme. Une plante à laquelle on donnerait à leur état de pureté du carbone, de l'hydrogène, de l'oxygène, de l'azote, du phosphore, du soufre et d'autres corps semblables périrait infailliblement, comme l'animal dans son bain de sels volatils, malgré l'abondance des constituants du protoplasme dont elle serait entourée. La simplification de l'aliment végétal n'a même pas besoin d'être poussée si loin pour nous faire arriver aux limites de la thaumaturgie des plantes. Donnez à une plante ordinaire, l'eau, l'acide carbonique et les autres éléments nécessaires, en la privant de tout sel ammoniacal, et elle ne pourra plus fabriquer du protoplasme.

Ainsi donc, la matière de la vie, toute celle que nous avons pu étudier, du moins, et nous n'avons le droit de parler que de celle-là, se décompose en raison de cette mort continuelle, condition des manifestations de sa vitalité, pour former de l'acide carbonique, de l'eau et de l'ammoniaque, qui ne possèdent certainement pas d'autres propriétés que celles de la matière ordinaire. Et c'est au moyen de ces formes de la matière ordinaire, aucune forme plus simple ne pouvant lui servir pour cela, que le monde végétal fabrique tout le protoplasme qui maintient la vie dans le monde animal. Les végétaux sont les grands accumulateurs de la puissance que les animaux distribuent et dispersent.

Mais on remarquera que l'existence de la matière de la vie dépend de la préexistence de certains composés, à savoir : l'acide carbonique, l'eau et l'ammoniaque. Retirez du monde un de ces trois corps, et tous les phénomènes vitaux cesseront. Ces corps sont au protoplasme de la plante ce que le protoplasme de la plante est à celui de l'animal. Le carbone, l'hydrogène, l'oxygène et l'azote sont tous des corps inanimés. Ce carbone s'unit à l'oxygène en certaines

proportions, dans des conditions données, pour produire l'acide carbonique ; l'hydrogène et l'oxygène
donnent naissance à l'eau, et l'azote et l'hydrogène à
l'ammoniaque. Ces composés nouveaux, comme les
corps élémentaires qui les constituent, sont inanimés.
Mais, quand on les réunit dans de certaines conditions,
ils donnent naissance au corps encore plus compliqué,
le protoplasme, et ce protoplasme manifeste les
phénomènes de la vie.

Je ne vois pas d'interruption dans cette série de
degrés en complication moléculaire, et je ne suis pas
capable de comprendre pourquoi le langage applicable à un des termes de la série ne le serait pas aux
autres. Nous croyons devoir appeler différentes sortes
de matière : carbone, oxygène, hydrogène et azote,
et nous trouvons convenable de parler des puissances
et activités diverses de ces substances comme de
propriétés de la matière qui les compose.

Quand on fait passer une étincelle électrique à travers le mélange d'une proportion définie d'hydrogène
et d'oxygène, ces corps disparaissent et l'on trouve à
leur place une quantité d'eau égale en poids à la
somme du poids des deux gaz. Il n'y a pas la moindre
parité entre les puissances passives et actives de l'eau
et celles de l'oxygène et de l'hydrogène qui lui ont
donné naissance. A 0° centigrade et à des tempéra-
tures bien inférieures, l'oxygène et l'hydrogène sont
des corps gazeux élastiques, dont les particules tendent fortement à s'écarter l'une de l'autre. A cette
même température, l'eau est un solide résistant,
quoique fragile, dont les particules tendent à adhérer

et à se grouper en formes géométriques définies,
pour fabriquer parfois les imitations glacées des
formes les plus compliquées du feuillage végétal.

Pourtant nous appelons tout cela, et bien d'autres
phénomènes curieux, les propriétés de l'eau, et nous
n'hésitons pas à croire que d'une façon ou de l'autre
toutes ces choses résultent des propriétés des éléments
constitutifs de l'eau. Nous n'établissons pas l'hypothèse d'une certaine *aquosité* qui entrerait dans l'oxyde
d'hydrogène au moment de sa formation, qui en
prendrait possession et conduirait ensuite les particules
aqueuses aux places qu'elles doivent occuper sur les
facettes du cristal, ou parmi les dentelles du givre.
Nous vivons au contraire dans l'espérance et dans la
foi que, par les progrès de la physique moléculaire,
nous arriverons à reconnaître comment les éléments
constitutifs de l'eau en déterminent les propriétés,
comme nous sommes aujourd'hui capables de déduire
les opérations d'une montre des formes et de l'arrangement des parties qui la composent.

Le cas change-t-il aucunement quand disparaissent
l'acide carbonique, l'eau et l'ammoniaque, et qu'on voit
se produire en place, sous l'influence d'un protoplasme
vivant préexistant, un poids équivalent de la matière
de la vie?

Il n'y a aucune sorte de parité, il est vrai, entre les
propriétés des composants et celle de leur résultante,
mais cette parité n'existait pas non plus quand il s'a-
gissait de l'eau. Il est encore vrai qu'en vous parlant de
l'influence d'une matière vivante préexistante, je vous
indique une chose dont il est impossible de se rendre

compte; mais quelqu'un comprend-il parfaitement la manière d'agir d'une étincelle électrique traversant un mélange d'oxygène et d'ydrogène?

Comment justifier alors l'hypothèse d'une entité qui existerait dans la matière vivante, sans que rien ne la représentât dans la matière inanimée qui lui a donné naissance et sans que rien n'y correspondît. En présence d'une saine philosophie la vitalité peut-elle avoir plus de valeur que l'aquosité. Cette hypothèse transcendante peut-elle avoir un autre sort que tout le transcendantalisme qui s'est effondré le jour où Martinus Scriblerus a expliqué l'opération du tourne-broche par une certaine qualité carno-rôtissante qui lui serait inhérente, méprisant le matérialisme de ceux qui expliquaient la rotation de la broche par un mécanisme particulier que mettrait en jeu le tirage de la cheminée.

Si nous sommes tenus de donner un sens précis et constant au langage scientifique dont nous nous servons, la logique, à mon avis, nous impose d'appliquer au protoplasme, base de la physique de la vie, toutes les conceptions tenues pour légitimes ailleurs. Si les phénomènes manifestés par l'eau sont ses propriétés, les phénomènes que présente le protoplasme, mort ou vivant, sont les propriétés du protoplasme.

Si nous sommes autorisés à dire que les propriétés de l'eau résultent de la nature et de la disposition de ses molécules constitutives, je ne vois pas de raison intelligible pour se refuser à admettre que les propriétés du protoplasme résultent de la nature et de la disposition de ses molécules.

Mais je vous en préviens, et faites-y bien attention :

en acceptant ces conclusions vous mettez le pied sur le premier échelon d'une échelle qui, d'après l'avis de bien des gens, vous mènera au rebours de celle de Jacob, dans les régions situées aux antipodes du ciel. Il peut sembler fort peu important d'admettre que les actions vitales si obscures d'un fongus ou d'un foraminifère soient les propriétés de leur protoplasme et le résultat direct de la nature de la matière qui les compose. Mais si, comme j'ai cherché à vous le démontrer, leur protoplasme est essentiellement identique avec celui de tout autre animal, pouvant facilement se transformer d'un être vivant en l'autre, je ne vois pas de point d'arrêt logique où nous puissions nous raccrocher, dès que nous avons admis ceci comme vrai, pour nous refuser à concéder ensuite que toute action vitale peut aussi bien être dite le résultat des forces moléculaire du protoplasme qui la manifeste. Et, s'il en est ainsi, il est vrai nécessairement, au même sens et dans les mêmes limites, que les pensées formulées par moi en ce moment, comme celle qu'elles déterminent chez vous, sont l'expression de changements moléculaires dans cette matière de la vie, source de tous nos autres phénomènes vitaux.

Je puis être bien certain, pour en avoir déjà fait l'expérience, qu'aussitôt que les propositions que je viens de développer devant vous seront livrées aux commentaires et à la critique du public, certaines personnes zélées les condamneront ; elles seront aussi condamnées peut-être par des sages et des penseurs. Je n'aurais pas lieu de m'étonner si d'un certain côté

elles étaient traitées de matérialisme grossier et brutal,
la plus modérée des épithètes dont elles seront grati-
fiées. Il est parfaitement clair d'ailleurs que, dans les
termes, mes propositions sont manifestement matérialistes. Pourtant deux choses sont certaines: la première, que je maintiens la vérité substantielle de mes
affirmations; la seconde, que je ne suis pas matérialiste; bien au contraire, le matérialisme est pour moi
une grave erreur philosophique.

Avec quelques-uns des plus profonds penseurs que
je connaisse, j'unis la terminologie matérialiste à la
négation du matérialisme en philosophie. Quand j'ai
accepté de vous faire cette conférence, il m'a semblé
que j'y trouverais une excellente occasion d'expliquer
comment, en bonne logique, cette union est non seulement possible, mais même nécessaire. Je voulais
vous faire traverser le royaume des phénomènes vitaux
qui vous a menés au bourbier matérialiste où vous
voilà plongés, pour vous indiquer ensuite le seul sen-
tier qui, selon moi, puisse vous en faire sortir.

Une circonstance que j'ignorais jusqu'au moment
de mon arrivée ici, hier soir, donne une opportunité
toute particulière à l'ensemble de mon argumentation.
J'ai trouvé dans vos journaux l'éloquent discours (*On
the Limits of philosophical Inquiry*) qu'un éminent
prélat de l'Église d'Angleterre adressait la veille aux
membres de l'Institut philosophique. Ce sont aussi
les limites des recherches philosophiques qui font l'objet de mon argumentation en ce moment, et je ne puis
mieux vous faire comprendre ma manière de voir
qu'en l'opposant aux opinions formulées si clairement,

et le plus souvent avec impartialité, par l'archevêque d'York.

Mais il me sera permis de faire une remarque préliminaire sur un point qui m'a fort étonné. Appliquant le nom de *philosophie nouvelle* à ce que comportent les recherches philosophiques dans les limites que je crois devoir leur assigner en commun avec bien d'autres hommes de science, l'archevêque commence son discours en identifiant cette philosophie nouvelle avec la *philosophie positive* de A. Comte [1]; il parle de A. Comte comme s'il était le fondateur de notre philosophie nouvelle, puis il attaque vigoureusement ce philosophe et ses doctrines.

Or, pour ce qui me concerne, le révérend prélat peut bien mettre dialectiquement en pièces A. Comte et faire de lui un Agag moderne, sans que je cherche à l'en empêcher. En tant que mes études m'ont mis à même de reconnaître ce qui caractérise spécialement la philosophie positive, je lui trouve un peu de valeur scientifique, pour ne pas dire qu'elle en est entièrement dépourvue, et j'y trouve bien des choses, aussi contraires à l'essence même de la science que tout ce que renferme le catholicisme ultramontain. En effet, on peut donner une définition pratique de la philosophie de A. Comte et la résumer en disant que c'est du catholicisme sans christianisme.

Mais quel rapport y a-t-il entre le positivisme de A. Comte et la philosophie nouvelle, telle que l'archevêque la définit dans le passage suivant:

[1] Voyez Aug. Comte, *Cours de Philosophie positive*, 4e édition. Paris, 1877.

HUXLEY. La Biologie. 7

« Permettez-moi de vous rappeler en peu de mots les principes essentiels de cette nouvelle philosophie.

« Toute connaissance est l'expérience des faits acquise au moyen des sens. Les traditions des philosophies antérieures ont obscurci notre expérience en y ajoutant bien des choses que les sens ne peuvent observer, et tant que nous n'aurons pas rejeté toutes ces additions, nos connaissances en resteront souillées. Ainsi la métaphysique nous enseigne qu'un fait que nous observons est une cause, et qu'un autre fait est l'effet de cette cause ; mais une analyse sévère nous fait reconnaître que les sens ne nous font rien observer comme cause ou comme effet ; ils observent en premier lieu qu'un fait succède à un autre fait, puis, les occasions favorables se présentant, que tel fait ne manque jamais d'en suivre un autre, et qu'au principe de causalité nous devrions substituer la succession invariable. Une philosophie plus ancienne nous enseigne à définir un objet par la distinction de ses qualités essentielles et de ses qualités accidentelles, mais l'expérience ne connait ni l'essence ni l'accident ; elle voit seulement que certaines marques s'attachent à un sujet, puis, après de nombreuses observations, que certaines de ces marques ne lui font jamais défaut, tandis que d'autres peuvent manquer parfois.....

« Comme toute connaissance est relative, la notion de la nécessité d'une chose doit être bannie avec d'autres traditions [1]. »

Il y a dans ce passage bien des choses qui expriment l'esprit de la philosophie nouvelle, si par ces paroles on entend l'esprit de la science moderne, mais je m'étonne fort qu'en entendant déclarer que A. Comte

---

[1] *The limits of philosophical Inquiry*, pp. 4-5.

était le fondateur de ces doctrines une société où
étaient assemblées toute la sagesse et toute la science
d'Édimbourg n'ait témoigné aucun signe de dissenti-
ment. Personne n'accusera les Écossais d'avoir l'habitude d'oublier leurs grands compatriotes ; mais cela
devait suffire pour faire tressaillir David Hume dans
sa tombe qu'ici, à portée de voix de sa maison, un
auditoire instruit ait pu entendre sans murmures
attribuer ses doctrines les plus caractéristiques à un
écrivain français plus jeune de cinquante ans et dont
les écrits ternes et verbeux ne présentent ni la vigueur
de pensées ni l'exquise lucidité de style de celui que
j'appelle hardiment le penseur le plus pénétrant du
xviiie siècle, bien que ce siècle ait produit Kant.

Mais je ne suis pas venu en Écosse pour faire ressortir l'honneur méconnu d'un des plus grands hommes
qu'elle ait produits. J'ai à vous indiquer que le seul
moyen qui nous permettra d'échapper au triste matérialisme où nous venons de nous embourber est
d'adopter, de poursuivre jusqu'à leurs extrêmes limites
ces mêmes principes sur lesquels l'archevêque appelle
votre réprobation.

Supposons que nos connaissances soient absolues
et non relatives, et par conséquent que notre conception de la matière représente ce qui existe réellement.
Supposons, en outre, que dans la cause et l'effet nous
puissions connaître autre chose qu'un certain ordre
fixe dans la succession des faits, et que nous ayons la
connaissance de la nécessité de cette succession, la
connaissance des *lois nécessaires* par conséquent, et
je ne vois plus moyen d'échapper au matérialisme,

au fatalisme le plus absolu. Car il est clair que notre
connaissance de ce que nous appelons le monde matériel est, en premier lieu, au moins aussi certaine et
aussi définie que notre connaissance du monde spiri-
tuel, et que nous nous sommes rendu compte de
l'existence d'une loi, depuis aussi longtemps que nou
croyons à la spontanéité. En outre, on peut démontrer,
selon moi, qu'il est complètement impossible de
prouver qu'une chose quelconque peut ne pas être
l'effet d'une cause matérielle et nécessaire, et que la
logique humaine est tout aussi incapable de prouver
qu'un acte est réellement spontané. Un acte réellement spontané serait, par l'hypothèse, un acte sans
cause; chercher à prouver une proposition négative
de ce genre est, à première vue, une absurdité. Et,
tandis qu'il y a ainsi impossibilité philosophique à
démontrer qu'un phénomène donné n'est pas l'effet
d'une cause matérielle, tous ceux qui connaissent l'histoire de la science admettront que ses progrès ont toujours signifié et signifient de nos jours, plus qu'à aucune autre époque, le développement du domaine de
ce que nous appelons *la matière* et *le déterminisme,*
tandis que s'efface concurremment, dans toutes les
régions de la pensée humaine, ce que nous appelons
l'esprit et *la spontanéité.*

Dans la première partie de ce discours, j'ai cherché
à vous faire comprendre la direction que suit le progrès de la physiologie moderne. Autrefois on considérait la vie comme une archée gouvernant et dirigeant la matière aveugle, à l'intérieur de tous les corps
vivants; pour nous, elle est le résultat d'une disposi-

tion particulière des molécules matérielles. Eh bien !
je vous demanderai en quoi ces deux conceptions
diffèrent ? C'est qu'ici comme ailleurs la matière et la
loi ont dévoré l'esprit et la spontanéité. Et comme
c'est toujours le passé et le présent qui produisent le
futur, il est aussi certain que la physiologie de l'avenir étendra graduellement le domaine de la matière
et de la loi jusqu'au moment où elle y aura fait entrer toutes nos connaissances, nos sentiments, nos
actions.

Cette grande vérité pèse comme un cauchemar, je
pense, sur bon nombre des meilleurs esprits modernes
qui en comprennent la valeur. Ils voient ce qu'ils se
figurent être les progrès du matérialisme, avec cette
frayeur, cette colère impuissante qu'éprouve un sauvage pendant une éclipse, tant que la grande ombre
s'avance sur la surface du soleil. Le flot montant de
la matière menace de submerger leur âme, la loi qui
les étreint de plus en plus fait obstacle à leur liberté ;
ils craignent que les progrès du savoir ne souillent la
nature morale de l'homme.

Si la philosophie nouvelle méritait tous les reproches qu'on lui adresse, les craintes qu'elle occa-
sionne me sembleraient bien fondées, je l'avoue. Mais,
au contraire, si les trembleurs pouvaient consulter
David Hume, leur émoi le ferait sans doute sourire, et
il les blâmerait d'agir comme les païens qui se pros-
ternent en tremblant devant d'affreuses idoles élevées
par leurs mains.

Car, après tout, que pouvons-nous savoir relativement à cette matière qui épouvante, si ce n'est que

c'est un mot pour exprimer la cause inconnue et hypothétique de divers états de notre propre conscience. Que savons-nous relativement à cet esprit que menace d'annihiler la matière, et dont la ruine redoutée fait surgir une grande lamentation, comme celle que l'on entendit à la mort du dieu Pan, si ce n'est que c'est encore là un mot pour indiquer la cause inconnue et hypothétique, ou la condition d'états de la conscience? En d'autres termes, la matière et l'esprit ne sont que les noms du substratum imaginaire de certains groupes de phénomènes naturels.

Et qu'est-ce donc que cette affreuse nécessité, cette loi de fer, sous laquelle gémissent les hommes? Un épouvantail, voilà tout; une pure invention, en vérité. S'il existe une loi de fer, c'est, à mon avis, la loi de la gravitation; je ne connais pas de nécessité physique plus absolue que celle de la chute d'une pierre privée de son point d'appui. Mais à quoi se réduit toute notre connaissance réelle et tout ce que nous pouvons savoir par rapport à ce dernier phénomène? Tout bonnement à ceci: c'est que, dans ces conditions, l'expérience humaine a toujours vu les pierres tomber à terre; que nous n'avons pas la moindre raison de croire qu'en pareil cas une pierre ne tombera pas toujours à terre, et que nous avons au contraire toute raison de croire à sa chute. Il est très commode, légitime même, d'indiquer que toutes les conditions qui nous permettent de croire sont satisfaites dans ce cas, en appelant l'énonciation de la chute des pierres, privées de leur point d'appui, une loi de la nature.

Mais nous ne nous en tenons pas là le plus souvent ;
au lieu de dire : « cela sera, » nous disons : « cela doit
être, » et nous introduisons ainsi un concept de
nécessité qui ne se trouve assurément pas dans l'observation des faits, et pour lequel je ne puis découvrir
aucune garantie en dehors d'eux. Pour ma part, je
repousse de toutes mes forces et j'anathématise cet
intrus. Je connais le fait, je connais la loi ; mais
qu'est-ce donc cette nécessité, hormis une ombre vaine
qu'introduit ici ma seule pensée ?

Pourtant s'il est certain que nous ne puissions connaître ni la nature de la matière ni celle de l'esprit,
et que la notion de la nécessité soit quelque chose
d'illégitime que nous introduisons dans la conception
parfaitement légitime de la loi, l'affirmation matérialiste d'après laquelle le monde ne contiendrait autre
chose que la matière, la force et la nécessité, est aussi
dépourvue de valeur et aussi peu justifiable que le
moins fondé de tous les dogmes théologiques. Les
doctrines fondamentales du matérialisme, comme celles du spiritualisme, ou de la plupart de nos systèmes
qui riment en *ismes*, sont en dehors des limites de la
recherche philosophique, et le grand service que
David Hume a rendu à l'humanité, c'est d'avoir
démontré, d'une façon désormais inattaquable, en
quoi consistent ces limites. Hume s'appelait lui-même
sceptique ; on ne peut donc blâmer ceux qui lui appliquent cette épithète, mais cependant il est de fait que
ce nom, avec tout ce qu'il implique actuellement, lui
fait injure.

Si un homme me demande quelle est la politique

des habitants de la lune et si je lui réponds : « Je n'en
sais rien ; ni moi ni d'autres n'avons le moyen de la connaître, et, puisqu'il en est ainsi, je refuse de m'inquiéter
en rien d'un pareil sujet, » cet homme n'a pas le droit,
je pense, de m'appeler sceptique. En lui répondant
ainsi, au contraire, je m'imagine être simplement
honnête et vrai, et témoigner tout le compte que je
fais de l'économie du temps. De même, la pensée puis-
sante et lucide de Hume soulève bien des problèmes
qui nous intéressent naturellement, et il nous montre
que ces questions sont essentiellement de politique
lunaire, sans solution possible par leur essence même,
ne méritant pas par conséquent l'attention des hommes
qui ont du travail à faire en ce monde. Et c'est ainsi
qu'il termine un de ses essais :

« Si nous prenons en main un volume de théologie
ou de métaphysique scolastique, par exemple, deman-
dons-nous : ce livre contient-il des raisonnements
abstraits relatifs à la quantité ou au nombre ? Non.
Contient-il quelque raisonnement expérimental relatif aux faits observés et à l'existence ? Non. Jetez-le
donc au feu ; il ne contient que sophismes et illu-
sions [1]. »

Permettez-moi d'appeler toute votre attention sur
cet avis si sage. Pourquoi perdre votre temps et vos
soins à des objets qui restent, malgré toute leur
importance, en dehors de la portée de nos connais-

---

[1] Hume's, *Essay : Of the Academical or Sceptical Philosophy,* in
the Inquiry concerning the Human Understanding.

sances ? Nous vivons dans un monde plein de misère et d'ignorance, et tous, tant que nous sommes, nous avons pour devoir évident d'appliquer nos efforts à faire que le petit coin sur lequel nous pouvons agir soit un peu moins misérable et un peu moins ignorant qu'au moment où nous y sommes arrivés. Pour faire cela avec efficacité, il est nécessaire de posséder deux croyances seulement : il faut croire d'abord qu'au moyen de nos facultés nous pouvons reconnaître l'ordre de la nature dans une étendue pratiquement illimitée, puis il faut croire que notre volonté n'est pas dépourvue de toute valeur comme condition du cours des événements.

Nous pouvons vérifier expérimentalement ces deux croyances aussi souvent que bon nous semble. Chacune d'elles repose donc sur les bases les plus solides sur lesquelles on puisse asseoir une croyance, et forme une de nos vérités les plus élevées. Si nous trouvons qu'en employant telle terminologie ou telle série de symboles plutôt que toute autre nous arrivons plus facilement à vérifier l'ordre de la nature, nous avons pour devoir certain d'employer les signes et les termes les plus favorables, et il ne peut en résulter aucun mal tant que nous n'oublirons pas que ce sont seulement des termes et des symboles.

Il est de peu d'importance intrinsèque d'exprimer les phénomènes de la matière en termes de l'esprit, ou d'exprimer les phénomènes de l'esprit en termes de la matière ; on peut considérer la matière comme une forme de l'esprit ; l'esprit peut être considéré comme une propriété de la matière ; chacune de ces affirmations a sa vérité relative. Mais, pour faire progresser la science, la terminologie matérialiste est préférable à tous égards. Elle relie en effet la pensée aux autres phénomènes de l'univers et nous pousse à rechercher la nature des conditions physiques concomitantes de la pensée qui nous sont plus ou moins accessibles et dont la connaissance nous aidera plus tard à exercer sur le monde de l'esprit un contrôle du même genre que celui que nous possédons déjà par rapport au monde matériel, tandis que la terminologie opposée, celle du spiritualisme, est absolument inféconde et ne nous mène qu'à l'obscurité et à la confusion des idées.

Ainsi, nous ne saurions en douter, plus les sciences seront en progrès, plus on exprimera en formules et en symboles matérialistes les phénomènes de la nature, et plus nos signes et nos termes représenteront mieux la chose signifiée.

Mais quand l'homme de sciences, oubliant les limites de la recherche philosophique, glisse des formules et des symboles à ce que l'on entend communément par matérialisme, il me fait l'effet de se placer au niveau d'un mathématicien qui prendrait les x et les y dont il se sert dans ses problèmes pour des entités réelles. Dans le cas du mathématicien la faute est sans conséquence pratique, mais ici il en est autrement, car les erreurs du matérialisme systématique suffisent à paralyser l'énergie de la vie et en détruisent toute la beauté.

V

BIOGENÈSE ET ABIOGENÈSE [1]

Depuis longtemps, il est de coutume que le président de l'Association Anglaise pour l'Avancement des Sciences, quand il est installé, profite de la position à laquelle il est élevé, pour un temps, par les suffrages de ses collègues, pour jeter un coup d'œil sur l'horizon du monde scientifique, et rapporter à ces derniers ce qu'on aperçoit de sa tour d'observation; dans quelles directions marchent les nombreuses divisions de la noble armée de ceux qui s'efforcent de perfectionner les connaissances naturelles; quelles forteresses importantes du plus grand de tous nos ennemis, l'ignorance, ont, récemment, été enlevées; et aussi pour constater, avec une égale impartialité, les avant-postes qui ont dû se replier, ou le siège longuement prolongé qui n'a pas avancé.

Je me propose d'essayer de suivre ce précédent, d'une manière appropriée aux limites de mes connaissances et de ma capacité. Je n'aurai pas la présomption d'entreprendre une revue panoramique du monde de la science, ni même de présenter une esquisse de ce

[1] Discours présidentiel à l'Association Anglaise pour l'Avancement des Sciences, en 1870.

qui se passe dans la seule grande province de la biologie, que mes occupations ordinaires m'ont rendue familière, dans quelques-unes de ses parties. Mais j'es-
saierai de mettre sous vos yeux l'histoire de la naissance et du progrès d'une seule théorie biologique, et
je m'efforcerai de donner quelque idée des fruits à la
fois intellectuels et pratiques que nous devons, directement ou indirectement, à la réalisation, par sept générations de chercheurs patients et laborieux, de la pensée
qui naquit, il y a plus de deux siècles, dans l'esprit
d'un naturaliste italien, sagace et observateur.

C'est un fait d'expérience quotidienne qu'il est difficile d'empêcher beaucoup d'articles comestibles de
se couvrir de moisissure ; que le fruit, sain selon toute
apparence, contient souvent des chrysalides dans son
cœur ; que la viande, abandonnée à elle-même à l'air,
est sujette à se putréfier et à être remplie de vers.
Même l'eau ordinaire, si elle reste dans un vase ouvert,
devient tôt ou tard trouble et pleine de matière vivante.

Les philosophes de l'antiquité, quand on les inter-
rogeait sur la cause de ces phénomènes, avaient une
réponse plausible toute prête. Il n'entrait, dans leur
esprit, aucun doute que ces formes inférieures de la
vie ne fussent engendrées dans les matières où elles
apparaissaient. Lucrèce, qui s'était abreuvé plus profondément à la source de l'esprit scientifique qu'aucun
poète des temps anciens ou modernes, Gœthe seul
excepté, croit parler en philosophe plutôt qu'en poète
quand il écrit :

« C'est à raison que la terre porte le nom de mère,
puisque toutes choses sont produites par elle. Et beau-

coup d'êtres vivants, à présent même, sortent de
terre, prenant une forme par la pluie et la chaleur du
soleil [1]. »

L'axiome de la science antique : « De la corruption
d'une chose en naît une autre, » trouvait son expression populaire dans l'idée qu'une graine meurt avant
qu'une jeune plante ne naisse d'elle ; cette croyance
était si généralement répandue et si fixée que saint
Paul y fait allusion dans l'une des explosions les plus
splendides de son éloquence fougueuse :

« Insensé, ce que tu sèmes ne prend point vie, s'il
ne meurt auparavant [2]. »

La proposition que la vie peut procéder, et qu'elle
procède réellement de ce qui n'a point vie était, alors,
tenue pour vraie à la fois par les philosophes, les
poètes et le peuple, chez les nations les plus éclairées,
il y a dix-huit cents ans ; et cette doctrine est restée
la croyance acceptée par l'Europe ignorante et savante,
à travers tout le moyen âge, jusqu'au xviie siècle.

On compte, habituellement, comme l'un des nom-

---

[1] C'est ainsi que M. Munro traduit :

« Linquitur, ut merito maternum nomen adepta
Terra sit, e terra quoniam sunt cuncta creata.
Multaque nunc etiam exsistant animalia terris
Imbribus et calido solis concreta vapore. »

De Rerum Natura, l. V., 793-796.

Mais le sens du dernier vers ne serait-il pas mieux rendu par :
« Développé dans l'eau de la pluie et dans les chaudes vapeurs
attirées par le soleil. »

[2] *Corinthiens*, XV, 36.

breux mérites de notre grand compatriote, Harvey, qu'il fut le premier à déclarer que les faits étaient opposés, en ceci comme en d'autres matières, à l'autorité vénérable ; mais je n'ai pu rien découvrir qui justifiât cette idée généralement répandue. Après avoir cherché attentivement dans les *Excercitationes de Generatione*, ce qui me paraît le plus clair est qu'Harvey croyait que tous les animaux et toutes les plantes avaient pour origine ce qu'il appelle un *primordium vegetale*, phrase qu'on pourrait traduire maintenant par « germe végétatif » ; et celui-ci, dit-il, est « oviforme », ou « semblable à un œuf » ; non pas, a-t-il soin d'ajouter, qu'il ait nécessairement la forme d'un œuf, mais parce qu'il en a la constitution et la nature. Nulle part, Harvey ne soutient que ce *primordium oviforme* doive nécessairement, dans tous les cas, procéder d'un parent vivant, bien que cette opinion paraisse impliquée dans un ou deux passages ; tandis que, d'autre part, il emploie, plus d'une fois, un langage qui ne peut être compatible qu'avec une pleine croyance dans la génération spontanée ou équivoque [1]. En réalité, l'étonnant

---

[1] Voir le passage suivant dans *Exercitatio I :* — Item *sponte nascentia* dicuntur ; non quod ex *putredine* oriunda sint, sed quod casu, naturæ sponte, et æquivocâ (ut aiunt) generatione, a parentibus suis dissimilibus proveniant. » Puis dans *De Uteri Membranis.* — « In cunctorum viventium generatione (sicut diximus) hoc solenne est, ut ortum ducant a *primordio* aliquo, quod tum materiam tum efficiendi potestatem in se habet : sitque adeo id, ex quo et a quo quiquid nascitur, ortum suum ducat. Tale primordium in animalibus *(sive ab aliis generantibus proveniant, sive sponte, aut ex putredine nascentur)* est humor in tunica aliqua aut putami ne conclusus. »
Comparez aussi ce que Redi a dit concernant les opinions d'Harvey, *Esperienze*, p. 11.

petit traité d'Harvey ne s'occupe pas particulièrement de la génération, dans le sens physiologique du mot, mais bien du développement; et son grand but est d'établir la théorie de l'épigenèse.

Le premier énoncé de l'hypothèse que toute matière vivante est née de matière vivante préexistante émane d'un jeune contemporain de Harvey, né dans le pays fertile en hommes remarquables dans tous les genres d'activité, qui fut à l'Europe intellectuelle, au xvie et au xviie siècle, ce qu'est l'Allemagne au xixe. C'est en Italie et de maîtres italiens qu'Harvey reçut la partie la plus importante de son éducation scientifique. Et c'est un étudiant formé dans les mêmes écoles, Francesco Redi — homme du savoir le plus étendu et des capacités les plus variées, également distingué comme savant, poète, médecin et naturaliste, — qui, il y a tout juste deux cents ans, publia ses *Esperienze intorno alla Generazione degl'Insetti*, et donna au monde l'idée dont je me propose de suivre le développement. Le livre de Redi eut cinq éditions en vingt ans, et l'extrême simplicité de ses expériences et la clarté de ses raisonnements firent accepter, à peu près générale-'ment, ses théories et leurs conséquences.

Redi ne s'embarrassa point dans des considérations spéculatives, mais il attaqua, expérimentalement, plusieurs cas de ce qu'on supposait être une « *généra-tion spontanée* ». Voici des animaux morts, ou des morceaux de viande, disait-il; je les expose à l'air, par un temps chaud et, dans quelques jours, les vers y fourmillent. Vous me dites que ces vers sont engendrés par la chair morte; mais, si je mets des corps pareils,

tout frais, dans une jarre, et que je fixe une gaze fine
au-dessus de la jarre, pas un ver n'apparaîtra, bien
que les substances mortes, néanmoins, se putréfient
tout comme dans l'autre cas. Il est donc évident que
les vers ne sont point engendrés par la corruption de
la viande, et que ce qui les cause doit être quelque
chose que la gaze empêche de pénétrer. Mais la gaze
n'empêche point de pénétrer les corps aériformes ou
les fluides. Ce quelque chose doit donc exister sous la
forme de parcelles solides trop grandes pour passer à
travers la gaze. On ne resta pas longtemps en doute
sur ce que sont ces parcelles solides; car les mouches
à viande, attirées par l'odeur de la viande, volent en
essaims autour du vase et, poussées par un instinct
puissant mais trompeur en ce cas, pondent des œufs
d'où éclosent immédiatement des vers, sur la gaze. Il
est donc impossible d'éviter de conclure que les vers
ne sont pas engendrés par la viande, mais que les œufs
d'où ils naissent sont apportés par les mouches, à travers l'air.

Ces expériences sont d'une simplicité presque en-
fantine, et l'on s'étonne que personne n'y eût pensé
auparavant, quelque simples qu'elles soient; toutefois
elles méritent l'étude la plus attentive, car tout travail expérimental fait depuis, en rapport avec ce sujet,
a eu pour point de départ le modèle fourni par le
philosophe italien. Les résultats de ses expériences
étant toujours les mêmes, quelque variée que fût la
nature des matériaux qu'il employait, il n'est pas
étonnant qu'il s'élevât dans l'esprit de Redi la présomption que, dans tous les cas semblables où la vie parais-

sait surgir hors de matières mortes, la véritable explication était l'introduction de germes vivants, venus du
dehors, dans cette matière morte [1]. Ainsi l'hypothèse
que la matière vivante naît toujours par l'action
d'une matière vivante préexistante prit une forme
définie ; et, désormais, elle acquit le droit d'être exa-
minée et la prétention d'être discutée, dans chaque
cas particulier, avant que des raisonneurs sérieux ne
puissent admettre la production de la matière vivante
de toute autre manière. J'aurai si souvent à me référer

[1] « Pourtant, m'appliquant, en ceci et en toute autre chose, à me
laisser corriger par de plus sages que moi lorsque je me trompais,
je ne veux pas taire que, par suite des nombreuses observations
qu'on me faisait souvent, je me sentis disposé à croire que la
terre, depuis les premières plantes et les premiers animaux qu'aux
premiers jours du monde elle produisit, au commandement du
Créateur souverain et tout-puissant, n'a jamais plus produit d'elle-
même ni herbe, ni arbre, ni animal quelconque parfait ou imparfait ;
et que tout ce qui, dans les temps passés, est né, et ce qui maintenant naît, en elle ou d'elle, vient de la vraie et réelle semence des
plantes et des animaux mêmes, qui, au moyen de leur propre
semence, conservent leur espèce. Et bien que, tous les jours, nous
apercevions des cadavres d'animaux, et, de toutes sortes de façons,
des herbes, des fleurs et des fruits pourris naître une infinité de vers,

Nonne vides quæcumque mora, fluidoque calore
Corpora tabescunt in parva animalia verti.

— je me sens, dis-je, disposé à croire que tous ces vers sont le
produit de la semence paternelle, et que les viandes et les herbes,
et toutes les autres choses putréfiées ou susceptibles de putréfaction ne remplissent d'autre rôle et ne prennent d'autre part à la
génération des insectes que de préparer un lieu ou un nid approprié, dans lequel sont portés et engendrés par les animaux, ou les
œufs, ou d'autre semence, des vers, lesquels, dès qu'ils sont nés,
trouvent en ce nid un aliment suffisant très capable de les nourrir ;
si les mères ne portent point là les semences susdites, jamais rien,
et toujours rien, quoi qu'on fasse, ne naîtra. » Redi, *Esperienze*,
p. 14 à 16.

à cette hypothèse que, pour éviter de longue péri-
phrases, je l'appellerai l'hypothèse de la Biogenèse ;
et je nommerai la doctrine contraire, que la matière
vivante peut être produite par de la matière non
vivante, l'hypothèse de l'Abiogenèse.

Au xviiᵉ siècle, ainsi que je l'ai dit, cette dernière
théorie dominait, également sanctionnée par l'antiquité et l'autorité, et il est intéressant d'observer que
Redi n'échappa point au blâme, habituellement infligé
à celui qui découvre une vérité, d'aller à l'encontre
de l'autorité des Ecritures [1] ; car ses adversaires décla-
rèrent que l'engendrement des abeilles par la carcasse
d'un lion mort est affirmé, dans le *Livre des Juges*,
comme étant l'origine de la fameuse énigme par
laquelle Samson embarrassa les Philistins :

> « De celui qui dévorait est sortie la nourriture,
> Et la douceur, de celui qui était fort. »

Bien qu'il eût affaire à forte partie, Redi, fort de la
puissance démonstrative des faits, combattit vaillam-
ment pour la Biogenèse ; mais il est à remarquer qu'il
soutint cette théorie dans un sens qui, s'il eût vécu
de nos jours, l'eût, infailliblement, fait classer parmi
les défenseurs de la « génération spontanée ». *Omne
vivum ex vivo*, « point de vie sans une vie antécé-
dente, » résume, en manière d'aphorisme, la théorie de
Redi ; mais il n'alla pas plus loin. C'est une preuve

---

[1] « Je pourrais en compter bien d'autres encore, si je n'étais appelé
à répondre aux reproches de quelques-uns, qui me rappellent bru-
talement ce qui se lit au quatorzième chapitre du sacro-saint *Livre
des Juges*... » Redi, *loc. cit.*, p. 45.

des plus remarquables de la prudence philosophique
et de l'impartialité de son esprit que, bien qu'il eût,
spéculativement, deviné la manière dont les nymphes
sont, en réalité, déposées dans les fruits et les galles
des plantes, il admet, de propos délibéré, que la preuve
est insuffisante pour le justifier, et il préfère, par conséquent, la supposition qu'ils sont engendrés par une
modification dans la substance vivante des plantes
elles-mêmes. A la vérité, il considère ces excroissances
végétales comme des organes, au moyen desquels la
plante donne naissance à un animal, et il regarde cette
production d'animaux spécifiques comme la cause
finale des galles et, au moins, de quelques fruits. Et il
propose d'expliquer de la même manière la présence
des parasites dans le corps des animaux [1].

[1] Le passage (*Esperienze*, p. 129) mérite d'être cité en entier :
« S'il faut vous dire toute ma pensée, je croirais volontiers que
les fruits, les légumes, les arbres et les feuilles deviennent véreux
de deux manières. Dans l'une, les vers, venant du dehors et cherchant un aliment, se fraient une route en rongeant et arrivent
ainsi à la moelle intérieure des fruits et des arbres. L'autre manière
est telle que, pour ma part, j'estimerais qu'il ne serait pas déplacé
de croire que la même âme et la même force qui engendrent fleurs
et fruits dans les plantes vivantes, sont les mêmes qui engendrent
encore les vers de ces plantes. Et qui sait si, peut-être, beaucoup
de fruits d'arbres ne sont pas produits, non pour une fin primaire
et principale, mais bien pour remplir un office secondaire et servile,
destiné à la génération de ces vers, auxquels ils servent de matrice,
chez qui ces vers demeurent un temps fixé et déterminé d'avance,
après quoi ils sortent pour jouir du soleil.
« J'imagine que cette pensée ne vous semblera pas tout à fait para-
doxale si vous faites réflexion au nombre infini de galles, de noix de
galles, de petites cornes, etc., bardanes, que produisent les chênes
de toutes sortes, les lièges, les yeuses et autres arbres portant
des glands, parce que, dans ces noix de galles, et surtout dans les
plus grosses qu'on dit couronnées, dans les cornets chevelus que

Il est très important de comprendre bien la position défendue par Redi ; car c'est selon les lignes de pensée qu'il nous a tracées que les naturalistes ont toujours travaillé depuis. Il est évident qu'il soutenait la *Biogenèse* contre l'*Abiogenèse*, et je vais immédiatement, en premier lieu, rechercher dans quelle mesure les recherches subséquentes l'ont justifié.

Mais Redi croyait aussi qu'il y avait deux sortes de Biogenèse. Par le premier mode, qui est le plus commun et le plus ordinaire, le parent vivant donne naissance à un rejeton qui traverse le même cycle de changements que lui. Le semblable donne naissance à son semblable, et c'est là ce qu'on appelle l'*Homogenèse* Par le second mode, le parent vivant

nos paysans appellent toupillons, dans les cornets ligneux du chêne. dans les cornets étoilés du chêne femelle. dans les noix de galle de la feuille d'yeuse, on voit très clairement que l'intention première et principale de la nature a été de former dans leur intérieur un animal ailé ; puisque, au centre de la noix de galles, se voit un œuf qui, à mesure que cette noix va croissant et se développant, croît et se développe aussi ; et, en son temps, le ver qui se trouvait dans l'œuf croît de même, vers qui, lorsque la noix de galle a fini de mûrir et que le terme de sa naissance est arrivé, devient une mouche, de ver qu'il était...

« Je vous avoue franchement qu'avant d'avoir fait ces expériences sur la génération des insectes j'inclinais à croire, ou plutôt à soupçonner que peut-être la noix de galle se produisait, afin que la mouche au moment du printemps, faisant une très petite fente dans les rameaux les plus tendres du chêne, y cachât un de ses germes, qui était cause de l'émission en dehors de la noix de galle ; et que jamais on ne devait voir de galles ou de noix, ou d'enveloppes, ou de capuchons, si ce n'est dans les rameaux où les mouches avaient déposé leurs semences ; et je me laissais aller à croire que les noix de galle étaient une maladie causée, chez les chênes, par la piqûre des mouches, de la même façon que nous soyons, dans le corps des animaux, croître des tumeurs provenant de la piqûre d'autres petits animaux semblables. »

était supposé donner naissance à un rejeton qui passait par une série totalement différente d'états que celle que le parent avait traversée, et ne revenait pas au cycle du parent ; ceci devrait s'appeler l'*Hétérogenèse*, le rejeton différant entièrement et d'une manière permanente de son parent. Par malheur le terme d'Hétérogenèse a été employé dans un autre sens, et M. Milne-Edwards lui a, par conséquent, substitué celui de *Xénogenèse*, qui signifie : génération de quelque chose d'étranger. Après avoir discuté l'hypothèse de la Biogenèse universelle de Redi, donc j'entreprendrai de rechercher jusqu'à quel point le développement de la science justifie son autre hypothèse de la Xénogenèse.

Le progrès de l'hypothèse de la Biogenèse fut triomphant et sans arrêt pendant près d'un siècle. L'application du microscope à l'anatomie par Grew, Leeuwenhœk, Swammerdam, Lyonnet, Vallisnieri, Réaumur et d'autres illustres chercheurs de ce temps, fit connaître une telle complexité d'organisation chez les formes les plus inférieures et les plus petites, et révéla partout une telle prodigalité de provision pour leur multiplication par des germes d'une sorte ou d'une autre que l'hypothèse de l'Abiogenèse commence à paraître non seulement fausse mais absurde ; et au milieu du xviiie siècle, quand Needham et Buffon reprirent la question, elle était presque universellement tombée en discrédit [1].

---

[1] Needham, qui écrivait en 1750, dit :

« Les naturalistes modernes s'accordent unanimement à établir, comme une vérité certaine, que toute plante vient de la semence

Mais l'ingéniosité des fabricants de microscopes du XVIIIe siècle atteignit bientôt ses limites. Un microscope grossissant de 400 diamètres était le chef-d'œuvre des opticiens de cette époque ; et encore ne pouvait-on entièrement s'y fier. Mais une puissance grossissante de 400 diamètres, même quand la netteté atteint à la perfection exquise de nos lentilles achromatiques modernes, suffit à peine pour discerner les formes les plus petites de la vie. Un point, qui n'a qu'un millimètre de diamètre a, placé à 25 centimètres de l'œil, la même grosseur apparente qu'un objet de 0,00025 centimètre de diamètre quand il est grossi 400 fois ; mais il y a nombre de formes de la matière vivante dont le diamètre ne dépasse pas 0,00025 centimètre. Une infusion de foin, filtrée, si on la laisse reposer deux jours, fourmillera d'êtres vivants, parmi lesquels tout ce qui atteint le diamètre d'un corpuscule rouge de sang humain, ou environ $\dfrac{1}{3200}$ de pouce[1], est un géant. Ce n'est qu'en tenant compte de ces faits que nous pouvons apprécier les remarquables assertions et hypothèses avancées par Buffon et Needham au milieu du XVIIIe siècle.

Quand une partie d'un corps animal ou végétal est

spécifique, tout animal d'un œuf ou de quelque chose d'analogue préexistant dans la plante, ou dans l'animal de même espèce qui l'a produit. » *Nouvelles Observations*, p. 169.

« Les naturalistes ont généralement cru que les animaux microscopiques étaient engendrés par des œufs transportés dans l'air, ou déposés dans des eaux dormantes par des insectes volants. » *Ibid*, p. 176.

[1] Le pouce a 25 millimètres.

mise à infuser dans l'eau, elle s'amollit et se décompose graduellement et, à mesure qu'elle le fait, on s'aperçoit que l'eau fourmille d'actives créatures minuscules, les soi-disant animalcules infusoires, dont aucun n'est visible sans l'aide du microscope ; une grande proportion de ces animaux appartient à la catégorie des choses les plus petites dont j'ai parlé, et qui doivent avoir semblé de simples points ou lignes sous les microscopes ordinaires du xviiie siècle.

Mais, par diverses considérations théoriques que je ne puis discuter maintenant, mais qui semblaient assez pleines de promesses à la clarté des lumières du temps, Buffon et Needham doutèrent qu'on dût appliquer l'hypothèse de Redi aux animalcules infusoires, et Needham essaya, avec beaucoup de sagesse, de chercher dans une expérience la réponse à sa question. Il se dit : si ces animalcules infusoires viennent de germes, ces germes doivent exister soit dans la substance infusée, soit dans l'eau qui sert à l'infusion, soit dans l'air ambiant. La chaleur détruit la vitalité de tous les germes. Donc, si je fais bouillir l'infusion, si je la bouche soigneusement, recouvrant le bouchon de mastic, et puis si je réchauffe le vase en le recouvrant de cendres chaudes, je dois nécessairement tuer tous les germes qui peuvent s'y trouver. Par conséquent, si l'hypothèse de Redi est juste, aucun animalcule ne devrait s'y développer ; tandis que, au contraire, si les animalcules ne dépendent pas de germes préexistants, mais sont engendrés par la substance infusée, ils devraient, peu à peu, faire leur apparition. Needham trouva que, dans les circonstances où il fit ses expériences, les animalcules naissaient toujours dans les infusions quand un temps suffisant s'était écoulé pour leur développement.

Needham fut associé à Buffon pour une grande partie de son œuvre, et les résultats de leurs expériences s'accordaient admirablement avec l'hypothèse des « molécules organiques » du grand naturaliste français, hypothèse suivant laquelle la vie est la propriété imprescriptible de certaines molécules indestructibles de matière, qui existent dans toutes les choses vivantes et ont des activités inhérentes par lesquelles on les distingue de la matière non vivante. Chaque organisme vivant individuel est formé par leur combinaison temporaire, les molécules ont avec lui le rapport qu'ont les parcelles d'eau avec une cascade, ou avec un tourbillon, ou avec un moule dans lequel on verse de l'eau. La forme de l'organisme est ainsi déterminée par la réaction entre les conditions externes et les activités inhérentes des molécules organiques dont il est composé ; et, de même que l'arrêt d'un tourbillon ne détruit qu'une forme et laisse subsister les molécules de l'eau avec toutes leurs activités inhérentes intactes, de même ce que nous appelons la mort et la putréfaction d'un animal ou d'une plante est simplement la destruction de la forme, ou du mode d'association de ses molécules organiques constituantes, qui sont alors libérées comme animalcules infusoires.

On voit que cette doctrine n'est nullement identique avec l'Abiogenèse qu'on a souvent confondue avec elle. D'après cette hypothèse un morceau de bœuf ou une poignée de foin ne sont morts que dans un certain sens. Le bœuf est du bœuf mort, et le foin de l'herbe morte ; mais les « molécules organiques » du bœuf et du foin ne sont pas mortes, mais sont prêtes à manifester leur vitalité aussitôt que les linceuls bovin ou herbacé qui les emprisonnent seront déchirés par l'action macérante de l'eau. L'hypothèse doit donc être classée sous le chef de Xénogenèse plutôt que sous celui d'Abiogenèse. Telle qu'elle est, je pense que tous ceux qui seront assez justes pour se rappeler qu'elle fut énoncée avant l'éclosion de la chimie moderne et des arts optiques modernes, conviendront que c'est une spéculation très ingénieuse et pleine de suggestions.

Mais la grande tragédie de la science — consistant à tuer une belle hypothèse par un vilain fait — qui se joue si continuellement sous les yeux des philosophes, se joua, presque aussitôt, aux dépens de Buffon et de Needham.

Une fois encore, un Italien, l'abbé Spallanzani, digne successeur et représentant de Redi par la sagacité, sa pénétration et son savoir, soumit les expériences et les conclusions de Needham à une critique rigoureuse. Il se pouvait bien que les expériences de Needham eussent les résultats qu'il énonçait, mais soutenaient-elles ses arguments ? N'était-il pas possible en premier lieu qu'il n'eût pas complètement réussi à exclure l'air avec ses bouchons et son mastic ? N'était-il pas possible encore, en second lieu, qu'il n'eût pas suffisamment chauffé ses infusions et l'air ambiant ? Spallanzani s'accorda avec le naturaliste anglais sur ces deux points, et montra que si, en premier lieu les vases en verre où étaient contenues les infusions étaient hermétiquement fermés par soudure au feu, et si, en second lieu, elles étaient soumises pendant trois quarts d'heure à la température de l'eau bouillante, aucun animalcule n'y apparaissait jamais. Il faut convenir que les expériences et les arguments de Spallanzani fournissent une réponse complète et écrasante à ceux de Needham. Mais nous sommes tous trop enclins à oublier que réfuter une proposition n'est point prouver une théorie qui contredit cette proposition implicitement ou explicitement ; et bientôt les progrès de la science montrèrent que si Needham pouvait se tromper complètement, il ne s'ensuivait pas que Spallanzani eût entièrement raison.

La chimie moderne, née dans la dernière moitié du XVIIIe siècle, se développa rapidement, et se trouva bientôt en présence de grands problèmes que la biologie avait vainement attaqués sans son aide. La découverte de l'oxygène conduisit à la fondation d'une théorie scientifique de la respiration et à un examen des merveilleuses interactions entre les substances organiques et l'oxygène. La présence de l'oxygène, à l'état libre, parut être une des conditions de l'existence de la vie et de ces changements singuliers dans les matières organiques, que l'on connaît sous le nom de *fermentation* et de *putréfaction*. La question de la génération des animalcules infusoires passa ainsi dans une nouvelle phase. Car que n'aurait-il pu arriver à la matière organique des Infusoires ou à l'oxygène de l'air, dans les expériences de Spallanzani ? Quelle sécurité y avait-il que le développement de vie qui eût dû avoir

lieu n'avait pas été arrêté ou empêché par ces changements ?

Il fallait recommencer le combat. Il fallait répéter
les expériences dans des conditions assurant que ni
l'oxygène de l'air ni la composition de la matière
organique n'étaient altérés de manière à nuire à
l'existence de la vie.

Schulze et Schwann reprirent la question à ce
point de vue, en 1836 et 1837. Le passage de l'air à
travers des tubes en verre chauffés jusqu'au rouge,
ou à travers de l'acide sulfurique concentré, n'y
change point la proportion de l'oxygène, tandis qu'il
arrête ou détruit, nécessairement, toute matière organique que l'air peut contenir. Les expérimentateurs,
par conséquent, combinèrent des arrangements par
lesquels le seul air qui viendrait en contact avec une
infusion bouillie eût passé, soit par les tubes chauffés
au rouge soit par l'acide sulfurique concentré. Le
résultat obtenu fut qu'aucune créature vivante ne se
développât dans une infusion traitée de la sorte, tandis que cette même infusion, exposée ensuite à l'air,
fût le théâtre d'une apparition rapide et abondante
d'organismes vivants. On a, alternativement, nié et
affirmé l'exactitude de ces expériences. En supposant
qu'elles soient acceptées, toutefois, tout ce qu'elles
prouvaient réellement c'est que le traitement auquel
l'air avait été soumis détruisait *quelque chose* qui était
essentiel au développement de la vie dans l'infusion.
Ce « quelque chose » pouvait être gazeux, fluide ou

[1] Voir Spallanzani, *Opere*, VI, pages 42 et 51.

solide ; l'hypothèse qu'il consistait en germes restait plus ou moins probable.

Au même temps où avaient lieu ces recherches, une remarquable découverte fut faite par Cagniard de la Tour. Il s'aperçut que la levure commune est composée d'une vaste accumulation de plantes minuscules. La fermentation du moût, dans la fabrication du vin et de la bière, est toujours accompagnée de la croissance et de la multiplication rapide de ces *Torula*. Ainsi, la fermentation, en tant qu'elle était accompagnée du développement d'organismes microscopiques en grand nombre, fut assimilée à la décomposition d'une infusion d'une matière animale ou végétale ordinaire, et cela suggéra, d'une manière évidente, que les organismes étaient, d'une façon ou d'une autre, les causes de la fermentation et de la putréfaction. Les chimistes, Berzélius et Liebig en tête, tournèrent d'abord la chose en ridicule ; mais, en 1843, un homme qui était alors très jeune, et qui a depuis exécuté le tour de force d'être à la fois mathématicien, physicien et naturaliste éminent — je veux parler de l'illustre Helmholtz — réduisait la question à l'épreuve de l'expérimentation par une méthode à la fois ingénieuse et concluante. Helmholtz sépara un liquide en putréfaction ou en fermentation d'un liquide simplement putrescible ou fermentescible par une membrane qui permettait aux fluides de traverser et de se mêler, mais arrêtait le passage des solides. Le résultat fut que, tandis que les liquides putrescibles et fermentescibles s'imprégnaient des résultats de la putréfaction ou de la fermentation qui se produisaient de l'autre côté de la membrane, ils ne se putréfiaient ni ne fermentaient de la manière ordinaire, et aucun des organismes qui abondaient dans le liquide en fermentation ou en putréfaction n'était engendré chez eux. Donc, la cause du développement de ces organismes devait consister en quelque chose qui ne pouvait traverser les membranes ; et, les recherches de Helmholtz ayant précédé de beaucoup celles de Graham sur les colloïdes, sa conclusion naturelle fut que l'agent ainsi intercepté devait être une matière solide. En réalité, l'expérimentation d'Helmholtz réduisit la question à ceci : ce qui excite la fermentation et la putréfaction. et en même temps crée des formes vivantes dans un liquide fermentescible ou putrescible, n'est ni un gaz ni un fluide capable de diffusion ; donc, c'est soit un colloïde, soit une matière divisée en parcelles solides très menues.

Les recherches de Schrœder et Dusch, en 1854, et de Schrœder seul, en 1859, éclairèrent ce point par des expériences qui sont simplement le perfectionnement de celles de Redi.

Un morceau d'ouate est, physiquement parlant, une pile de plusieurs épaisseurs de gaze très fine, dont la finesse des mailles dépend du degré de compression de l'ouate. Schrœder et Dusch reconnurent que, dans le cas de tous les matériaux putréfiables qu'ils employèrent (sauf le lait et le jaune d'œuf), une infusion bouillie mise en contact seulement avec l'air filtré à travers l'ouate ne se putréfia pas, ni ne fermenta, ni ne développa de formes vivantes. Il semble difficile d'imaginer que le fin tamis formé par l'ouate ait réussi à arrêter autre chose que des parcelles solides minuscules. Cependant la preuve restait incomplète, tant qu'on ne montrait pas positivement, d'abord, que l'air ordinaire contient de ces parcelles ; et, secondement, que la filtration au travers de l'ouate arrête ces parcelles et ne laisse passer que de l'air physiquement pur.

Cette démonstration a été fournie, dans le courant de l'année 1869, par les expériences remarquables du professeur Tyndall. Les Abiogénistes ont toujours objecté que, si la doctrine de la Biogenèse est vraie, l'air doit fourmiller de germes, et ils considèrent cela comme souverainement absurde. Mais la nature est parfois extrêmement illogique, et le professeur Tyndall a prouvé que cette absurdité particulière peut néanmoins être vraie. Il a démontré que l'air ordinaire n'est qu'une sorte de bouillie de parcelles solides excessivement menues, que ces parcelles sont presque toutes faciles à détruire par la chaleur ; qu'elles sont éliminées et que l'air est rendu optiquement pur en passant à travers de l'ouate.

Mais il reste encore, dans l'ordre logique, quoique non dans l'ordre historique, à montrer que parmi ces parcelles solides destructibles, il existe réellement des germes capables de développer des formes vivantes dans des milieux convenables. Cette œuvre a été accomplie par M. Pasteur dans ces belles recherches qui rendront son nom à jamais illustre, et qui, en dépit des attaques dont elles ont été l'objet, me paraissent encore, comme il y a sept ans, des modèles d'expérimentation rigoureuse et de logique serrée [1]. Il tamisa l'air à travers l'ouate et trouva, tout comme Schrœder et Dusch, qu'il ne contenait rien de susceptible de donner lieu au développement de la vie dans des fluides très appropriés à ce but. Mais Pasteur a ajouté trois anneaux importants, de plus, à la chaîne des preuves. D'abord il soumit à l'examen microscopique l'ouate qui avait servi de tamis, et trouva divers corps clairement reconnaissables comme germes parmi les parcelles solides qui avaient été tamisées. Secondement, il prouva que ces germes étaient capables de donner la vie à des formes vivantes en les semant simplement dans une culture favorable à leur développement. Et, troisièmement, il montra que l'inaptitude de l'air tamisé à travers l'ouate à créer la vie n'est pas due à un changement occulte effectué dans les éléments constituants de l'air par l'ouate, en prouvant qu'on pourrait se dispenser entièrement de celle-ci et laisser le passage libre entre l'air extérieur et celui de la bouteille d'expérience. Si le col de la bouteille est étiré en un tube et recourbé vers le bas, et si, quand le liquide a été assez soigneusement bouilli, le tube est chauffé suffisamment pour détruire tout germe qui serait présent dans l'air qui entre à mesure que le fluide se refroidit, l'appareil peut être abandonné à lui-même quelque temps et aucune vie n'apparaîtra dans le fluide. La raison en est simple. Bien qu'il y ait libre communication entre l'atmosphère chargée de germes et l'air sans germes de la bouteille, le contact entre

[1] *Lectures to Working Men on the Causes of the Phenomena of Organic Nature*, 1863.

les deux n'a lieu que dans le tube et, comme les germes ne peuvent se diriger de bas en haut et qu'il n'y a aucun courant, ils n'atteignent jamais l'intérieur de la bouteille. Mais si le tube est brisé à peu de distance du corps de la bouteille et si ainsi l'accès est donné aux germes de l'air, 'tombant verticalement, le fluide, qui est resté limpide et désert pendant des mois, devient en quelques jours trouble et plein de vie.

Ces expériences ont été répétées à de nombreuses reprises par des observateurs indépendants avec un succès entier, et il y a une manière très simple de voir les faits, par soi-même, que je vais décrire.

Préparez une solution (très employée par M. Pasteur, et souvent appelée « culture de Pasteur ») composée d'eau avec du tartrate d'ammoniaque, du sucre et de la cendre de levure dissoute [1]. Divisez-la en trois parts dans autant de bouteilles ; faites-les bouillir toutes les trois pendant un quart d'heure ; et, pendant que la vapeur passe, bouchez le col d'une d'elles avec un tampon d'ouate, de façon à ce que celle-là aussi reçoive la vapeur. Maintenant mettez les bouteilles de côté à refroidir, et, quand leur contenu est froid, ajoutez à une de celles qui sont ouvertes une goutte de l'infusion de foin filtrée qui a reposé vingt-quatre heures et, par conséquent, est pleine des organismes actifs et extrêmement menus qu'on nomme *bactéries*. En deux jours de temps chaud ordinaire, le contenu

[1] L'infusion de foin traitée de même donne les mêmes résultats, mais comme elle contient des matières organiques l'argument suivant ne saurait être appliqué.

de cette bouteille sera de couleur laiteuse, par suite de l'énorme multiplication des *bactéries*. L'autre bouteille, ouverte et exposée à l'air, deviendra, tôt ou tard, laiteuse grâce à la présence des bactéries, et des taches de moisissures y apparaîtront ; tandis que le liquide dans la bouteille dont le col a été tamponné d'ouate restera indéfiniment limpide. J'ai vainement cherché une explication à ces faits autre que celle qui est évidente, à savoir que l'air contient des germes capables de donner naissance à des *bactéries* telles que celles dont la première solution a été exprès inoculée, et aux *champignons* de la moisissure. Et je n'ai point encore rencontré d'avocat de l'Abiogenèse qui soutînt sérieusement que des atomes de sucre, de tartrate d'ammoniaque, de la cendre de levure et d'eau, sans autre influence que celle du libre accès de l'air et à la température ordinaire, puissent s'arranger de nouveau, et donner lieu au protoplasme du *Bacterium*. L'autre alternative est d'admettre que ces *bactéries* naissent de germes dans l'air et, si elles se propagent ainsi, la preuve que d'autres formes semblables sont engendrées d'une façon différente doit incomber à celui qui affirme cette proposition.

Pour résumer cette longue chaîne de témoignages, il est possible de démontrer qu'un fluide éminemment approprié au développement des formes inférieures de la vie, mais ne contenant ni germes ni composés protéiques, donne naissance, en grande abondance, à des choses vivantes, s'il est exposé à l'air ordinaire, tandis que ce développement n'a jamais lieu si l'air avec lequel il est en contact est libéré, mécaniquement, des parcelles solides qui y flottent d'ordinaire, et qui peuvent être rendues visibles par des moyens particuliers.

On peut démontrer que la plupart de ces parcelles peuvent être détruites par la chaleur, et que quelques-unes sont des germes, ou parcelles vivantes, capables de donner naissance aux mêmes formes de vie que celles qui apparaissent quand le fluide est exposé à un air non purifié.

On peut démontrer que l'inoculation du liquide de culture par une goutte de liquide qu'on sait contenir des parcelles vivantes donne lieu aux mêmes phénomènes que l'exposition à l'air non purifié.

Et il est, en outre, certain que ces parcelles vivantes sont si petites que la supposition de leur présence dans l'air ordinaire ne présente pas la moindre difficulté. Au contraire, si l'on prend en considération leur légèreté et la diffusion générale des organismes qui les produisent, il est impossible de concevoir qu'elles ne soient pas suspendues dans l'atmosphère par myriades.

Ainsi la preuve, directe et indirecte, en faveur de la *Biogenèse* pour toutes les formes de la vie, doit, je pense, être admise comme digne d'être pesée sérieusement.

De l'autre côté, les seules assertions qui méritent l'attention sont que les fluides hermétiquement cachetés, qui ont été exposés à une chaleur forte et continue, ont quelquefois présenté des formes vivantes d'organisation inférieure quand elles ont été ouvertes.

La première réponse qui se présente est la probabilité

de quelque erreur dans les expériences, parce qu'elles sont faites sur une énorme échelle, chaque jour, avec des résultats tout à fait contraires. La viande, les fruits, les légumes, les matériaux même des infusions les plus fermentescibles et les plus putrescibles sont conservés, chaque année, j'oserai dire en quantité de millions de tonnes, par un procédé qui n'est que l'application de l'expérience de Spallanzani. Les substances à conserver sont bien bouillies dans une boîte en fer-blanc pourvue d'un petit trou, et ce trou est soudé quand tout l'air dans la boîte a été remplacé par de la vapeur. Par ce moyen, on les garde des années sans qu'elles se putréfient, fermentent ou moisissent. Et ce n'est point parce que l'oxygène est exclu, parce qu'on a prouvé maintenant que l'oxygène libre n'est pas nécessaire pour la fermentation ou la putréfaction. Ce n'est point parce que l'air des boîtes a été épuisé, car les *vibrions* et les *bactéries* vivent, ainsi que l'a montré Pasteur, sans air ou oxygène libre. Ce n'est point parce que les viandes ou légumes bouillis ne sont pas putrescibles ou fermentescibles, ainsi que le savent bien ceux qui ont eu le malheur de naviguer sur un navire approvisionné de boîtes maladroitement fermées. Qu'est-ce donc alors que l'exclusion des germes? Je pense que les Abiogénistes sont tenus de répondre à cette question avant de nous demander d'examiner de nouvelles expériences précisément du même ordre.

Et, ensuite, si les résultats des expériences auxquelles je me réfère sont réellement dignes de confiance, il ne s'ensuit aucunement que l'Abiogenèse se

soit produite. On sait que la résistance de la matière
vivante à la chaleur varie dans des limites considérables, et dépend, en quelque mesure, des qualités
chimiques et physiques du milieu environnant. Mais
si, dans l'état actuel de la science, on nous offre l'alternative, ou que les germes supportent une chaleur plus forte qu'on ne l'avait supposé, ou que les
molécules de matière morte, sans qu'on en assigne
une raison valable ou intelligible, sont à même
de se réarranger en corps vivants exactement semblables à ceux qu'on peut démontrer avoir été produits d'une autre manière, je ne puis comprendre
comment le choix pourrait rester douteux, même un
seul instant.

Mais bien que je ne puisse exprimer ma conviction
avec trop de force, je dois me garder soigneusement
de laisser supposer que je voudrais suggérer que l'Abiogenèse ne s'est jamais produite, dans le passé, ou ne
se produira jamais à l'avenir. Avec la chimie organique,
la physique moléculaire et la physiologie encore dans
l'enfance, et faisant chaque jour des pas prodigieux, je
pense qu'il y aurait une suprême présomption à dire
que les conditions dans lesquelles la matière prend les
propriétés que nous appelons « vitales », ne pourront
pas un jour être réunies artificiellement. Tout ce que
je me sens autorisé à dire, c'est que jusqu'ici je n'ai
aucune raison de croire que ce tour de force ait été
encore accompli.

Et, en regardant en arrière à travers la prodigieuse
perspective du passé, je ne trouve aucun indice du
commencement de la vie, et, par conséquent, je me

trouve dépourvu de tout moyen de former une conclusion définie quant aux conditions de son apparition.
La foi, au sens scientifique du mot, est une affaire sérieuse, et a besoin de fondements solides. Dire, par
conséquent, en l'absence de preuves, que j'ai une
croyance quelconque quant au mode selon lequel sont
nées les formes existantes de la vie serait employer
des mots dans un sens erroné. Mais il est permis d'attendre quand on ne peut pas croire; et s'il m'était
donné de regarder au-delà de l'abîme du temps géologique dont on a les annales jusqu'à la période encore
plus reculée où la terre traversait des conditions physiques et chimiques qu'elle ne reverra pas plus maintenant qu'un homme ne saurait rappeler son enfance,
je m'attendrais à être témoin de l'évolution du protoplasme vivant provenant de matière non vivante; je
m'attendrais à voir paraître des formes d'une grande
simplicité, douées, comme les champignons, de la
faculté de déterminer la formation de nouveau protoplasme aux dépens de matières telles que les carbo-
nates, les oxalates et les tartrates d'ammoniaque, les
alcalins et les phosphates terreux, et l'eau, sans l'aide
de la lumière. C'est là ce que le raisonnement par
analogie me conduirait à attendre; mais je vous prie,
encore, de ne pas oublier que je ne me reconnais
aucun droit d'appeler mon opinion autre chose qu'un
acte de foi philosophique.

En voilà assez sur l'histoire du progrès de la grande
théorie de la Biogenèse de Redi, théorie qui me semble,
avec les bornes que j'ai indiquées, l'emporter sur toute
la ligne, de nos jours.

Quant au second problème que nous offre Redi,
celui de savoir si la Xénogénèse règne côte à côte avec
l'Homogénèse — c'est-à-dire s'il existe non seulement
des choses vivantes ordinaires, donnant naissance à
des rejetons parcourant le même cycle qu'elles, mais
aussi d'autres êtres produisant des rejetons qui ont un
caractère différant totalement du leur — les recherches
de deux siècles ont abouti à un résultat différent. Vallisnieri, Réaumur et d'autres, avant la fin de la première moitié du xviiie siècle avaient fait connaître que
les nymphes trouvées sur les galles n'étaient pas des
produits des plantes sur lesquelles poussent les galles,
mais bien le résultat de l'introduction des œufs d'insectes dans la substance de ces plantes. Les ténias, les
cysticerques et les distomes continuèrent à être la
forteresse des avocats de la Xénogénèse pour un temps
bien plus long. Ce n'est, en réalité, que dans les trente
dernières années que la magnifique patience de von
Siebold, van Beneden, Leuckart, Küchenmeister et
d'autres helminthologistes a réussi à suivre les traces de
tous ces parasites, souvent à travers les modifications
et métamorphoses les plus étranges, jusqu'à un œuf
dérivé d'un parent qui était réellement ou pouvait être
semblable à lui ; et la tendance des recherches, ailleurs,
a été toute dans cette même direction. Une plante peut
émettre des bulbes, mais ceux-ci, tôt ou tard, donnent
naissance à des graines ou spores qui se développent
dans la forme primitive. Un polype peut produire une
méduse, ou un plutéus un échinoderme, mais la méduse et l'échinoderme produisent des œufs produisant
polypes ou plutéus, et ils ne sont, par conséquent,

que des étapes dans le cycle de la vie de l'espèce.

Mais si nous nous tournons vers la pathologie, elle nous offre de remarquables rapprochements avec la véritable Xénogenèse.

Ainsi que je l'ai déjà dit, on sait depuis le temps de Vallisnieri et Réaumur que les galles des plantes et les tumeurs du bétail sont causées par des insectes qui pondent leurs œufs dans les parties de l'animal ou du végétal, dont ces parties morbides sont les excroissances. C'est aussi un fait d'expérience qui nous est familier que la simple pression sur la peau y produit un cor. La galle, la tumeur et le cor sont des parties du corps vivant qui sont devenues, dans un certain degré, des organismes indépendants et distincts. Sous l'influence de certaines conditions externes, des éléments du corps, qui auraient dû se développer en subordination régulière à son plan général, s'établissent à part et appliquent la nourriture qu'elles reçoivent à leurs fins particulières.

Il y a toute une série de degrés, depuis les productions innocentes comme les cors et les verrues jusqu'aux sérieuses tumeurs qui, par leur seule grandeur et l'obstruction mécanique qu'elles causent, détruisent l'organisme dans lequel elles se développent, tandis qu'enfin, dans ces terribles productions nommées cancers, la croissance anormale a acquis des facultés de reproduction et de multiplication et ne se distingue qu'anatomiquement du ver parasite, dont la vie n'est ni plus ni moins intimement liée à celle de l'organisme infecté.

S'il existait quelque production morbide, dont les

éléments histologiques seraient capables de conserver une existence séparée et indépendante en dehors
du corps, il me semble que la frontière douteuse
entre la croissance morbide et la Xénogenèse serait
effacée. Et j'incline à voir que le progrès des découvertes nous a déjà presque amenés à ce point. M. Si-
mon m'a fait l'honneur de m'envoyer un des premiers
exemplaires dernièrement publiés des estimables
Reports on the public Health que, en sa capacité d'ins-
pecteur de santé, il offre annuellement aux Lords du
Conseil privé. L'appendice de ce rapport contient un
essai, *Sur la Pathologie de la Contagion*, par le Dr Bur-
don-Sanderson, qui est une des discussions les plus
claires, les plus compréhensibles et les mieux raison-
nées d'une grande question qui soient venues à ma
connaissance depuis longtemps. Je vous renvoie à ce
rapport pour les détails des faits que je vais exposer.

Vous savez tous ce qui se passe dans la vaccina-
tion. On fait une petite coupure dans la peau, et on
insère dans la blessure une quantité infinitésimale de
matière à vaccin. Au bout d'un certain temps, une
vésicule apparaît à la place de la blessure, et le fluide
qui gonfle cette vésicule est de la matière à vaccin,
en quantité de cent ou de mille fois plus grande que
celle qui avait été primitivement inoculée. Que s'est-
il donc passé au cours de cette opération? Le vaccin,
par sa propriété irritante, a-t-il produit une simple
ampoule dont le fluide a la même propriété irritante?
Ou le vaccin contient-il des parcelles vivantes qui
ont crû et multiplié où on les a plantées? Les observations de M. Chauveau, étendues et confirmées par

le Dr Sanderson lui-même, ne semblent laisser aucun doute à ce sujet. Des expériences, semblables en principe à celles de Helmholtz sur la fermentation et la putréfaction, ont prouvé que l'élément actif de la lymphe de la vaccine n'est pas diffusible, et consiste en parcelles menues ne dépassant pas $\dfrac{1}{20,000}$ de pouce de diamètre, que le microscope permet d'apercevoir dans la lymphe. Des expériences semblables ont prouvé que deux des maladies épizootiques les plus destructrices, la clavelée et le farcin, dépendent aussi, pour leur existence et leur propagation, de parcelles solides vivantes et extrêmement petites auxquelles on a donné le nom de *microzymas*. Un animal souffrant d'une de ces terribles maladies est une source d'infection et de contagion pour les autres précisément pour la même raison qu'un tonneau de bière en fermentation est capable de communiquer sa fermentation par « infection » ou « contagion » à du moût frais. Dans les deux cas, ce sont les parcelles vivantes solides qui sont efficaces, le liquide dans lequel elles flottent, et aux dépens duquel elles vivent, ne jouant qu'un rôle passif.

Maintenant la question se pose : ces microzymas sont-ils le produit de l'*Homogenèse* ou de la *Xénogenèse ;* sont-ils capables, comme les *torules* de la levure, de naître seulement du développement de germes préexistants, ou peuvent-ils être, comme les constituants d'une noix de galle, les résultats d'une modification et d'une individualisation des tissus du corps dans lequel on les trouve, résultant de l'opération de cer-

taines conditions ? Sont-ce des parasites, dans le sens
zoologique, ou sont-ils seulement ce que Virchow [1] a
appelé des « croissances hétérologues » ? Il est évident
que cette question est de la plus haute importance,
que nous la considérions au point de vue pratique ou
au point de vue théorique. On peut bannir un parasite
en détruisant ses germes, mais un produit pathologique ne peut être anéanti qu'en supprimant les conditions qui lui avaient donné naissance.

Il me semble que ce grand problème devra être
résolu pour chaque maladie épidémique séparément,
car l'analogie est une arme à deux tranchants. Je me
suis étendu sur l'analogie de la modification pathologique qui est en faveur de l'origine xénogénétique
des microzymas ; mais il me faut maintenant parler
des analogies également grandes en faveur de l'origine
de ces parcelles infectieuses par le processus ordinaire de la génération du semblable par le semblable.

C'est, maintenant, un fait bien établi que certaines
maladies, tant des plantes que des animaux, qui ont
tous les caractères d'épidémies contagieuses et infectieuses, sont causées par des organismes minuscules.
La rouille du froment est un exemple bien connu de
maladie de ce genre, et on ne peut douter que la
maladie du raisin et celle des pommes de terre ne
rentrent dans la même catégorie. Chez les animaux,
les insectes sont étonnamment exposés aux ravages
de maladies contagieuses et infectieuses causées par
ces champignons microscopiques.

[1] Virchow, *La Pathologie cellulaire*, 4e édition, par Is. Straus.
Paris, 1884.

En automne, il n'est pas rare de voir des mouches sans mouvement sur un carreau de vitre, avec une sorte de cercle magique, marqué en blanc autour d'elles. L'examen au microscope révèle que le cercle magique se compose d'innombrables spores qui ont été jetées dans toutes les directions par un champignon minuscule, appelé *Empusa muscæ*, dont les filaments sporigènes ressortent comme du velours sur le corps de la mouche. Ces filaments sont liés à d'autres qui remplissent l'intérieur du corps de la mouche comme autant de laine fine, ayant mangé et détruit les entrailles de la créature. C'est là l'état adulte des *Empusa*. Si l'on remonte jusqu'à leurs premières étapes, chez des mouches encore actives et, selon toute apparence, saines, on les trouve existant sous forme de menus corpuscules flottant dans le sang de la mouche. Les corpuscules se multiplient et s'allongent en filaments, aux dépens de la substance de la mouche et, quand enfin ils ont tué le patient, ils sortent de son corps et émettent des spores. Des mouches saines enfermées avec celles qui sont malades attrapent cette maladie mortelle et périssent comme les autres. Un observateur des plus compétents, M. Cohn, qui a étudié très soigneusement le développement de l'*Empusa*, n'avait pu découvrir de quelle manière les plus petits germes de l'*Empusa* entrent dans la mouche. Les spores ne pouvaient être forcées, par la culture, à faire naître de tels germes; on n'en découvrait pas non plus dans l'air, ni dans la nourriture de la mouche. Cela ressemblait extrêmement à un cas d'Abiogenèse, ou, tout au moins, de Xénogenèse, et ce n'est que tout récemment que

l'on a constaté le vrai cours des événements. On s'est
assuré que lorsqu'une des spores tombe sur le corps
d'une mouche, elle commence à germer et émet un
processus qui se fraye une voie à travers la peau de
la mouche; ayant atteint les cavités intérieures du
corps de celle-ci, elle émet les corpuscules flottants
minuscules qui sont la première phase de l'*Empusa*.
La maladie est « contagieuse », parce qu'une mouche
saine, entrant en contact avec une malade d'où sortent
les filaments sporifères, ne peut guère manquer d'emporter une ou deux spores. Elle est « infectieuse »
parce que les spores se répandent sur toutes sortes
de matières dans le voisinage des mouches mortes.

On sait depuis longtemps que le ver à soie est sujet
à une maladie très fatale et infectieuse appelée *mus-
cardine*. Audouin l'a transmise par inoculation. Cette
maladie est entièrement due au développement d'un
champignon, le *Botrytis Bassiana*, dans le corps de la
chenille; et elle est contagieuse et infectieuse pour les
mêmes raisons que celles de la maladie de la mouche.
Mais, au cours des dernières années, une épizootie
bien plus sérieuse s'est déclarée chez les vers à soie,
et je puis citer quelques faits qui vous donneront une
idée de la gravité du dommage qu'elle a causé dans
la France seule.

La production de la soie a été, durant des siècles,
une branche importante de l'industrie dans le midi de
la France, et, en 1853, elle avait atteint des proportions telles que le produit annuel de la sériciculture
française était estimé au dixième de celui du monde
entier, et représentait une valeur de 117,000,000 de

francs. Je ne prétends pas estimer ce que pouvait être le total de la valeur en argent de toutes les industries en rapport avec la mise en œuvre du produit brut. Il suffit de dire que la ville de Lyon est bâtie sur la soie française [1], tout autant que Manchester l'était sur les cotons américains avant la guerre civile.

Les vers à soie sont sujets à beaucoup de maladies, et, même avant 1853, une épizootie particulière, fréquemment accompagnée par l'apparition de taches noires sur la peau (d'où le nom de « Pébrine » qu'elle a reçu) fut notée pour sa mortalité. Mais dans les années qui ont suivi 1853 cette maladie éclata avec une si extrême violence qu'en 1858 la récolte de la soie fut réduite au tiers de ce qu'elle avait été en 1853, et jusqu'à il y a un ou deux ans elle n'a jamais atteint le rendement de 1853. Cela ne veut pas seulement dire que le grand nombre de gens occupés à la culture de la soie ont été plus pauvres de trente millions de livres sterling qu'auparavant ; cela ne veut pas seulement dire que l'on a dû payer des prix exorbitants pour importer des œufs de vers à soie, et qu'après y avoir mis son argent, payé les feuilles de mûrier et la main-d'œuvre, le cultivateur a constamment vu périr ses vers à soie et a été plongé dans la ruine ; mais cela veut dire que les métiers à tisser de Lyon sont restés inactifs et que, pendant des années, une oisiveté forcée et la misère qui la suit ont été le partage d'une vaste population qui, autrefois, était industrieuse et dans l'aisance.

[1] Voyez Léo Vignon, *La Soie au point de vue scientifique et industriel*. Paris, 1890.

En 1858, la gravité de la situation décida l'Aca-
démie des sciences à nommer une commission dont
un naturaliste distingué, M. de Quatrefages, était
membre, pour s'enquérir de la nature de la maladie
et, s'il était possible, trouver les moyens d'arrêter le
fléau. En lisant le rapport[1] fait par M. de Quatrefages, en 1859, il est extrêmement intéressant d'observer que son étude approfondie de la pébrine lui
imposa la conviction que dans le mode de son inva-
sion et de sa propagation, la maladie du ver à soie
est, à tous égards, comparable au choléra chez les
hommes. Mais elle diffère du choléra, et en cela est
bien plus redoutable, en ce qu'elle est héréditaire et
aussi, en quelques circonstances, contagieuse aussi
bien qu'infectieuse.

Le naturaliste italien, Filippi, découvrit dans le
sang des vers à soie affectés par cet étrange mal une
multitude de corpuscules cylindriques, chacun long

d'environ $\frac{1}{6,000}$ de pouce. Lebert a étudié soigneuse-

ment ces corpuscules et les a nommés *Panhistophyton*, par la raison que chez les sujets où le mal se
développe avec force, les corpuscules fourmillent
dans chaque tissu et chaque organe du corps et passent
même dans les œufs non développés du papillon
femelle. Mais les corpuscules sont-ils les causes, ou
seulement les accessoires de la maladie? Quelques
naturalistes adoptaient une de ces opinions, et d'autres
la seconde; et ce ne fut que lorsque le gouvernement
français, alarmé par les ravages prolongés de la

---

[1] Quatrefages, *Études sur les Maladies actuelles des Vers à soie*, p. 53.

maladie et l'inefficacité des remèdes proposés, donna
mission à M. Pasteur de l'étudier, que cette question
reçut son règlement définitif[1], après un sacrifice non
seulement de temps et de tranquillité d'esprit pour cet
éminent philosophe, mais aussi, je regrette d'avoir
à l'ajouter, pour sa santé.

Mais le sacrifice ne fut point inutile. Il est maintenant certain que cette pébrine dévastatrice, aux
allures de choléra, est l'effet de la croissance et de la
multiplication du *Panhistophyton* chez le ver à soie.
Elle est contagieuse et infectieuse, parce que les corpuscules passent du corps des chenilles malades
directement ou indirectement au canal alimentaire
de vers à soie sains dans leur voisinage ; elle est héréditaire, parce que les corpuscules entrent dans les
œufs pendant qu'ils sont en train de se former, et, par
conséquent, sont emportés avec eux lorsqu'ils sont
pondus ; et, par cette raison, aussi, elle présente la
singulière particularité de n'être héréditaire que du
côté de la mère. Il n'y a pas un seul des phénomènes,
apparemment capricieux et inexplicables de la pébrine,
qui n'ait reçu son interprétation par le fait que le mal
résulte de la présence de l'organisme microscopique
nommé *Panhistophyton*.

Les faits concernant la pébrine étant tels, quelles sont
les indications d'un traitement pour la prévenir ? Il
est évident que cela dépend de la manière dont le
Panhistophyton est engendré. S'il est engendré par
Abiogenèse ou par Xénogenèse, dans le ver à soie

---

[1] Pasteur, *La maladie des Vers à soie.* Paris, 1870.

même, ou dans le papillon, l'extirpation de la maladie doit dépendre de la possibilité d'empêcher de se produire les conditions dans lesquelles il est engendré. Mais si, d'autre part, la *Panhistophyton* est un organisme indépendant qui n'est pas plus engendré par le ver à soie que le gui par le pommier ou par le chêne sur lequel il pousse, bien qu'il puisse avoir besoin du ver à soie pour se développer, de la même manière que le gui a besoin de l'arbre, alors les indications changent du tout au tout. La seule chose à faire est de le débarrasser des germes du *Panhistophyton* et de les tenir à distance. Ainsi que les recherches antérieures pouvaient le faire supposer, M. Pasteur inclinait à croire que cette dernière théorie était la bonne, et, guidé par elle, il a trouvé un procédé pour extirper la maladie, qui a été couronné de succès partout où on l'a convenablement appliqué.

Il ne peut donc y avoir aucune raison de douter que, chez les insectes, des maladies contagieuses et infectieuses, très malignes, sont causées par de petits organismes qui sont produits par des germes préexistants ou par homogenèse; et il n'y a aucune raison, que je sache, de croire que ce qui arrive chez les insectes ne puisse avoir lieu chez les animaux supérieurs. En réalité, il y a déjà de fortes preuves que quelques maladies d'un caractère extrêmement pernicieux et fatal auxquelles l'homme est sujet sont, tout autant que la pébrine, l'œuvre de petits organismes. Je renvoie, pour ces preuves, aux faits très frappants cités par le professeur Lister dans ses diverses publications bien connues sur le traitement antiseptique.

Il me semble impossible d'achever la lecture de
ces publications sans une forte conviction que la
mortalité déplorable qui suit si fréquemment les pas
de l'opérateur le plus habile, et ces conséquences
mortelles de blessures et de lésions qui semblent
hanter les murs de nos hôpitaux et, à cette heure
même, détruisent plus d'hommes qu'il n'en meurt
par le boulet ou la baïonnette, sont dues à l'importation d'organismes minuscules dans les blessures, et
à leur croissance et multiplication ; et que le chirurgien qui sauvera le plus de vies sera celui qui s'ap-
pliquera à pratiquer les conséquences de l'hypothèse
de Redi.

J'ai commencé ce discours en vous demandant de
m'accompagner dans la tentative de retracer la route
suivie par une idée scientifique, dans son progrès
long et lent de la position d'une hypothèse probable
à celle d'une loi de nature établie. Notre voyage d'exploration ne nous a pas conduits dans des régions très
attrayantes ; il a traversé, surtout, un pays où l'abominable déborde, et qui est peuplé de vers et de moisissures. Et on peut imaginer les sourires et les hausse-
ments d'épaules avec lesquels les graves et pratiques
contemporains de Redi et de Spallanzani peuvent
avoir commenté la déperdition des hautes capacités
de ces derniers en travaillant à la solution de problèmes qui, bien que curieux en eux-mêmes, ne semblaient cependant être d'aucune utilité à l'humanité.

Néanmoins, vous aurez observé qu'avant d'avoir
avancé beaucoup sur notre route il nous est apparu,
à droite et à gauche, des champs couverts d'une mois-

son de grains dorés, qui pouvaient se convertir immédiatement en ces choses que les hommes les plus solidement pratiques admettront comme ayant une certaine valeur, à savoir: l'argent et la vie.

La perte directe subie par la France, en dix-sept ans, par suite de la pébrine, ne saurait s'estimer à moins de 1,250 millions de francs; et si nous ajoutons à cela ce que l'idée de Redi, entre les mains de Pasteur, a fait pour le viticulteur et le fabricant de vinaigre, et que nous essayions de capitaliser sa valeur, nous trouverons qu'elle a beaucoup fait pour compenser les pertes d'argent causées par la guerre effrayante et calamiteuse de cet automne. Et quant à l'équivalent de l'idée de Redi, en termes de vie, comment pourrions-nous exagérer la valeur de cette connaissance de la nature des maladies épidémiques et épizootiques, et, conséquemment, des moyens de les arrêter ou de les extirper, dont l'aurore a certainement commencé à luire?

Sans regarder plus loin en arrière que les dix dernières années, il est possible d'en choisir trois (1863, 1864, et 1869) dans lesquelles le nombre total des morts causées par la fièvre scarlatine seule s'est élevé à quatre-vingt-dix mille. C'est là le compte des morts, les blessés et les mutilés étant négligés. Il faut espérer que la liste des tués dans cette guerre actuelle, la plus sanglante de toutes, ne dépassera pas cela! Mais les faits que j'ai mis sous vos yeux ne doivent plus permettre, même aux moins optimistes, de douter que la nature et la cause de ce fléau seront un jour aussi bien comprises que celles de la pébrine le sont maintenant, et que le massacre si longtemps prolongé de nos innocents prendra fin.

Et, de la sorte, l'humanité aura encore un avertisse_ ment que « le peuple périt, faute de connaissance », et que l'allégement des misères et l'avancement du bien-être des hommes doivent être cherchés, par ceux qui ne veulent pas perdre leurs peines, dans cette étude laborieuse, patiente, affectueuse des aspects si multiples de la nature, dont les résultats constituent la connaissance exacte ou science. C'est la raison d'être et l'honneur de cette grande assemblée de s'être réunie sans autre objet que l'avancement de cette moitié de la science qui traite des phénomènes naturels que nous appelons physiques. Puissent ses efforts être couronnés par une pleine mesure de succès !

VI

L'ÉVÊQUE BERKELEY ET LA MÉTAPHYSIQUE
DE LA SENSATION [1]

Le professeur Fraser a mérité la reconnaissance de tous ceux qui étudient la philosophie par le travail consciencieux qu'il a mis à sa nouvelle édition des œuvres de Berkeley ; nous y trouvons, pour la première fois, réunies toutes les pensées qu'on peut rapporter à l'esprit subtil et pénétrant du fameux évêque de Cloyne ; d'autre part, la *Vie et les Lettres* feront la joie de ceux qui se soucient moins de l'idéaliste et du prophète de l'eau de goudron, que de l'homme qui ressort comme une des figures les plus pures et les plus nobles de son temps ; ce Berkeley, à qui la jalousie de Pope ne put ôter une seule « des vertus sous le ciel », ni le cynisme de Swift, la dignité d'« un des premiers hommes du royaume pour le savoir et la vertu », l'homme que le pieux Atterbury ne pouvait comparer qu'à un ange et dont l'influence personnelle et l'éloquence remplirent le Club Scriblerus et la

---

[1] *The Works of George Berkeley*, autrefois évêque de Cloyne, comprenant beaucoup de ses ouvrages non encore publiés, avec une préface, des annotations, sa vie et ses lettres, et un exposé de sa philosophie, par A.-B. Fraser, 4 vol. Oxford, Clarendon Press, 1871.

Chambre des Communes d'enthousiasme pour l'évangélisation des Indiens de l'Amérique du Nord, et décidèrent même Sir Robert Walpole à consentir à affecter les deniers publics à une combinaison où il ne s'agissait ni d'affaires ni de corruption [1].

Il n'est guère d'époque dans l'histoire intellectuelle de l'Angleterre qui soit plus remarquable en soi, ou qui possède un plus grand intérêt pour nous au temps où nous sommes que celle qui coïncide avec la fin du xviie siècle et le commencement du xviiie.

La fermentation politique de l'époque précédente commençait, par degrés, à s'apaiser; la paix domestique laissait aux hommes le loisir de penser; et la tolérance acquise par le parti dont Locke était l'organe, permettait une liberté de parler et d'écrire telle qu'elle a été rarement dépassée dans nos derniers temps.

Encouragée par ces circonstances, la grande faculté de recherche physique et métaphysique dont le peuple de notre race est naturellement doué se développa rigoureusement, et deux de ses produits, à tous le moins, ont eu une influence profonde et permanente sur le cours de la pensée, dans le monde, depuis lors. La première est la Libre-Pensée anglaise; l'autre, la théorie de la Gravitation.

Si nous recherchons, dans le passé, l'origine des impulsions intellectuelles dont elles sont le résultat,

---

[1] Pour rendre justice à Sir Robert Walpole, toutefois, il convient d'ajouter qu'il déclara, plus tard, avoir donné son assentiment au projet de Berkeley concernant l'Université des Bermudes uniquement parce qu'il pensait que la Chambre des Communes ne manquerait pas de le rejeter.

nous arrivons à Herbert, Hobbes et Bacon, et à celui qui les devance tous, comme étant l'homme le plus typique de son temps — Descartes [1]. C'est le doute cartésien — la maxime suivant laquelle on ne peut convenablement consentir à aucune proposition qui ne soit parfaitement claire et distincte — qui, s'incarnant, pour ainsi dire, dans les Anglais Anthony, Collins, Toland, Tindal et Woolston, et chez l'étonnant Français, Pierre Bayle, atteignit son dernier terme dans Hume.

Et, d'autre part, bien que la théorie de la Gravitation mît de côté les tourbillons cartésiens, — cependant l'esprit des *Principes de Philosophie* atteignit son apothéose quand Newton démontra que toute l'armée du ciel n'était que les éléments d'un vaste mécanisme réglé par les mêmes lois que celles qui gouvernent la chute d'une pierre à terre. Il y a un passage dans la préface de la première édition des *Principes* qui montre que Newton était pénétré, aussi complètement que Descartes, de la croyance que tous les phénomènes de la nature peuvent s'exprimer en termes de *matière* et de *mouvement*.

« Plût à Dieu que le reste des phénomènes de la nature pût être déduit, par un raisonnement analogue, de principes mécaniques. Car beaucoup de circonstances me font soupçonner que tous ces phénomènes peuvent dépendre de certaines forces, en vertu desquelles les parcelles de corps, par des causes encore inconnues, ou bien sont poussées les unes contre les

---

[1] Voyez Huxley, *Les Sciences naturelles et l'Éducation*. Paris, 1891, p. 1. *Sur le Discours de la Méthode.*

autres pour s'unir en figures régulières, ou sont repoussées et s'éloignent les unes des autres ; ces forces étant inconnues, les philosophes ont, jusqu'ici, vainement exploré la nature : mais, j'espère que, soit par cette méthode de philosophie, soit par quelque autre meilleure, les principes que je pose ici jetteront quelque lumière sur le sujet[1]. »

Mais la théorie que tous les phénomènes de la nature peuvent se résoudre en mécanisme est ce que l'on est convenu d'appeler « matérialisme », et quand Locke et Collins soutinrent que la matière est peut-être capable de penser, et que Newton lui-même pouvait comparer l'espace infini au sensorium de la Divinité, il n'était pas étonnant que les philosophes anglais fussent attaqués, ainsi qu'ils le furent par Leibnitz dans la fameuse lettre à la princesse de Galles, qui donna lieu à sa correspondance avec Clarke[2].

« 1° La religion naturelle, elle-même, semble dépérir beaucoup (en Angleterre). Beaucoup veulent que

[1] « Utinam cœtera naturæ phœnomena ex principiis mechanicis, eodem argumentandi genere, derivare licet. Nam multa me movent, ut nonnihil suspicer ea omnia ex viribus quibusdam pendere posse, quibus corporum particulæ, per causas nondum cognitas, vel in se mutuo impelluntur et secundum figuras regulares cohærent, vel ab invicem fugantur et recedunt : quibus viribus ignotis, philosophi hactenus Naturam frustra tentarunt. Spero autem quod vel huic philosophandi modo, vel veriori, alicui, principia hic posita lucem aliquam præbebunt. » Préface à la première édition des *Principia*, 8 mai 1686.

[2] *Collection of Papers which passed between the late learned M. Leibnitz and Dr Clarke*, 1717.

nos âmes soient matérielles; d'autres font de Dieu même un être corporel.

« 2° M. Locke et ses disciples sont dans l'incertitude, à tout le moins, sur la question de savoir si l'âme n'est point matérielle et naturellement périssable.

« 3° Sir Isaac Newton dit que l'espace est un organe dont Dieu se sert pour percevoir les choses. Mais, si Dieu a besoin d'un organe pour apercevoir les choses, il doit s'ensuivre qu'elles ne dépendent pas entièrement de Lui, et ne furent pas produites par Lui.

« 4° Sir Isaac Newton et ses disciples ont aussi une très singulière opinion concernant l'œuvre de Dieu. Selon leur doctrine, le Dieu tout-puissant a besoin de monter sa montre de temps en temps ; autrement elle cesserait de marcher [1]. Il n'a pas eu, semblerait-il, assez de prévoyance pour lui donner un mouvement perpétuel. Qui plus est, la machine faite par Dieu serait si imparfaite, selon ces messieurs, qu'il serait obligé de la nettoyer de temps à autre, par un concours extraordinaire, et même de la raccommoder comme un horloger répare son œuvre. »

Il importe peu, présentement, de savoir jusqu'à quel point Leibnitz a été exact, et s'il n'est point coupable d'avoir tourné en caricature, par méchanceté, les idées de Newton dans ses passages; et si les croyances que Locke professait sont compatibles avec les conclusions qu'on pourrait logiquement tirer de quelques parties de ses œuvres. Il est incontestable qu'au temps de Leibnitz la philosophie anglaise avait le

---

[1] Gœthe semble avoir eu présent à l'esprit cette parole de Leibnitz quand il écrivit ses fameux vers:

« Was wär ein Gott der nur von aussen stiesse
Im Kreis das All am Finger laufen liesse. »

caractère général qu'il lui attribue. Les phénomènes
de la nature étaient supposés se résoudre par les
attractions et les répulsions de parcelles de matière ;
toute connaissance était acquise par les sens ; l'esprit, avant l'expérience, était une *tabula rasa*. En
d'autres termes, au commencement du xviiie siècle,
le caractère de la pensée spéculative en Angleterre
était essentiellement sceptique, critique et matérialiste. J'avoue que je suis incapable de deviner pourquoi le « matérialisme » serait plus incompatible avec
l'existence d'une Divinité, de la liberté de la volonté ou de l'immortalité de l'âme, ou de tout système actuel ou possible de théologie, que l' « idéalisme ». Mais, en l'an 1700, il semblerait que le monde
entier, en dépit de Tertullien, se serait accordé à
trouver que le matérialisme mène nécessairement à
de terribles conséquences. Et on pensait qu'il était
utile aux intérêts de la religion et de la moralité
d'attaquer les matérialistes avec toutes les armes qui
tombaient sous la main. La plus intéressante con-
troverse qui naquit de ces questions est peut-être
le singulier duel à trois entre Dodwell, Clarke et
Anthony Collins, concernant la matérialité de l'âme,
et — ce que tous les disputants considéraient comme
la conséquence nécessaire de sa matérialité — sa mortalité naturelle. Je ne pense pas que personne puisse
lire les lettres échangées entre Clarke et Collins, sans
admettre que Collins, qui écrit avec une puissance et
une logique serrée remarquables, a de beaucoup l'avantage, en tant que la possibilité de la matérialité de
l'âme est en jeu ; et que, dans cette bataille, le Goliath

de la Libre-Pensée vainquit le champion de ce qu'on considérait comme l'Orthodoxie.

Mais, à Dublin, pendant tout ce temps, il y avait un petit David essayant ses jeunes forces sur les lions et les ours intellectuels du collège de Trinity. C'était George Berkeley, qui était destiné à donner la même sorte de développement au côté idéalisique de la philosophie de Descartes que les Libres-Penseurs avaient donné à son côté sceptique, et les Newtoniens à son côté mécanique.

Berkeley fit face hardiment au problème. Il dit aux matérialistes :

« Vous me dites que tous les phénomènes peuvent se résoudre dans la matière et ses affections. J'admets votre proposition, et maintenant je vous pose la question : Qu'est-ce que la matière? En répondant à cette question vous serez lié par vos propres conditions ; et je demande, dans les termes de l'axiome cartésien, qu'à votre tour vous ne donniez votre assentiment qu'à des conclusions parfaitement claires et évidentes. »

C'est le grand raisonnement qui se trouve développé dans le *Traité concernant les Principes de la connaissance humaine*, et dans ces *Dialogues entre Hylas et Philonoüs* qui prennent rang parmi les exemples les plus exquis de style anglais, aussi bien que parmi les écrits métaphysiques les plus raffinés; et dont la conclusion finale est résumée dans un passage aussi remarquable par sa beauté littéraire que par l'audace calme de son affirmation

« Il y a quelques vérités qui sont si évidentes et si près de l'esprit qu'un homme n'a qu'à ouvrir les yeux pour les apercevoir. Je tiens pour telle cette vérité importante, à savoir que tout le chœur céleste et la terre avec ce qu'elle contient — en un mot, tous ces corps qui composent le puissant cadre du monde — n'ont pas une substance sans un esprit, que leur existence est d'être perçus ou connus ; que, par conséquent tant qu'ils ne sont pas réellement perçus par moi, ou n'existent pas dans mon intelligence ou dans celle de tout autre esprit créé, ils doivent ou n'avoir aucune existence, ou bien subsister dans l'intelligence de quelque esprit éternel ; il serait parfaitement inintelligible, et impliquerait toute l'absurdité de l'abstraction d'attribuer à une seule de leurs parties une existence indépendante d'un esprit [1]. »

Nul doute que ce passage ne semble le comble du paradoxe métaphysique, et nous savons tous que « les sots vainquirent Berkeley, avec leur sourire moqueur », tandis que les gens de sens commun le réfutaient en frappant la terre du pied, ou par quelque autre procédé aussi logique. Mais la clé de toute philosophie se trouve dans la compréhension claire du problème de Berkeley — qui n'est ni plus ni moins qu'une des formes de la plus grande de toutes les questions : « Quelles sont les limites de nos facultés ? » Et cela vaut bien qu'on se donne un peu de peine pour comprendre la nature exacte de l'argument par lequel Berkeley parvint à ses résultats, et pour savoir par sa propre connaissance la grande vérité qu'il découvrit,

[1] *Treatise concerning the Principles of Human Knowledge.* 1. 6.

qu'en suivant honnêtement et rigoureusement l'argument qui mène au matérialisme, on est inévitablement emporté au-delà du matérialisme.

Supposons que je me pique le doigt avec une épingle. Je me rends immédiatement compte d'un état de conscience, d'une sensation que j'appelle « douleur ». Je n'ai aucun doute que cette sensation n'existe qu'en moi, et si quelqu'un venait me dire que la douleur que j'éprouve est quelque chose d'inhérent à l'aiguille, comme étant une des qualités de la substance de l'aiguille, nous ririons tous de l'absurdité de cette phraséologie. En réalité, il est impossible de concevoir la douleur autrement que comme état de conscience.

Il suit de là, que en tant qu'il s'agit de douleur, il est assez évident que la phraséologie de Berkeley s'applique strictement à notre pouvoir de concevoir son existence ; « son existence est d'être perçue ou connue » et, « tant qu'elle n'est pas réellement perçue par moi, ou n'existe pas dans mon intelligence, ou dans celle de quelque autre esprit créé, elle doit, ou bien n'avoir aucune existence, ou subsister dans l'intelligence de quelque esprit éternel. »

Voilà pour la douleur. Examinons maintenant une sensation ordinaire. Laissez reposer la pointe de l'épingle doucement sur ma peau, et je perçois une sensation ou un état de conscience tout à fait différent du premier, la sensation de ce que j'appellerai « le toucher ». Néanmoins, ce toucher se passe évidemment, tout autant en moi que le faisait la douleur. Je ne puis concevoir un moment ce quelque

chose que j'appelle « toucher » comme existant en
dehors de moi, ou d'un être capable des mêmes sensations que moi. Et le même raisonnement s'applique
à toutes les autres sensations simples. Un instant de
réflexion suffit à nous convaincre que l'odeur, le
goût, et la couleur jaune, que nous percevons en sentant, goûtant et voyant une orange, sont aussi complètement des états de notre conscience que la douleur qui naît, si l'orange est. par hasard, trop acide. Il
n'est pas moins clair que chaque son est un état de
conscience de celui qui l'entend. Si l'univers ne contenait que des êtres aveugles et sourds, il nous est
impossible d'imaginer qu'il y règnerait autre chose
que les ténèbres et le silence.

Il est donc incontestablement vrai, de toutes les sensations simples, que, ainsi que le dit Berkeley, leur
esse est *percipi*, leur être est d'être « perçues ou connues ». Mais ce qui perçoit ou connait, c'est l'intelligence ou l'esprit, et par conséquent cette connaissance
que nous donnent les sens est, après tout, une connaissance de phénomènes spirituels.

Tout ceci est explicitement ou implicitement admis,
et en réalité accentué par les contemporains de Berkeley, et par nul d'une façon plus énergique que par
Locke, qui appelle les odeurs, les goûts, les couleurs,
les sons et autres, « des qualités secondaires », et fait
observer, quant à ces « qualités secondaires, » que,
quelle que soit la réalité que, par erreur, nous leur
attribuons, « elles ne sont en vérité rien dans les objets
eux-mêmes ».

Et plus loin :

« On dit la flamme chaude et brillante, la neige blanche et froide, et la manne blanche et douce, par les idées qu'elles produisent en nous; on croit communément ces qualités les mêmes dans ces corps; on croit que ces idées sont en nous, l'une ressemblant parfaitement à l'autre, comme vue dans un miroir ; et, si l'on disait autrement, la plupart des hommes nous jugeraient très extravagants. Et, pourtant, celui qui réfléchira que le même feu qui, à une certaine distance, produit la sensation de la chaleur, nous donnera, en nous rapprochant davantage, une sensation très différente de douleur, devrait se demander quelle raison il a de dire que son idée de chaleur, produite en lui par le feu, est réellement dans le feu, et que son idée de douleur que le même feu a produite en lui, n'est pas dans le feu. Pourquoi la blancheur et le froid sont-ils dans la neige, et non la douleur, quand elle produit en nous l'une et l'autre idée, et ne peut le faire que par le volume, la figure, le nombre et les mouvements de ses parties solides [1] ? »

Jusqu'ici, les matérialistes et les idéalistes sont d'accord. Locke et Berkeley, et tous les logiciens qui leur ont succédé, n'ont qu'une opinion sur ces qualités secondaires : — leur existence est d'être perçues ou connues — leur matérialité est, strictement, une spiritualité.

Mais Locke établit une grande distinction entre les qualités secondaires de la matière et certaines autres qu'il appelle « qualités primaires ». Ce sont : l'étendue, la figure, la solidité, le mouvement et le repos, et le nombre ; et il est aussi persuadé que ces qualités primaires existent indépendamment de l'intelligence

---

[1] Locke, *Human Understanding*, Livre II, chap. VIII, § 14-15.

qu'il l'est que les qualités secondaires n'ont aucune existence pareille.

« Le volume, le nombre, la figure et le mouvement particuliers des parties du feu et de la neige sont réellement en eux, que les sens de n'importe qui les perçoivent ou non, et par conséquent ils peuvent être appelés de véritables qualités, parce qu'ils existent réellement dans ces corps ; mais la lumière, la chaleur, la blancheur ou le froid ne sont pas plus véritablement en eux que la maladie ou la douleur n'est dans la manne. Otez la sensation qu'ils produisent ; que les yeux ne voient ni lumière ni couleur, que les oreilles n'entendent pas de sons, que le palais ne goûte rien et que le nez ne sente rien, et toutes les couleurs, les goûts, les odeurs et les sons, étant des idées particulières, s'évanouissent et restent réduites à leurs causes, à savoir : le volume, la figure et le mouvement des parties.

« Un morceau de manne d'un volume appréciable peut produire en nous l'idée d'une figure ronde ou carrée et, quand on le déplace d'un endroit à l'autre, l'idée de mouvement. Cette idée de mouvement la représente comme elle est réellement dans la manne qui se meut ; un cercle et un rond sont les mêmes, dans l'idée et dans l'existence, dans l'intelligence ou dans la manne ; et ainsi le mouvement et la figure sont réellement à la fois dans la manne, que nous en prenions connaissance ou non ; chacun sera d'accord là-dessus. »

En tant qu'il s'agit des qualités primaires, Locke est donc un idéaliste aussi complet que saint Anselme Chez Berkeley, d'autre part, nous avons un représentant aussi complet des nominalistes et des conceptualistes — un descendant intellectuel de Roscellinus et d'Abélard. Et, par une curieuse ironie de la destinée, c'est le nominaliste, cette fois, qui est le champion de l'orthodoxie, et le réaliste qui est celui de l'hérésie.

Essayons encore une fois de déduire par nous-mêmes les principes de Berkeley et de rechercher quel fondement a l'assertion que l'étendue, la forme, la solidité et les autres « qualités primaires » ont une existence en dehors de l'intelligence. Et, dans ce but, recourons à notre expérience de l'épingle.

On a vu que, lorsque le doigt est piqué par l'épingle, il se produit un état de conscience appelé douleur, et il est admis que cette douleur n'est pas un quelque chose qui soit inhérent à l'épingle, mais un quelque chose qui n'existe que dans l'intelligence et n'a aucune similitude ailleurs.

Mais un peu d'attention nous montrera que cet état de conscience est accompagné d'un autre, dont il n'est possible de se débarrasser par aucun effort. Je n'ai pas seulement la sensation, mais la sensation est localisée. Je suis aussi sûr d'avoir la douleur dans mon doigt que je le suis de l'avoir du tout. Aucun effort d'imagination ne me fera croire que la douleur n'est pas dans mon doigt.

Et pourtant rien n'est plus certain qu'elle n'y est pas, et ne peut y être sur le point où je la sens, ni même à quelques centimètres de ce point. Car la peau du doigt est reliée par un paquet de fibres nerveuses fines qui courent tout le long du bras, à la moelle épinière et au cerveau, et nous savons que la sensation de douleur causée par la piqûre d'une épingle dépend de l'intégrité de ces fibres. Après qu'on les a coupées tout près de l'épine dorsale, aucune douleur ne sera ressentie, quelle que soit la lésion infligée au doigt, et si les extrémités qui restent en rapport avec l'épine dorsale sont piquées, la douleur qui suivra paraîtra avoir son siège dans le doigt tout aussi distinctement qu'auparavant. Il y a plus, si tout le bras est coupé, la douleur provenant d'une piqûre sur le tronc du nerf paraîtra siéger dans le doigt tout comme s'il était encore relié au corps.

Il est donc parfaitement évident que la localisation de la douleur à la surface du corps est un acte de l'intelligence. C'est une *extradition* de cette conscience, qui a son siège dans le cerveau, à un point défini du corps — qui a lieu sans notre volition, et peut donner des idées qui sont contraires à la réalité. Nous pourrions appeler cette extradition de conscience une sensation réflexe, tout comme nous disons d'un mouvement excité en dehors de notre volition ou même qui lui est contraire, qu'il est un mouvement réflexe. La localité n'est pas plus dans l'épingle que n'y est la douleur ; de la première comme de la seconde, il est vrai que « son existence est d'être perçue », et que son existence en dehors d'un esprit qui pense n'est pas concevable.

Le raisonnement précédent ne sera point invalidé, si au lieu de piquer le doigt la pointe de l'épingle y repose doucement, de façon à donner seulement lieu à une sensation tactile. La sensation tactile est rapportée au point touché, et semble exister sur ce point. Mais il est certain qu'elle ne l'est pas et ne peut pas l'être, parce que le cerveau est l'unique siège de la cons-

cience; et, en outre, parce qu'un témoignage, aussi
fort que celui qui favoriserait l'idée de la sensation
existant dans le doigt, pourrait être allégué pour soutenir des propositions qui sont manifestement absurdes.

Par exemple, les cheveux et les ongles sont entièrement dépourvus de sensibilité, ainsi que chacun le
sait. Néanmoins, si l'on touche, même légèrement, les
extrémités des cheveux ou des ongles, nous sentons
qu'elles sont touchées, et la sensation semble placée
dans les ongles ou les cheveux. Il y a plus : si une
canne est tenue fermement par la poignée, et que
l'autre bout en soit touché, la sensation tactile, qui
est un état de notre propre conscience, se rapportera
sans hésitation au bout du bâton ; et pourtant personne
n'osera dire qu'elle est là.

Supposons maintenant qu'au lieu d'une pointe
d'épingle reposant contre l'extrémité de mon doigt il y
en ait deux. Chacune de celles-ci peut m'être connue,
comme nous l'avons vu, seulement comme un état
d'intelligence pensante, se rapportant au dehors, ou
bien localisée. Mais l'existence de ces deux états, d'une
façon ou d'une autre, crée dans mon intelligence une
armée d'idées nouvelles qui n'avaient point fait leur
apparition quand il n'y avait qu'un état de présent.

Par exemple, j'acquiers les idées de coexistence, de
nombre, de distance et de place ou direction relative.
Mais toutes ces idées sont des idées de rapports, et
impliquent l'existence de quelque chose qui perçoit
ces relations. Si une sensation tactile est un acte de
l'intelligence, comment est-il concevable qu'une
relation entre deux sensations localisées existe en

dehors de l'intelligence ? Il est, je l'avoue, tout aussi
facile pour moi d'imaginer que la couleur rouge existe
en dehors d'un sens visuel, qu'il l'est de supposer que
la coexistence, le nombre et la distance peuvent avoir
une existence quelconque en dehors de l'intelligence
dont ils sont des idées.

Donc, il semble évident que l'existence d'au moins
quelques-unes des qualités primaires de la matière de
Locke, telles que le nombre et l'étendue, en dehors de
de l'esprit, est aussi complètement impossible à penser que l'existence de la couleur et du son dans des
circonstances pareilles.

Les autres qualités — c'est-à-dire la figure, le mouvement, le repos et la solidité — résisteront-elles à une
critique similaire? Je ne le pense pas. Car celles-là,
comme les précédentes, sont des perceptions par l'intelligence des rapports de deux ou plusieurs sensations entre elles. Si la distance et le lieu ne sont pas
concevables, en l'absence de l'intelligence dont elles
sont des idées, l'existence indépendante de la figure,
qui est la limitation de la distance, et du mouvement,
qui est le changement du lieu, doivent être également
inconcevables. La solidité exige une considération
plus particulière, étant un terme qui s'applique à deux
choses très différentes, dont l'une est la solidité de
forme, ou solidité géométrique, tandis que l'autre est
la solidité de substance, ou solidité mécanique.

Si les nerfs moteurs qui, chez l'homme, servent à
convertir ses volitions en mouvements étaient tous
paralysés, et si la sensation se concentrait seulement
dans la paume de sa main (c'est un cas concevable)

il serait encore capable d'obtenir de claires notions de l'étendue, de la figure, du nombre et du mouvement, en prenant note des états de conscience que le contact des corps éveillerait sur la surface sentante de la paume. Mais il ne paraît pas qu'une telle personne pût arriver à une conception de la solidité géométrique. Car ce qui n'entre pas en contact avec la surface sentante n'existe pas pour le sens du toucher, et un corps solide, en contact avec la paume de la main, n'y donne lieu qu'à l'idée de l'étendue de cette partie particulière du solide qui en est contact avec la peau.

Il n'est pas possible, non plus, que l'idée d'extériorité (dans le sens de discontinuité avec le corps sentant) pût être atteinte par cette personne ; car, ainsi que nous l'avons vu, chaque sensation tactile est apportée à un point soit de la surface sentante naturelle elle-même, soit de quelque solide en continuité avec cette surface. D'où il suit qu'il paraîtrait que la conception de la différence entre l'*Ego* et le *non Ego* ne pourrait être saisie par un être ainsi placé. Ses sentiments seraient son univers, et ses sensations tactiles ses *mœnia mundi*. Le temps existerait pour lui comme pour nous, mais l'espace n'aurait que deux dimensions.

Mais supprimez maintenant la paralysie des nerfs moteurs, et donnez à la paume de la main de notre homme imaginaire la liberté parfaite de ses mouvements, de sorte qu'elle puisse glisser en toute direction sur les corps avec lesquels elle est en contact. Alors, avec la conscience de cette mobilité, la notion d'espace à trois dimensions, qui est le « *Raum* » ou

« l'espace » où il est possible de se mouvoir en parfaite liberté, est donnée du coup. Mais la notion que la surface tactile elle-même se meut ne peut être donnée par le seul toucher, qui peut bien témoigner du fait du changement de place, mais ne peut en expliquer la cause. L'idée du mouvement de la surface tactile ne pourrait, en effet, être atteinte, à moins que l'idée du changement de place ne fût accompagnée de quelque état de conscience qui n'existe pas quand la surface tactile est immuable. Cet état de conscience est ce qu'on appelle « le sens musculaire », et son existence est facile à démontrer.

Supposons que le dessus de ma main repose sur une table, et qu'une pièce de monnaie repose sur ma paume renversée ; j'ai, de suite, une notion d'étendue, et aussi de la limite de cette étendue. L'impression faite par la pièce circulaire est toute différente de celle que ferait une pièce triangulaire ou carrée, de la même grandeur, et j'arrive par là à la notion de figure. En outre, si la pièce glisse sur la paume, j'acquiers une conception distincte de changement de place. ou mouvement, et de la direction de ce mouvement. Car à mesure qu'elle glisse, elle affecte de nouvelles terminaisons nerveuses, et donne lieu à de nouveaux états de conscience. Chacun d'eux est localisé séparément, et d'une façon définie par un acte réflexe de l'intelligence qui, en même temps, s'aperçoit de la différence entre deux localisations successives et, par conséquent. d'un changement de place, ce qui est du mouvement.

Si, pendant que la pièce est sur la main, celle-ci

étant tenue tout à fait ferme, l'avant-bras est levé graduellement et lentement, les sensations tactiles, avec tous leurs accompagnements, restent exactement ce qu'elles étaient. Mais, en même temps, quelque chose de nouveau est introduit, à savoir le sens d'effort. Si j'essaie de découvrir où est le sens d'effort, je me trouve d'abord quelque peu embarrassé; mais, si je tiens l'avant-bras en position assez longtemps, je commence à percevoir une obscure sensation de fatigue, qui est apparemment placée soit dans les muscles du bras, soit dans le tégument directement au dessus. La fatigue semble liée au sentiment d'effort d'une manière analogue à celle dont la douleur qui survint au premier cas de contact de l'épingle avec la peau était liée à la sensation du toucher.

Un peu d'attention montrera que ce sentiment d'effort accompagne chaque contraction musculaire par laquelle les membres ou d'autres parties du corps sont mus. C'est par son intermédiaire que le fait de leurs mouvements se manifeste, tandis que la direction du mouvement est donnée par les sensations tactiles qui l'accompagnent. Et, par suite de l'incessante association des sensations musculaires et tactiles, elles se fondent si bien ensemble qu'elles sont souvent confondues sous le même nom.

Si la liberté de se mouvoir dans toutes les directions est l'essence même de cette conception d'espace à trois dimensions que nous donne le sens du toucher, et si cette liberté de mouvement n'est, en réalité, qu'un autre nom pour la sensation d'effort qui ne rencontre pas de résistance, il est sûrement impossible de concevoir un tel espace comme ayant une existence en dehors de ce qui a la conscience de l'effort.

Mais on peut dire que notre conscience de l'espace à trois dimensions nous vient non seulement du toucher mais de la vue ; que si nous ne touchons pas absolument les choses en dehors de nous, à tout prendre nous les voyons. Et c'est précisément la difficulté qui s'offrit à l'esprit de Berkeley au début de ses spéculations. Il y répondit avec une hardiesse caractéristique, en niant que nous vissions des choses en dehors de nous ; et, avec une ingénuité non moins caractéristique, en construisant cette « Nouvelle Théorie de la Vision » qui a été plus généralement acceptée qu'aucune de ses idées, bien qu'elle ait fait le sujet de controverses continuelles [1].

Dans les *Principes des Connaissances Humaines*, Berkeley lui-même nous dit comment il fut amené aux théories qu'il a publiées dans l'*Essai sur la Nouvelle théorie de la Vision*.

« On nous objectera que nous voyons des choses réellement en dehors, ou à distance de nous, et qui, par conséquent, n'existent pas dans l'esprit ; il serait absurde que ces choses que nous voyons à une dis-

[1] Je n'ai pas fait d'allusion aux écrits de Bailey, Mill, Abott et d'autres, sur cette question tant agitée, non que j'aie manqué à les étudier attentivement, mais parce que ce n'est point ici le lieu de discuter ces controverses. Ceux qui connaissent le sujet, toutefois, remarqueront que la théorie que j'adopte s'accorde, en substance, avec celle de M. Bailey.

tance de plusieurs milles fussent aussi près de nous
que nos propres pensées. Je répondrai à ceci, que je
demande qu'on fasse réflexion que, dans un rêve,
nous percevons souvent des choses comme existant
à une très grande distance, et, cependant, malgré cela,
on reconnaît que ces choses n'ont d'existence que
dans l'esprit.

« Mais pour éclaircir plus complètement ce point,
il peut être utile de considérer comment nous percevons la distance et les choses placées à distance, par
la vue. Car le fait que nous voyons vraiment l'espace
extérieur et les corps qui y existent réellement, les
uns près, d'autres plus loin, semble apporter quelque
contradiction à ce qu'on a dit, qu'elles n'existent nulle
autre part en dehors de l'esprit. C'est la considération
de cette objection qui donna lieu à mon *Essai sur
une Nouvelle Théorie de la Vision*, qui a été publié, il
n'y a pas longtemps, où il est montré que la distance,
ou l'*extériorité*, n'est ni immédiatement par soi per-
ceptible par la vue, ni même appréhendée ou jugée
par des lignes ou des angles, ou par quoi que ce soit
ayant avec elle un rapport nécessaire ; mais qu'elle
est suggérée à notre pensée par certaines idées et sensations visuelles accompagnant la vue, qui n'ont, dans
leur nature propre, aucune similitude ou rapport,
soit avec la distance, ou avec les choses placées à distance ; mais, par un rapport que nous enseigne l'expérience, elles viennent nous les signifier et nous les
suggérer, de la même manière que les mots d'une
langue quelconque suggèrent les idées qu'ils représentent ; de telle sorte qu'un homme aveugle-né, à qui
la vue aurait été ensuite donnée, ne pourrait, à première vue, penser que les choses qu'il verrait sont
en dehors de son esprit, ou à quelque distance de
lui. »

La clef de l'essai auquel Berkeley fait allusion dans ce passage se trouve dans un paragraphe imprimé en italiques de la section 127 :

« Les étendues, les figures et les mouvements perçus par la vue sont spécifiquement distincts des idées de toucher portant le même nom ; il n'y a rien de pareil à une idée, ou à un genre d'idée, qui soit commun aux deux sens. »

On remarquera que cette proposition déclare expressément que l'étendue, la figure et le mouvement, et conséquemment la distance, sont perçus immédiatement par la vue aussi bien que par le toucher ; mais que la distance, l'étendue, la figure et le mouvement visuel diffèrent, totalement, en qualité, des idées du même nom obtenues par le sens du toucher, et d'autres passages ne permettent pas de douter que telle fut la pensée de Berkeley. Ainsi à la cent douzième section du même Essai, il définit soigneusement les deux espèces de distances, visuelle et tangible :

« Par la distance entre deux points quelconques on ne veut pas dire autre chose que le nombre de points intermédiaires. Si les points donnés sont visibles, la distance entre eux est marquée par le nombre de points visibles placés entre eux ; s'ils sont tangibles, la distance entre eux est une ligne consistant en points tangibles. »

De plus, il y a deux sortes de grandeur ou étendue.

« On a montré qu'il y a deux sortes d'objets perçus par la vue, dont chacun a sa grandeur ou étendue

distincte: l'une proprement tangible, c'est-à-dire perçue
et mesurée à l'aide du toucher et ne tombant pas
immédiatement sous le sens de la vue; l'autre, proprement et immédiatement visible, par la médiation de
laquelle la première est amenée au jour » (§ 55).

Mais comment concilierons-nous ces passages avec
d'autres qui sont parfaitement familiers à tout lecteur de la *Nouvelle Théorie de la Vision* ? Comme par
exemple :

« Il est, je crois, accordé par tout le monde que la
distance, en soi, et immédiatement, ne peut être
vue » (§ 2).

« L'espace ou la distance, nous l'avons montré, n'est
pas plus l'objet de la vue que celui de l'ouïe » (§ 130).

« La distance, dans sa propre nature, est impercep-
tible; et, pourtant, elle est perçue par la vue. Il suit,
par conséquent, qu'elle est introduite au moyen de
quelque autre idée, qu'elle est elle-même perçue immédiatement dans l'acte de voir » (§ 11).

« La distance ou l'espace externe » (§ 155).

L'explication est très simple, et se trouve dans le
fait que Berkeley emploie le mot « distance » en
trois sens. Quelquefois il s'en sert pour désigner la
distance visible, et puis il le limite au sens de distance
à deux dimensions, ou simple étendue. Quelquefois,
il désigne la distance tangible en deux dimensions,
mais le plus communément il n'a l'intention que de
désigner la distance tangible dans la troisième dimension. Et c'est dans ce sens qu'il emploie « distance »
comme équivalent d' « espace ». La distance en deux

dimensions, pour Berkeley, ce n'est pas de l'espace, mais de l'étendue. En faisant l'interpolation des mots « visible » et « tangible » avant celui de « distance » chaque fois que le contexte le rend nécessaire, les affirmations de Berkeley peuvent être rendues parfaitement logiques, bien qu'il ne se soit pas toujours dégagé de l'enchevêtrement causé par sa phraséologie trop vague, qui atteint son apogée dans les dix dernières sections de la *Théorie de la Vision*, où il essaie de prouver qu'une pure intelligence capable de voir, mais dépourvue du sens du toucher, ne pourrait avoir aucune idée d'une surface plane.

Voici ce qu'il dit, par exemple, dans la section 156 :

« Tout ce qui est, proprement, perçu par la faculté visuelle ne revient qu'aux couleurs avec leurs variations et leurs différentes proportions de lumière et d'ombre : mais la perpétuelle mutabilité et la tendance éphémère de ces objets immédiats de la vue les rend incapables d'être traités comme des figures géométriques, et il n'y a aucune utilité à les traiter de la sorte. Il est vrai qu'il en est de diverses qui sont perçues à la fois, quelques-unes plus et quelques-unes moins ; mais computer exactement leur grandeur, et assigner des proportions déterminées entre des choses si variables et si inconstantes, en supposant qu'il fût possible de le faire, serait encore, à tout prendre, un travail très futile et insignifiant. »

Si, par là, Berkeley entend dire que, par la seule vue, une ligne droite ne saurait être distinguée d'une ligne courbe, un cercle d'un carré, une ligne longue d'une ligne courte, un grand angle d'un petit, sa position est

sûrement absurde en elle-même et contredit ses propres aveux précédemment cités ; si, d'autre part, il
veut seulement dire que son intelligence pure n'avan-
cerait pas beaucoup dans l'étude de la géométrie,
cela peut bien être ; mais c'est en contradiction avec
son assertion précédente, qu'un esprit pur n'arriverait jamais à connaitre les premiers éléments de la
géométrie plane ?

On trouve une autre source de confusion, provenant de l'exactitude insuffisante de l'emploi de la
langue par Berkeley, dans ce qu'il dit à propos de la
solidité, en discutant le problème de Molyneux, à
savoir : si un homme né aveugle et ayant appris à
distinguer un cube d'une sphère pourrait, en recevant
la vue, distinguer l'une de l'autre visuellement. Berkeley s'accorde avec Locke pour dire qu'il ne le pourrait et ajoute la réflexion suivante :

« Cube, sphère, table, sont des mots qu'il a connus
comme appliqués à des choses perceptibles par le toucher, mais qu'il n'a jamais vu appliquer à des choses
parfaitement intangibles. Ces mots dans leur application habituelle désignaient toujours à son esprit des
corps ou choses solides qui étaient perçues par la résistance qu'elles offraient. Mais il n'y a aucune solidité, ni résistance, ni saillie perçues par la vue. »

Ici la « solidité » signifie résistance à la pression,
qui est perçue par le sens musculaire ; mais, quand,
dans la section 154, Berkeley dit de son pur esprit :

« Il est certain que l'esprit dont il s'agit n'aurait
aucune idée d'un solide, ou d'une quantité à trois

dimensions, ce qui suit de ce qu'il n'aurait aucune idée
de la distance, »

il fait allusion à cette notion de solidité qui est obtenue
par le sens tactile, sans y ajouter aucune idée de résistance dans l'objet solide ; comme, par exemple, lorsque
le doigt passe légèrement sur la surface d'une boule
de billard.

Une autre source de difficulté, quand il s'agit de
comprendre clairement Berkeley, vient de l'emploi
qu'il fait du mot « extériorité ». En parlant du toucher
il s'en sert indifféremment, à la fois, pour la localisation d'une sensation tactile sur la surface sentante,
que nous pouvons réellement obtenir par le toucher,
et pour l'idée de séparation corporelle, à laquelle on
arrive par l'association des sensations musculaires et
tactiles. En parlant de la vue, d'autre part, Berkeley
emploie « extériorité » pour désigner la séparation
corporelle.

Si l'on fait la part de la terminologie, souvent vague
et ambiguë de Berkeley, et qu'on élimine les accessoires inutiles des parties essentielles de son fameux
Essai, ses idées peuvent, je crois, être loyalement et
exactement résumées dans les propositions qui suivent :

1° Le sens du toucher donne lieu à des idées
d'étendue, de figure, de grandeur, de mouvement ;

2° Le sens du toucher donne lieu à l'idée d' « extériorité », dans le sens de localisation ;

3° Le sens du toucher donne lieu à l'idée de résistance et, par suite, à celle de la solidité, dans le sens
d'impénétrabilité ;

4° Le sens du toucher donne lieu à l'idée d'extériorité, dans le sens de distance dans la troisième dimension, et, par suite, à celle d'espace, ou solidité géométrique ;

5° Le sens de la vue donne lieu à des idées d'étendue, de figure, de grandeur et de mouvement ;

6° Le sens de la vue ne donne pas lieu à l'idée d' « extériorité », dans le sens de distance dans la troisième dimension, ni à celle de la solidité géométrique, aucune idée visuelle ne paraissant être en dehors de l'esprit, ou à quelque distance de lui (§ 43, 50);

7° Le sens de la vue ne donne pas lieu à l'idée de solidité mécanique ;

8° Il n'y a aucune ressemblance quelconque entre les idées tactiles appelées étendue, figure, grandeur et mouvement, et les idées visuelles qui ont cours sous les mêmes noms ; et il n'y a pas d'idées communes aux deux sens ;

9° Quand nous pensons voir des objets à distance, ce qui se passe réellement c'est que l'image visuelle suggère que l'objet vu est à une distance tangible ; nous confondons notre conviction de la distance. tangible de l'objet avec la vue réelle de sa distance ;

10° Les idées visuelles, par conséquent, constituent une sorte de langage, par lequel nous sommes informés des idées tactiles qui peuvent ou vont naître en nous.

Prenant ces propositions en considération tour à tour, on peut assurer que chacun accordera la première et la seconde, et que, pour la troisième et la quatrième, nous n'aurons qu'à ajouter le sens musculaire, sous le nom de sens du toucher, comme fit Berkeley, pour les rendre tout à fait exactes. Je ne saurais comprendre, non plus, que qui ce soit niât explicitement la vérité

de la cinquième proposition, bien que quelques partisans de Berkelèy, moins prudents que lui, l'aient fait.
A la vérité, il faut convenir que ce n'est qu'à contre-
cœur et, pour ainsi dire, malgré lui, que Berkeley
admet que nous obtenons des idées d'étendue, de
figure et de grandeur par la vue seule, et qu'il rétracte
plus qu'à moitié son aveu ; il nie absolument que la
vue nous donne aucun sens d'extériorité dans un sens
quelconque du mot, et déclare même qu' « aucune
idée visuelle proprement dite ne parait être en dehors
de l'esprit, ou à quelque distance. Par « idées visuelles
propres », Berkeley désigne les couleurs, la lumière ;
et, par conséquent, il affirme que les couleurs
ne paraissent pas être à quelque distance de nous.
J'avoue que cette assertion me parait entièrement
inexplicable. J'ai fait des expériences nombreuses sur
ce point, et je ne puis me persuader, par aucun effort
d'imagination, en regardant une couleur, que cette
couleur est dans mon esprit, et non à « quelque distance », bien que, naturellement, je sache très bien,
par le raisonnement, que la couleur est subjective.
C'est comme lorsqu'on regarde le soleil se coucher,
et qu'on essaie de se persuader que la terre semble
bouger et non le soleil, tour de force que je n'ai jamais pu accomplir. Même lorsqu'on a les yeux fermés, les ténèbres, dont on a conscience, portent
en elles l'idée d'extériorité. On regarde, pour ainsi
dire, dans un espace ténébreux. Le langage vulgaire
exprime l'expérience commune de l'humanité sur ce
point. Un homme dira qu'il a une odeur dans le nez,
un goût dans la bouche, un air dans les oreilles, un

frisson ou une chaleur dans la peau ; mais, s'il a la
jaunisse, il ne dit pas qu'il a du jaune dans les yeux,
mais que tout lui parait jaune ; et, s'il est affligé de
mouches volantes, il dira, non qu'il a des taches dans
les yeux, mais qu'il voit des taches dansant devant ses
yeux. En réalité, il me semble que c'est la particularité
propre aux sensations visuelles qu'elles donnent in-
variablement l'idée d'éloignement, et que le *dictum*
de Berkeley devrait être renversé. Car je pense que
tous ceux qui interrogeront leur conscience attentivement trouveront que « chaque idée visuelle propre »
semble être en dehors de l'esprit et à quelque distance de lui.

Non seulement chaque *visibile* semble être éloigné,
mais il a une position dans l'espace extérieur, tout
comme le *tangibile* semble être superficiel et avoir
une position déterminée sur la surface du corps.
Chaque *visibile*, dans le fait, parait (à peu près) être
situé sur une ligne tirée de lui au point de la rétine
sur lequel tombe son image. Il est rapporté du dehors,
dans la direction générale du faisceau de lumière par
lequel il est rendu visible, tout comme dans l'expérience du bâton, le *tangibile* est rapporté à l'extérieur
vers l'extrémité du bâton.

C'est pour cette raison qu'un objet vu par les deux
yeux est vu simple et non double. Deux images distinctes sont formées, mais chaque image va se rapporter au point d'intersection des deux axes ; par conséquent les deux images se couvrent l'une l'autre
exactement et paraissent aussi complètement n'en faire
qu'une que le feraient deux images exactement pa-

reilles, superposées. Et c'est pour la même raison que, si
le globe de l'œil est pressé en un point quelconque, un
point lumineux apparaît, apparemment en dehors de
l'œil, et dans la région exactement opposée à celle où
la pression s'est produite.

Mais, s'il me semble qu'on n'ait aucun lieu de douter
que l'extériorisation de sensation est plus complète
dans le cas de l'œil que dans celui de la peau, et que
la distinction des corps et, par suite, celle de l'espace,
sont directement suggérées par la vue, il n'en reste
pas moins une autre question, et qui est bien plus
difficile, savoir si l'idée de solidité géométrique peut
être obtenue par la vue seule, c'est-à-dire par un seul
œil dont toutes les parties sont immobiles. Quoi qu'il
en puisse être, pour un œil absolument fixe, je ne
conçois aucun doute pour le cas d'un œil qui peut
se mouvoir et s'ajuster. Car, avec l'œil mobile, le
sens musculaire entre en jeu exactement comme l'a
fait la main mobile, et l'idée du changement de place,
plus le sens d'effort, donne lieu à une conception d'espace visuel, parallèle à celle de l'espace tangible.
Quand deux yeux mobiles sont présents, la notion
d'espace à trois dimensions s'obtient de la même
manière que par les deux mains, mais avec une précision beaucoup plus grande.

Et si, pour prendre un cas semblable au précédent,
nous supposons un homme privé de tous sens, sauf
celui de la vue, et de tout mouvement, excepté celui
de ses yeux, on ne peut sûrement douter qu'il eût une
conception parfaite de l'espace, et en réalité une conception bien plus parfaite que l'homme qui n'aurait que

le toucher sans la vue. Mais, naturellement, notre homme dépourvu de toucher serait dépourvu de toute idée de résistance, et il s'ensuivrait de là que, pour lui, l'espace serait entièrement géométrique et dépourvu de corps.

Et ici se place une autre considération curieuse : quelle ressemblance, si toutefois il y en avait, y aurait-il entre l'espace visuel d'un de ces hommes et l'espace tangible de l'autre ?

Berkeley, ainsi que nous l'avons vu, déclare (dans la huitième proposition) qu'il n'y a aucune ressemblance entre les idées que donne la vue et celles que donne le toucher ; et on ne peut qu'être de son avis, tant que le terme d'idée est restreint à de simples sensations. Evidemment, il n'y a pas plus de ressemblance entre la sensation que donne une surface et sa couleur, qu'il n'y en a entre sa couleur et son odeur. Toutes les sensations simples, dérivées de sens différents, ne peuvent se mesurer ensemble, et on ne peut comparer que les degrés de leur intensité propre. Et ainsi, en tant qu'il s'agit des faits primaires de la sensation, la figure visuelle et la figure tactile, la grandeur visuelle et la grandeur tactile, le mouvement visuel et le mouvement tactile sont réellement dissemblables et n'ont aucun terme commun. Mais, lorsque Berkeley va plus loin, et qu'il déclare qu'il n'y a pas d' « idées » communes aux « idées » du toucher et à celles de la vue, il me semble être tombé dans une grande erreur, erreur qui est la source principale de ses paradoxes à propos de la géométrie.

Berkeley, en réalité, emploie le mot « idée » dans

cette circonstance pour désigner deux classes de
sensations ou d'états de conscience, qui diffèrent
totalement. Car ces derniers peuvent se diviser en
deux groupes : les sensations primaires, qui existent
en elles-mêmes et sans rapport les unes avec les
autres, telles que le plaisir et la douleur, et le désir, et
les sensations simples que l'on obtient par les organes
sentants ; et les sensations secondaires qui expriment
les rapports de sensations primaires que l'esprit perçoit et dont l'existence implique, par conséquent, la
préexistence d'au moins deux des sensations primaires. Telles sont la ressemblance ou la dissemblance
de qualité, de quantité ou de forme, la succession ou
la simultanéité, la contiguïté ou la distance, la cause
et l'effet, le mouvement et le repos.

Il est tout à fait vrai, cependant, qu'il n'y a nulle
ressemblance entre les sensations primaires groupées
autour de la vue et du toucher, mais il me semble
tout à fait faux, et même absurde, d'affirmer qu'il n'y
a nulle ressemblance entre les sensations secondaires
qui expriment les rapports des primaires.

Le rapport de succession perçu entre les coups
visibles du marteau est, pour mon esprit, exactement
semblable au rapport de succession entre les coups
tangibles ; la dissemblance entre le rouge et le bleu
est un phénomène du même ordre que la dissemblance entre ce qui est rugueux et ce qui est poli.
Deux points visiblement éloignés le sont parce
qu'une ou plusieurs unités de longueur visible (*minima
visibilia*) sont interposées entre eux ; et, comme deux
points tangiblement éloignés le sont parce qu'une

ou plusieurs unités de longueur tangible (*minima tan-gibilia*) sont interposées entre eux, il est évident que la notion d'interposition des unités de sensibilité, ou *minima sensibilia*, est une idée commune aux deux. Et, que je voie un point se mouvoir à travers le champ de ma vision vers un autre point, ou que je sente le mouvement semblable, l'idée de la diminution graduelle du nombre des unités sensibles entre les deux points me semble être commune aux deux espèces de mouvements.

De là je conçois que, bien qu'il soit rare qu'il n'y ait point de ressemblance entre les sensations primaires données par la vue et celles que donne le toucher, il y a cependant une ressemblance complète entre les sensations secondaires éveillées dans chacun de ces sens.

En réalité, s'il en était autrement, comment la Logique qui traite de toutes les formes de pensée applicables à tous les sujets serait-elle possible ? Comment la proportion numérique pourrait-elle être aussi vraie des *visibilia* que des *tangibilia*, s'il n'y avait pas des idées communes aux deux? Et, pour entrer directement au cœur du sujet, y a-t-il plus de différence entre les relations existant entre les sensations tangibles que nous appelons lieu et direction, et les relations entre les sensations visibles qui portent le même nom, qu'il n'y en a entre ces relations de sensations tangibles et visibles que nous appelons succession? Et s'il n'y en a pas, pourquoi la géométrie n'est-elle pas tout aussi bien une affaire de *visibilia* que de *tangibilia* ?

En outre, il est de fait certain que le sens musculaire est si intimement lié à la fois avec les sens visuel et tactile que, par les lois ordinaires de l'association, les ideés qu'il suggère doivent être nécessairement communes à tous deux.

Il suit, de ce que je viens de dire, que la neuvième proposition tombe à terre, et que la vue, combinée avec les sensations musculaires produites par le mouvement des yeux, nous donne une notion aussi complète de séparation corporelle et de distance dans la troisième dimension de l'espace, que le fait le toucher, combiné avec les sensations musculaires produites par les mouvements de la main. La dixième proposition semble, d'abord, contenir une assertion parfaitement vraie, mais ce n'est qu'une demi-vérité. Nul doute qu'il ne soit vrai que nos idées visuelles sont une sorte de langage par lequel nous sommes renseignés sur les idées tactiles qui peuvent naître en nous ; mais cela est vrai, plus ou moins, de chaque sens à l'égard d'un autre. Si je mets la main à une poche, les idées tactiles que je reçois me prédisent exactement ce que je vais voir — un trousseau de clés ou un écu — quand je l'en retirerai ; et les idées tactiles sont, en ce cas, le langage qui m'informe des idées visuelles qui vont naître. De même pour les autres sens: des idées olfactives me préviennent que je vais trouver les phénomènes tactiles et visuels qu'on nomme violettes, si je suis à leur recherche ; le goût m'apprend que ce que je goûte aura, quand je le verrai, la forme d'un clou de girofle ; et l'ouïe m'avertit de ce que je vais, ou puis, voir et toucher à chaque minute de ma vie.

Mais bien que la *Nouvelle Théorie de la Vision* ne puisse être considérée comme de grande valeur quant à l'objet immédiat que se proposait son auteur, elle a eu une influence importante en dirigeant l'attention sur la complexité réelle de beaucoup des phénomènes de la sensation qui, de prime abord, paraissent simples. Et quand même Berkeley se serait, ainsi que je l'imagine, entièrement trompé en supposant que nous ne voyons pas l'espace, la doctrine contraire favorise tout aussi puissamment son idée générale que l'espace ne saurait être conçu que comme une chose pensée par l'esprit.

La dernière « des qualités primaires » de Locke qu'il nous reste à examiner est la solidité mécanique, ou impénétrabilité. Mais notre conception de celle-ci est dérivée du sens de la résistance à notre propre effort, ou force active, que nous rencontrons associé à divers phénomènes tactiles ou visuels, et, indubitablement, la force active n'est concevable que comme un état de conscience. Ceci peut sembler paradoxal ; mais que quelqu'un essaie de réaliser ce qu'il veut dire par l'attraction mutuelle de deux parcelles, et je pense qu'il trouvera : soit qu'il les conçoit simplement comme se mouvant l'une vers l'autre avec une certaine vitesse, auquel cas il se représente à lui-même le mouvement, et laisse de côté la force ; ou bien, il conçoit que chaque parcelle est animée par quelque chose qui ressemble à sa propre volition et qui tire à soi, comme lui-même pourrait tirer. Et je suppose que cette difficulté à penser la force autrement que comme quelque chose de comparable à la volition est au fond de la théorie des monades de Leibnitz, sans parler de *Welt als Wille und Vorstellung*, de Schopenhauer : tandis que la difficulté opposée de concevoir la force comme ressemblant à la volition pousse une autre école de penseurs à nier tout rapport, sauf celui de la succession entre la cause et l'effet.

En résumé, si le matérialiste affirme que l'univers et tous ses phénomènes se résolvent en matière et en mouvement, Berkeley répond : c'est vrai ; mais ce que vous appelez matière et mouvement ne nous est connu que comme formes de conscience, et l'existence d'un état de conscience, en dehors d'une intelligence pensante, est une contradiction dans les termes.

Je conçois que ce raisonnement est irréfutable. Et, par conséquent, si j'étais forcé de choisir entre le matérialisme absolu et l'idéalisme absolu, je me sentirais obligé d'accepter la dernière alternative. En réalité, sur ce point, Locke, en pratique, va aussi loin dans la direction de l'idéalisme que Berkeley, lorsqu'il admet que :

« Les idées simples que nous recevons de la sensation et de la réflexion sont les limites de nos pensées, au-delà desquelles l'esprit, quelque effort qu'il puisse faire, ne peut avancer d'un iota [1]. »

Mais Locke ajoute :

« Il ne peut non plus faire de découvertes, quand il veut pénétrer la nature et les causes cachées de ces idées. »

[1] Livre II, chap. XXIII, § 29.

Les vrais matérialistes s'éloignent autant de cette proposition, d'un côté, que Berkeley le fait, de l'autre.

Le vrai matérialiste affirme qu'il y a quelque chose qu'il appelle la « substance » de la matière ; que ce quelque chose est la cause de tous les phénomènes soit matériels, soit mentaux ; que ce quelque chose existe par soi, est éternel, etc. etc.

Berkeley, au contraire, affirme avec une confiance égale qu'il n'y a pas de substance de matière, mais seulement une substance d'intelligence qu'il appelle esprit ; qu'il y a deux sortes de substances, l'une éternelle et incréée, la substance de la divinité ; l'autre créée et, une fois créée, naturellement éternelle ; que l'univers, comme le connaissent les esprits créés, n'a pas d'existence en soi, mais résulte de l'action de la substance de la divinité sur la substance de ces esprits.

En contradiction avec cette affirmation hardie, Locke répond que nous ne savons, simplement, rien sur une substance d'une sorte quelconque [1].

« Si quelqu'un veut bien s'examiner lui-même quant à son idée de substance pure en général, il verra qu'il n'en a aucune autre idée, mais seulement une supposition d'il ne sait trop quel soutien à des qualités capables de produire en nous de simples idées, qualités qu'on appelle d'ordinaire accidents.

« Si l'on demandait à quelqu'un quel est le sujet

---

[1] Berkeley fait, virtuellement, le même aveu d'ignorance, quand il admet que nous ne pouvons avoir aucune idée ou notion d'un esprit (*Principles of Human Knowledge*, § 138), et la manière dont il essaie d'échapper aux conséquences de cet aveu est un exemple magnifique de la manière dont peut patauger un logicien embourbé.

où la couleur et le poids sont inhérents, il n'aurait à
répondre que les parties solides et étendues ; et, si on
lui demandait en quoi résident la solidité et l'étendue,
il ne serait pas plus à son aise que l'Indien déjà cité, qui
disait que le monde était soutenu par un éléphant, et
à qui l'on demanda : qui soutenait l'éléphant ? A quoi
il répondit : une grande tortue. Mais, étant pressé de
nouveau de dire qui soutenait la tortue au large
dos, il répliqua : quelque chose ; il ne savait quoi. Et
ici, encore, comme dans tous les autres cas où nous
nous servons de mots sans avoir des idées claires et distinctes, nous parlons en enfants qui, lorsqu'on les ques-
tionne sur ce qu'est une chose, donnent promptement
la réponse satisfaisante que c'est « quelque chose » ;
ce qui, en réalité, signifie, pour les enfants ou pour les
hommes, qu'ils n'en savent rien, et qu'ils n'ont pas
d'idée distincte de la chose dont ils s'avisent de parler,
et en sont parfaitement ignorants. L'idée donc que
nous avons et à laquelle nous donnons le nom général de substance, n'étant autre chose que le soutien
supposé mais inconnu des qualités que nous trouvons exister, que nous imaginons ne pouvoir exister
sine re substante, sans quelque chose pour les soutenir, nous appelons ce soutien *substantia*, ce qui,
suivant le vrai sens du mot, est, en bonne langue, « se
tenir dessous, ou supporter » [1].

Je ne puis m'empêcher de croire que le jugement
de Locke est celui que la philosophie acceptera comme
décision finale.

Supposons qu'un piano eût conscience du son et de
rien autre. Il ferait la connaissance d'un système de la
nature entièrement composé de sons et de rien d'autre,

---

[1] Locke, *Human Understanding.* Livre II, chap. XXIII, § 2.

et les lois de la nature seraient les lois de la mélodie
et de l'harmonie. Il pourrait acquérir des idées
innombrables de ressemblance et de dissemblance, de
succession, de similitude et de dissimilitude, mais il
n'arriverait à aucune conception d'espace, de distance,
ou de résistance, ou de figure, ou de mouvement.

Le piano pourrait alors raisonner ainsi : toute ma
connaissance se borne à des sons et à la perception
des rapports des sons; l'existence du son, c'est d'être
entendu, et il est inconcevable que l'existence des
sons que je connais doive dépendre de quelque autre
que celle de l'esprit d'un être qui entend.

Ce serait là un raisonnement tout aussi bon que
celui de Berkeley, et il serait très sain et utile, en
tant qu'il définit les limites des facultés du piano.
Mais, en dépit de tout, les pianos ont une existence
entièrement distincte des sons, et la conscience audi-
tive de notre piano spéculatif dépendrait, en premier
lieu, de l'existence d'une « substance », de cuivre, de
bois et de fer, et, en second lieu, de celle d'un musi-
cien. Mais les phénomènes de la conscience ne lui
donneraient pas le moindre soupçon d'aucune de ces
conditions de l'existence de sa conscience.

De telle sorte que, tandis que le comble de la
sagesse humaine est d'apprendre la limite de nos
facultés, il peut être sage de se rappeler que nous
n'avons pas plus le droit de nier que celui d'affirmer,
quant à ce qui est au-delà de cette limite. Que l'esprit
ou la matière ait ou non une « substance », c'est là
un problème que nous sommes incompétents à discuter, et il est tout aussi possible que les idées les plus

communes à ce sujet soient aussi correctes qu'aucune autre. En réalité, Berkeley lui-même fait clore la discussion entre Hylas et Philonoüs par quelques phrases de ce dernier qui expriment bien cette conclusion :

« Tu vois, Hylas, l'eau de cette fontaine ; forcée en une colonne ronde jusqu'à une certaine hauteur, elle se brise et retombe dans le bassin d'où elle s'était élevée, son ascension comme sa descente procédant de la même loi uniforme, ou principe de gravitation. De la même manière, les mêmes principes qui, à première|vue, menaient au scepticisme, suivis jusqu'à un certain point, ramènent les hommes au sens commun. »

VII

LA SENSATION ET L'UNITÉ DE STRUCTURE
DES ORGANES SENSITIFS

La maxime que les recherches métaphysiques sont
stériles en résultats, et qu'en occuper sérieusement
son esprit n'est qu'une perte de temps et de peine
est en grande faveur parmi les nombreuses personnes
qui se vantent de posséder le sens commun, et nous
l'entendons parfois énoncer par des autorités émi-
nentes, comme si sa conséquence naturelle, la sup-
pression d'études de ce genre, avait la force d'une
obligation morale.

Dans ce cas, toutefois, comme en quelques autres,
ceux qui édictent les lois semblent oublier qu'un sage
législateur doit prendre en considération, non seulement si ce qu'il ordonne est à désirer, mais encore s'il
est possible qu'on lui obéisse. Car, si la dernière
question est résolue négativement, il ne vaudrait
sûrement pas la peine de soulever la première.

C'est là, en effet, la grande force de la réponse à
donner à tous ceux qui voudraient faire de la métaphysique un article de contrebande intellectuelle.
Qu'il soit à souhaiter, ou non, d'imposer un droit
prohibitif sur les spéculations philosophiques, il est

absolument impossible d'en empêcher l'importation dans l'esprit. Et il est assez curieux de remarquer que ceux qui professent le plus hautement s'abstenir de ces denrées sont, au même moment, des consommateurs inconscients, sur une grande échelle, de l'une ou l'autre de leurs innombrables falsifications ou déguisements. La bouche pleine de la tartine beurrée, particulièrement indigeste, qu'ils affectionnent, ils se répandent en invectives contre le pain ordinaire. En réalité, la tentative de nourrir l'intelligence humaine avec un régime ne contenant pas de métaphysique est à peu près aussi heureuse que celle de certains sages orientaux qui prétendaient nourrir leur corps sans détruire aucune vie. Chacun connaît l'anecdote du micrographe sans pitié qui détruisit la paix d'esprit d'un de ces doux fanatiques en lui montrant les animaux qui pullulent dans une goutte de l'eau avec laquelle, dans l'innocence de son cœur, il se désaltérait ; et l'adorateur confiant du simple sens commun peut s'attendre à recevoir une secousse du même genre quand le verre grossissant de la logique rigoureuse révèle les germes, sinon les formes déjà adultes, de postulats essentiellement métaphysiques grouillant parmi les idées les plus positives et les plus terre-à-terre.

On conseille parfois à l'étudiant sérieux, pour le dérober aux feux follets naissants des marécages de la littérature et de la théologie, de se réfugier sur le terrain solide des sciences physiques. Mais le poisson légendaire, qui de la poêle à frire se jeta dans le feu, n'était pas plus sottement conseillé que l'homme

qui cherche un sanctuaire contre la persécution métaphysique dans les murs de l'observatoire ou du
laboratoire. On a dit que la « métaphysique » doit son
nom au fait que, dans les œuvres d'Aristote, on traite
les questions de philosophie pure immédiatement
après celles de la physique. Si cela est vrai, cette coïn-
cidence symbolise avec bonheur les relations essentielles des choses, car la spéculation métaphysique
suit d'aussi près la théorie physique que le noir souci
son cavalier.

Il suffit de mentionner les conceptions fondamentales et réellement indispensables de la philosophie
naturelle traitant des atomes et des forces, ou celles
de l'attraction considérée comme action s'exerçant à
distance, ou celles de l'énergie potentielle, ou les an-
tinomies d'un vide ou d'un plein, pour rappeler le fond
métaphysique de la physique et de la chimie, tandis
que, pour les sciences biologiques, le cas est encore
pire. Qu'est-ce qu'un individu parmi les plantes et
les animaux inférieurs? Les genres et les espèces
sont-ils des réalités ou des abstractions? Y a-t-il une
chose qui s'appelle force vitale? ou le nom dénote-
t-il simplement une relique du fétichisme métaphysique? La théorie des causes finales est-elle légitime ou illégitime? Voilà quelques-uns des sujets
métaphysiques que suggère l'étude la plus élémentaire des faits biologiques. Mais, bien plus, on peut
dire avec vérité que les racines de chaque système de
philosophie reposent au fond des faits de la physiologie. Nul ne peut douter que les organes et les fonctions de la sensation soient tout autant du département

du physiologiste que le sont les organes et les fonctions
du mouvement, ou ceux de la digestion ; et pourtant
il est impossible d'acquérir la connaissance même
des rudiments de la physiologie de la sensation sans
être conduit, tout droit, à l'un des plus fondamentaux
de tous les problèmes métaphysiques. En réalité, les
opérations sensitives ont été, de temps immémorial,
le champ de bataille des philosophes.

J'ai eu plus d'une fois [1] l'occasion d'indiquer que
nous devons à Descartes, qui s'est trouvé être physiologiste aussi bien que philosophe. le premier énoncé
distinct des éléments essentiels de la vraie théorie de
la sensation. Dans des temps plus rapprochés de nous,
ce n'est pas aux œuvres des philosophes, si l'on en
excepte Hartley et James Mill, que nous devons demander un exposé adéquat des processus de la sensation.
La définition lumineuse, bien que sommaire, de la sensation, par Haller, dans ses admirables *Primæ Lineæ*,
dont la première édition fut publiée en 1747, offre un
contraste frappant avec la prolixité et la confusion de
pensée qui caractérisent l' « *Inquiry* » de Reid, qui
porte la date de dix-sept ans plus tard [2]. Sir William
Hamilton lui-même, tout savant historien et critique
expert qu'il fût, non seulement faillit à saisir la portée philosophique de vérités physiologiques établies

---

[1] Voy. l'étude sur *Descartes et le Discours de la Méthode*, in *Les
Sciences naturelles*. Paris, 1891, p. 1.

[2] Pour être juste envers Reid, toutefois, il faut dire que les cha-
pitres sur la sensation des *Essays on the Intellectual Powers* (1785)
offrent un progrès sensible. Il est, en réalité, en avance sur son
commentateur, ainsi que le montre la note de *Essai II*, chap. II,
p. 248 de l'édition d'Hamilton.

depuis longtemps, mais quand il affirma qu'il n'y a pas
de raison de nier que l'esprit sent à la pointe des doigts,
et aucune raison pour affirmer que le cerveau soit
l'unique organe de la pensée [1], il montra n'avoir pas
compris la révolution commencée, deux cents ans auparavant, par Descartes, et suivie avec efficacité par
Haller, Hartley et Bonnet, au milieu du siècle dernier.

En réalité, la théorie de la sensation, sauf sur un
point, en est, au moment actuel, à peu près où Hartley,
guidé par une suggestion de Sir Isaac Newton, l'a
laissée, quand, il y a cent vingt ans, les *Observations
on Man, his Frame, his Duty, and his Expectations*
furent présentées au monde. Toute la question est résumée dans les passages suivants de ce livre mémorable :

« Les objets extérieurs qui s'impriment sur les
sens causent, d'abord sur les nerfs qu'ils impres-

---

[1] Haller, en développant Descartes, écrit dans les *Primæ Lineæ*,
CCCLXVI : « Non est adeo obscurum sensum omnem oriri ab
objecti sensibilis impressione in nervum quemcumque corporis
humani, et eamdem per eum nervum ad cerebrum pervenientem
tunc demum representari animæ, quando cerebrum adtigit. Ut etiam
hoc falsum sit animam inproximo per sensoria nervorumque ramos
sentire »... DLVII. — « Dum ergo sentimus quinque diversissima
entia conjunguntur : corpus quod sentimus, organi sensorii adfectio
ab eo corpore : cerebri adfectio a sensorii percussione nata, in
anima nata mutatio : animæ denique conscientia et sensationis ad-
perceptio. » Néanmoins, Sir William Hamilton informe gravement
ses lecteurs que : « Nous n'avons pas plus le droit de nier que
l'esprit ne sente à l'extrémité des doigts, ainsi que nous l'assure la
conscience, que celui d'affirmer qu'il pense exclusivement dans le
cerveau. » — *Lectures on Metaphysics and Logic*, 11, p. 128. —
« Nous n'avons aucune raison de révoquer en doute le rapport, que
nous fait la conscience, que nous percevons réellement au point
externe de la sensation, et que nous percevons la réalité matérielle. » *Ibid.*, p. 129.

sionnent, et puis sur le cerveau, des vibrations des petites, et on peut dire même, des infinitésimales parcelles médullaires.

« Ces vibrations sont des mouvements, en avant et en arrière, de ces petites parcelles, mouvements du genre des oscillations du pendule et des trépidations des parcelles de corps sonores. On doit les concevoir comme très courts et petits, et comme n'ayant aucune influence pour troubler ou remuer les masses entières des nerfs ou du cerveau [1].

« La substance médullaire blanche du cerveau est aussi l'instrument immédiat par lequel les idées sont présentées à l'esprit ; ou, en d'autres termes, quels que soient les changements s'opérant dans cette substance, des changements correspondants s'opèrent dans nos idées, et *vice versa* [2]. »

Hartley, de même que Haller, n'avait aucune idée de la nature et des fonctions de la matière grise du cerveau. Mais, si à « substance médullaire blanche », dans le dernier paragraphe, nous substituons « substance cellulaire grise », les propositions d'Hartley renferment les conclusions les plus probables qu'on puisse déduire des dernières investigations des physiologistes. Il sera bon, pour juger à quel point le fait est vrai, d'étudier quelques cas simples de sensation, et, suivant l'exemple que nous ont donné Reid et James Mill, nous pouvons commencer par le sens de l'odorat.

[1] *Observations on Man*, vol. I, p. 11.
[2] *Ibid.*, p. 8. Les spéculations de Bonnet sont très semblables à celles de Hartley, et semblent avoir été originales, bien que l'*Essai de Psychologie* (1754) ait une date plus récente de cinq ans que les *Observations on Man*, 1749.

Supposons que je perçoive un parfum musqué auquel le nom d'« odeur de musc » sera donné. J'appelle cela odeur, et je le classe avec les sensations de lumière, de couleur, de son, de goût et autres semblables, parmi les phénomènes connus comme sensations. Dire que je connais ce phénomène, ou que je l'ai, ou qu'il existe, constitue seulement des modes différents d'affirmer les mêmes faits. Si l'on me demande comment je sais qu'il existe, je ne puis que répondre que son existence et la connaissance que j'en ai sont une seule et même chose ; bref, que ma connaissance est immédiate ou intuitive, et, comme telle, possède le plus haut degré concevable de certitude.

La sensation pure d'odeur musquée est presque sûrement suivie d'un état mental qui n'est pas une sensation, mais une conviction, qu'il y a, quelque part, tout près, un quelque chose de qui dépend l'existence de la sensation. Ce peut être un chevrotin, ou un rat musqué, ou une ambrette, ou un grain de musc, sec, ou simplement un mouchoir parfumé ; mais notre expérience passée nous amène à croire que la sensation doit être attribuée à l'un ou l'autre de ces objets, et qu'elle s'évanouira si l'objet est déplacé. En d'autres termes, il naît la conviction d'une cause extérieure d'odeur musquée, qui, en langue vulgaire, s'appelle un corps odorant.

Mais la façon dont cette conviction se traduit en paroles est étrangement propre à égarer. S'il s'agit par exemple d'une plante d'ambrette, nous ne nous bornons pas simplement à énoncer ce que nous croyons, en

disant que la plante est cause de la sensation dite
d'odeur musquée; mais nous disons que la plante a
un parfum musqué, et nous parlons de l'odeur comme
étant la qualité, ou propriété inhérente à la plante.
Et l'inévitable réaction des mots sur la pensée est
devenue si complète, en ce cas, et a pénétré si profondément, que, lorsqu'un énoncé exact du fait — c'est-
à-dire que l'odeur de musc, autant que ce terme
n'exprime qu'une sensation, est un état mental, et n'a
aucune existence, excepté comme phénomène mental
— se trouve soumis au jugement de gens de sens
commun, il est généralement considéré par eux comme
ce qu'il leur plaît d'appeler un simple paradoxe métaphysique, et un exemple patent de subtilité inutile.
Cependant la moindre réflexion devrait suffire à convaincre quiconque est doué de facultés de sain raisonnement, qu'il est aussi absurde de supposer que
l'odeur musquée est une qualité inhérente à une plante
qu'il le serait d'imaginer que la douleur est une qualité inhérente à une autre, parce que nous sentons de
la douleur quand une épine nous pique le doigt.

Le philosophe, *par excellence*, du sens commun, dit
lui-même du sens de l'odorat :

« Il semble être une affection ou sensation simple
et primitive de l'esprit, entièrement inexplicable et
incompréhensible. Il est, réellement, impossible que
l'odeur soit dans un corps ; c'est une sensation, et
une sensation ne peut être que dans une chose qui
sent[1]. »

[1] *An Inquiry into the Human Mind on the Principles of Common
Sense*, chap. II, § 2. Reid affirme que « c'est le génie, et non le

Ce qui est vrai de l'odeur de musc l'est aussi de toute autre odeur. Le parfum de la lavande, celui de la girofle, celui de l'ail sont, comme « le musc », des noms d'états de conscience, et n'ont d'existence que comme tels. Mais, dans le langage de tous les jours, nous parlons de ces odeurs comme si elles étaient des entités indépendantes résidant dans la lavande, les clous de girofle, ou les gousses d'ail, et ce n'est point sans une certaine lutte que la force métaphysique du soi-disant sens commun, ainsi implanté chez nous, en est expulsée.

Pour notre but actuel, il est inutile de rechercher les origines de notre croyance aux corps extérieurs, ou celles de notre idée de causation. L'existence d'un monde externe étant admise, il n'est pas difficile d'obtenir une preuve expérimentale que, en règle générale, les sensations olfactives sont causées par des corps odorants; et nous pouvons passer à l'étape suivante de notre enquête, et nous demander comment le corps odorant produit l'effet qu'on lui attribue.

Le premier point à noter est encore un autre fait révélé par l'expérience, le fait que l'apparition de la sensation est conditionnée, non seulement par la présence de la substance odorante, mais par l'éclat d'une

---

manque de génie qui falsifie la philosophie et la remplit d'erreurs et de fausses théories », et nul doute que ses propres élucubrations ne soient épurées de toutes traces de ce mélange qu'il réprouve. Mais faute de quelque chose de plus que cette sorte de « sens commun », qui est très commun et un peu lourd, l'adversaire du génie n'a point remarqué que l'aveu qu'il fait ici a percé un trou si large au fond de la « philosophie du sens commun », que rien ne peut plus l'empêcher de couler bas dans l'abîme redouté de l'Idéalisme.

certaine partie de notre organisme, le nez. Si les
narines sont fermées, la présence de la substance
odorante ne donne pas lieu à la sensation ; tandis que,
lorsqu'elles sont ouvertes, la sensation est intensifiée
par le rapprochement de la substance odorante et
par l'action de flairer l'air ambiant de manière à
l'attirer dans le nez. D'autre part, regarder une substance odorante, la frotter sur la peau, ou la tenir auprès
de l'oreille n'éveillent point la sensation. Donc, il
peut être aisément établi par l'expérience que la per-
méabilité des passages du nez est, en quelque manière,
essentielle à la fonction sensorielle, c'est-à-dire, en
réalité, que l'organe de cette fonction est logé quelque
part, dans les conduits du nez. Et, puisque ces corps
odorants donnent lieu à ces effets à des distances considérables, il devient évident que quelque chose d'eux
doit passer dans l'organe du sens. Quel est ce « quelque
chose » qui joue le rôle d'un intermédiaire entre le
corps odorant et l'organe sentant ?

La plus ancienne hypothèse à ce sujet date de
Démocrite et de l'école d'Epicure, et on la trouve
énoncée complètement dans le quatrième livre de
Lucrèce. Elle revient à ceci : que les surfaces des corps
émettent constamment des membranes excessivement
ténues de leur propre substance, et que ces membranes, en atteignant l'esprit, y excitent les sensations
appropriées.

Aristote n'admettait pas l'existence de ces membranes matérielles, mais crut que c'est la forme de
la substance et non sa matière qui affecte le sens,
comme un cachet s'imprime dans la cire sans rien

perdre pendant le processus. Et d'autre part beaucoup, si ce n'est la plupart, adoptaient une opinion
intermédiaire, et supposaient qu'un quelque chose, qui
n'était exactement ni matériel ni immatériel, et qu'ils
appelaient « espèce intentionnelle », effectuait la
communication nécessaire entre la cause corporelle
de la sensation, et l'intelligence.

Mais toutes ces idées, quoi qu'on pût dire pour ou
contre, étaient fondamentalement erronées, par suite
d'une négligence qui était inévitable dans l'état de la
science à l'époque où elles furent promulguées. Ce que
les anciens philosophes ne savaient pas et ne pouvaient savoir avant que l'anatomiste et le physiologiste
n'eussent fait leur œuvre, c'est que, entre l'objet
extérieur et cette intelligence où ils supposaient que
la sensation demeurait, il existe un obstacle physique.
L'organe du sens n'est pas seulement un passage par
lequel les *tenuia simulacra rerum* ou « l'espèce intentionnelle », projetées par les objets, ou les « formes »
des choses sensibles, passent tout droit à l'intelligence ;
au contraire, c'est une ferme et imperméable barrière,
à travers laquelle aucune parcelle matérielle du monde
extérieur ne peut faire son chemin jusqu'au monde
intérieur.

Considérons de plus près l'organe du sens olfactif.
Chacune des narines mène à un conduit complètement séparé de l'autre par une cloison, et ces deux
conduits mettent les narines en libre communication
avec le fond du gosier, de telle sorte qu'ils trans-
mettent librement l'air passant aux poumons quand
la bouche est fermée, ainsi que cela se fait dans la

respiration ordinaire. Le plancher de chaque conduit
est plan, mais son toit est une arche élevée, dont le
sommet est situé entre les cavités orbitaires du crâne
qui servent à loger et protéger les yeux, et se trouve
par conséquent derrière les limites apparentes de ce
qu'en langue vulgaire nous appelons nez. Des parois
latérales des parties supérieure et postérieure de ces
chambres voûtées, certaines lames osseuses délicates
s'avancent, et celles-ci, aussi bien qu'une partie
considérable de la cloison entre les deux chambres,
se trouvent couvertes d'une membrane fine, molle et
humide. C'est à cette membrane olfactive, ou membrane de Schneider, que les corps odorants doivent
avoir accès direct, pour donner lieu aux sensations
appropriées, et c'est sur la surface relativement grande
qu'offre la membrane olfactive que nous devons chercher le siège de l'organe du sens olfactif. La seule
partie essentielle de cet organe consiste en une multitude de corps menus en formes de baguettes, posés
perpendiculairement à la surface de la membrane, et
formant une partie de la paroi cellulaire ou de l'épithélium qui couvre la membrane olfactive comme l'épiderme couvre la peau. Dans le cas du sens olfactif, il
est certain que l'hypothèse de Démocrite, en tous
cas pour des substances odorantes telles que le
musc, a un fondement solide. Des parcelles infinitésimales de musc s'échappent de la surface du corps
odorant, et, répandues dans l'air, sont emportées
dans les conduits du nez et, de là, aux chambres
olfactives où elles entrent en contact avec les extrémités filamenteuses de l'épithélium olfactif délicat.

Mais ce n'est pas tout. L'« intelligence » n'est pas, pour ainsi dire, de l'autre côté de l'épithélium. Au contraire, les extrémités intérieures des cellules olfactives sont en rapport avec des fibres nerveuses, et ces fibres, passant dans la cavité du crâne, vont enfin aboutir à une partie du cerveau, le sensorium olfactif. Les conditions essentielles de la sensation ordinaire sont certainement l'intégrité et la continuité physique de ces trois parties : l'épithélium de l'organe sensitif, les fibres nerveuses et le sensorium. C'est-à-dire que l'air des chambres olfactives peut être chargé de parcelles de musc, mais si ou l'épithélium, ou les fibres nerveuses. ou le sensorium se trouvent endommagés, ou sont, physiquement, sans rapport les uns avec les autres, la sensation ne se produira pas. En outre, on peut dire que l'épithélium est réceptif, les fibres nerveuses transmissives, et le sensorium créateur de sensation. Car, dans l'acte de flairer quelque chose, les parcelles de substance odorante produisent un changement moléculaire (qu'Hartley a très probablement eu raison d'appeler une vibration) dans l'épithélium, et ce changement, étant transmis aux fibres nerveuses, passe le long de ces fibres avec une vitesse qu'on peut mesurer et, atteignant enfin le sensorium, est immédiatement suivi de la sensation.

Ainsi l'investigation moderne fournit un représentant du simulacre épicurien dans les parcelles volatiles du musc; mais elle nous donne aussi l'impression de ces parcelles sur l'épithélium olfactif, sans aucune transmission de matière, comme équivalent de la

« forme » d'Aristote ; tandis que, finalement, les modes de mouvement des molécules des cellules olfactives, des nerfs et du sensorium cérébral, qui sont les vibrations d'Hartley, peuvent très bien passer comme pendants de l' « espèce intentionnelle » des hommes de l'école. Cette dernière remarque n'a pas uniquement pour but de suggérer une comparaison fantaisiste ; car, s'il faut, ainsi que le suggère l'analogie, chercher la cause de la sensation dans le mode de mouvement de l'objet de sensation, il se peut très bien que le mode particulier de mouvement se reproduise dans le sensorium ; exactement comme le diaphragme d'un téléphone reproduit le mode de mouvement enregistré à l'extrémité réceptrice. En d'autres termes, l' « espèce intentionnelle », secondaire, peut être, comme les hommes de l'école croyaient qu'était la première, le dernier lien entre la matière et l'esprit.

Toutefois, il n'en reste pas moins vrai qu'aucune similitude n'existe, ni même ne peut être conçue, entre la cause de la sensation et la sensation. De si près que nous suivions les sensations d'odeur de musc ou de toute autre odeur, nous n'y discernons jamais trace d'étendue, de résistance ou de mouvement. Elles n'ont aucun attribut en commun avec ceux que nous associons à l'idée de matière ; elles sont, dans le sens le plus strict des mots, des entités immatérielles.

Donc l'étude la plus élémentaire de la sensation justifie l'assertion de Descartes, que nous en savons plus long sur l'esprit que sur le corps ; que le monde immatériel est une réalité mieux établie que le monde matériel. Car la sensation d' « odeur de musc » est immédiatement perçue. Tant qu'elle persiste, elle fait partie de ce que nous appelons notre moi pensant, et son existence est au-delà de la possibilité d'un doute. La connaissance de la cause objective ou matérielle d'une sensation, d'autre part, est médiate ; c'est une conviction qui se distingue d'une intuition ; et c'est une conviction qui, dans tout cas de sensation, peut très bien être dénuée de fondement. Car les odeurs, comme les autres sensations, peuvent naître de l'occurrence de changements moléculaires appropriés dans les nerfs ou dans le sensorium, par l'action d'une cause distincte de l'affection de l'organe du sens par un corps odorant. De telles sensations « subjectives » ont une existence aussi réelle que les autres, et suggèrent aussi distinctement un objet odorant externe comme étant leur cause ; mais la croyance ainsi engendrée est une erreur. Et si les croyances sont justement dénommées « des témoignages de conscience », alors nul doute que le témoignage de conscience ne puisse être, et ne soit souvent, indigne de confiance.

Une autre considération très importante naît aussi des faits tels qu'on les connaît maintenant. Ce que, en l'absence d'une connaissance de la physiologie de la sensation, nous appelons la cause de l'odeur, et que nous nommons objet odorant, n'est tel d'une façon médiate, qu'en raison de ce qu'il émet des parcelles donnant lieu à un mode de mouvement dans l'organe du sens. L'organe sensitif, à son tour, n'est une cause médiate qu'en raison de ce qu'il produit un changement moléculaire dans la fibre nerveuse, et ce dernier changement n'est aussi qu'une cause médiate de sensation, dépendant, comme il le fait, du changement qu'il provoque dans le sensorium.

L'organe sensitif, les nerfs, le sensorium, pris ensemble, constituent l'appareil qui produit la sensation. Ils forment l'épaisseur du mur entre l'esprit, tel que le représente la sensation « d'odeur de musc », et l'objet tel que le représente la parcelle de musc en contact avec l'épithélium olfactif.

On remarquera que la paroi sentante et le monde externe sont de même nature ; ce qui les constitue tous les deux peut s'exprimer en termes de matière et de mouvement. Les changements quelconques qui ont lieu dans l'appareil sensitif sont continus et semblables à ceux qui ont lieu dans le monde extérieur[1].

[1] Le schéma diagrammatique suivant élucidera la théorie de la sensation.

CONNAISSANCE MÉDIATE			CONNAISSANCE IMMÉDIATE
APPAREIL SENTANT			Sensations et autres
Réceptif	*Transmissif*	*Sensitif*	États de conscience
Objets de sens	Organe sensitif	Nerfs	Sensorium
Substance hypothétique de matière			Substance hypothétique d'intelligence
	Monde physique		Monde mental
Non soi		Soi	
	Non Ego ou objet		Ego ou sujet

La connaissance immédiate est bornée aux états de conscience, ou, en d'autres termes, aux phénomènes de l'esprit. La connaissance du monde physique ou de notre propre corps et des objets extérieurs par rapport à lui, est un système de croyances ou jugements basé sur des sensations. Le terme « soi » est appliqué non seulement à la série des phénomènes mentaux qui constitue l'Ego, mais au fragment du monde physique qui en est le concomitant constant. Le soi corporel, par conséquent, fait partie du Non-Ego, et il est objectif par rapport à l'Ego comme sujet.

Mais, avec le sensorium, la matière et le mouvement prennent fin, tandis que des phénomènes d'un autre ordre ou des états de conscience immatériels font leur apparition. Comment doit-on concevoir le rapport entre les phénomènes matériels et les immatériels ? C'est là le problème des problèmes de la métaphysique, et les solutions qui en ont été proposées sont devenues les pierres angulaires de systèmes de philosophie. On a offert de l'énigme trois explications qui s'excluent mutuellement.

La première, c'est qu'une substance d'esprit, immatérielle, existe et qu'elle est affectée par le mode de mouvement du sensorium, de manière à donner lieu à la sensation.

La seconde est que la sensation est un effet direct du mode de mouvement du sensorium, amené sans l'intervention d'aucune substance de l'esprit.

La troisième est que la sensation n'est ni directement ni indirectement un effet du mode de mouvement du sensorium, mais qu'il a une cause indépendante. A parler proprement, donc, elle n'est point un effet du mouvement du sensorium, mais un concomitant de ce mouvement.

Aucune de ces hypothèses n'étant susceptible d'une démonstration même approximative, il est presque inutile de faire observer qu'elles ont été, les unes et les autres, professées et soutenues obstinément et passionnément. Je ne pense pas qu'on puisse dire d'aucune des trois qu'elle soit inconcevable, ou qu'on puisse *a priori* affirmer qu'elle soit impossible.

Examinez la première, par exemple ; on peut parfai-

tement concevoir une substance immatérielle. En réalité, il est évident que si nous ne possédions d'autres
sensations que celles de l'odorat et de l'ouïe, nous
serions incapables de concevoir une substance matérielle. Nous pourrions avoir une conception du temps,
mais nous n'en n'aurions aucune de l'étendue, ou de
la résistance, ou du mouvement. Et, sans ces trois dernières conceptions, on ne pourrait se former aucune
idée de la matière. Toute notre connaissance se limi-
terait à celle d'une succession changeante de phénomènes immatériels. Mais, si une substance immatérielle peut exister, elle peut avoir des propriétés concevables quelconques ; et la sensation peut être l'une
d'elles. On peut affirmer en toute sécurité dialectique
toutes ces propositions, car elles ne peuvent être
réfutées ; mais on ne peut non plus présenter un atome
de preuve démonstrative en faveur de l'existence d'une
substance immatérielle.

Quant à la seconde hypothèse, elle n'est certainement pas impossible à concevoir, et, par conséquent,
il peut être vrai que la sensation soit l'effet direct
de certaines espèces de mouvements corporels. Il est
tout aussi facile de supposer ceci que de supposer,
d'après l'autre hypothèse, que le mouvement corporel affecte une substance immatérielle. Mais ni l'une
ni l'autre ne sont susceptibles de preuves.

Et, quant à la troisième hypothèse, puisque la
logique inductive n'est, en aucun cas, capable de
prouver que des événements qui ont, en apparence,
le rapport de cause à effet ne sont pas tous les deux
des effets d'une seule et même cause, celle-là, tout

comme les deux autres, ne peut ni se réfuter ni se démontrer.

A mon sens, aucune de ces spéculations ne peut être regardée sérieusement comme autre chose qu'une hypothèse plus ou moins commode à manier. Mais, s'il me faut choisir entre elles, je prendrai pour guide la « loi d'économie », et je choisirai la plus simple, — celle d'après laquelle la sensation est l'effet direct du mode de mouvement du sensorium. On pourra objecter, avec justice, que cela n'explique pas le moins du monde la sensation ; mais serai-je plus avancé si je dis que la sensation est une activité (dont je ne sais rien) d'une substance d'esprit (dont je ne sais non plus rien)? Ou, si je dis que la Divinité fait naître la sensation dans mon esprit immédiatement après qu'elle a fait mouvoir les parcelles du sensorium d'une certaine façon, aurai-je gagné quelque chose ? En réalité, une sensation, comme nous l'avons déjà vu, est une intuition — une partie de connaissance immédiate. Comme telle, c'est un fait ultime et inexplicable, et tout ce que nous pouvons espérer découvrir à son sujet, et tout ce qui mérite réellement d'être découvert, est son rapport avec d'autres faits naturels. Ce rapport me semble suffisamment exprimé, pour tout but pratique, en disant que la sensation est la conséquence invariable de certains changements dans le sensorium — ou, en d'autres termes, que, autant que nous pouvons le savoir, le changement dans le sensorium est la cause de la sensation.

Je me permets d'imaginer que le sauvage, d'esprit noble mais non cultivé, qui représente le « sens commun », et qui s'est trouvé entraîné à me lire jusqu'ici dans l'espoir d'obtenir des renseignements positifs et certains sur la sensation, voudrait, cédant à une irritation assez naturelle, nous interpeller ainsi : « Le résumé de cette longue argumentation est que nous sommes profondément ignorants. Nous le savions, en commençant, et vous n'avez fait que nous fournir un nouvel exemple du vide et de l'inutilité de la métaphysique. » Mais je me hasarderai à lui répondre : Pardonnez-moi ; vous étiez ignorant, mais vous n'en saviez rien. Au contraire, vous pensiez savoir beaucoup, et vous étiez pleinement satisfait des idées métaphysiques particulièrement absurdes que vous vous plaisiez à nommer les enseignements du sens commun. Vous pensiez que vos sensations sont la propriété des objets extérieurs et ont une existence en dehors de vous. Vous pensiez en savoir plus long sur les existences matérielles que sur les choses immatérielles. Et si, comme un sage nous l'affirme, la connaissance de notre ignorance est la meilleure chose après la connaissance de notre savoir, cette courte excursion dans la province de la philosophie vous a été d'un grand profit.

De toutes les habitudes mentales dangereuses, la plus périlleuse est probablement l'assurance ; et la valeur inestimable de la discipline métaphysique consiste en ce qu'elle offre un contrepoids vrai à ce penchant malheureux. Quiconque possède les éléments de la philosophie sait que l'attribut de la certitude incontestable n'appartient qu'à l'existence d'un état de conscience pendant qu'il existe ; toutes les autres croyances sont de pures probabilités d'un ordre supérieur ou

inférieur. Une saine métaphysique est une amulette
qui préserve son propriétaire à la fois du poison de la
superstition et du contrepoison du nihilisme, parce
qu'elle montre que les affirmations de la première et
les négations du second traitent de matières sur lesquelles, faute de témoignages, rien ne peut être affirmé
ou nié.

Je me suis arrêté longuement sur la nature et l'origine de nos sensations d'odorat, à cause de l'absence
relative de complications qu'on rencontre chez la
plupart des sens dont jouit celui de l'odorat.

Les sensations du goût, toutefois, sont produites
d'une façon presque aussi simple que celles de l'odorat.
Dans ce cas, l'organe sensitif est l'épithélium qui
couvre la langue et le palais, et qui, se modifiant quelquefois, donne naissance à des organes particuliers
appelés « papilles gustatives », chez lesquels les cellules
de l'épithélium s'allongent et prennent la forme de
baguettes. Des fibres nerveuses relient l'organe sentant
au sensorium, et les goûts ou saveurs sont des états de
conscience causés par le changement de l'état moléculaire de ce dernier. Dans le cas du sens du toucher il
n'y a, souvent, aucun organe sensitif distinct de l'épiderme général. Mais beaucoup de poissons et d'am-
phibiens offrent des modifications locales des cellules
épidermiques qui ressemblent parfois beaucoup aux
papilles gustatives ; plus communément, chez les
animaux inférieurs comme chez les supérieurs,
l'effet du contact des corps extérieurs est intensifié
par le développement de filaments piliformes, ou
de vrais poils, dont les bases sont en relation immé-

diate avec les extrémités des nerfs sensitifs. Tout le monde doit avoir remarqué l'extrême délicatesse des sensations produites par le contact des corps avec l'extrémité des cheveux de la tête ; et les « moustaches » des chats doivent leur importance fonctionnelle à l'abondance des nerfs dans les follicules où leurs bases sont logées. On ne sait pas au juste quel rôle jouent, dans le mécanisme du toucher, les soi-disant « corpuscules tactiles », les « bulbes terminaux » et les « corps de Pacini ». Si ce sont des organes des sens, ils sont d'un caractère exceptionnel, en tant qu'ils ne semblent point être des modifications de l'épiderme. On ne sait rien concernant les organes des sensations de résistance groupées sous le nom de sens musculaire, ni des sensations de chaud et de froid, ni de cette sensation très singulière que nous nommons chatouillement.

Dans le cas du chaud et du froid, l'organisme n'est pas seulement affecté par des corps extérieurs, bien plus éloignés que ceux qui affectent le sens de l'odorat ; mais l'hypothèse de Démocrite n'est évidemment plus admissible. Quand les rayons directs du soleil tombent sur la peau, la sensation de chaleur n'est assurément pas causée par des « membranes très minces » qu'émet ce luminaire, mais est due à un mode de mouvement qui nous est transmis. Pour parler comme Aristote, c'est la forme, sans la matière, du soleil qui s'imprime sur l'organe sensitif ; et ceci, traduit en langue moderne, signifie à peu près la même chose que les vibrations d'Hartley. Nous sommes ainsi préparés à ce qui se passe dans le cas des sens auditif

et visuel. Car ni l'oreille ni l'œil ne reçoivent autre
chose que les impulsions ou vibrations engendrées
dans des corps sonores ou lumineux . Néanmoins
l'appareil réceptif ne consiste encore qu'en cellules
épithéliales modifiées spécialement. Dans le labyrinthe de l'oreille des animaux supérieurs, les extrémités libres de ces cellules se terminent en filaments,
ressemblant à des cheveux, excessivement délicats ;
tandis que, dans les formes inférieures de l'organe
auditif, la surface libre est couverte de poils fins
comme ceux de la surface du corps, et les nerfs de
transmission sont reliés aux bases de ces poils. Il y a
donc une gradation insensible dans les formes de
l'appareil réceptif de l'organe du toucher, d'une part,
vers ceux du goût et de l'odorat, et, d'autre part, vers
celui de l'ouïe. Même, dans le cas de l'organe des sens
qui est le plus perfectionné, celui de la vue, l'appareil
réceptif s'éloigne peu du type général. Le seul constituant essentiel de l'organe du sens visuel est la rétine,
qui forme une partie très petite des yeux des animaux
supérieurs ; et les yeux les plus simples ne sont que
des parties du tégument, dans lesquelles les cellules
de l'épiderme se sont converties en corpuscules
rétiniens vitreux, en forme de baguettes. Les extrémités extérieures de ceux-ci sont tournées vers la
lumière ; leurs côtés sont plus ou moins fortement
recouverts d'un pigment sombre, et leurs extrémités
intérieures sont reliées aux fibres nerveuses transmissives. La lumière, en frappant sur ces baguettes
visuelles, y produit un changement qui est commu-
niqué aux fibres nerveuses et, étant transmis au sen-

sorium, fait naître la sensation, si vraiment tous les animaux possédant des yeux sont doués de ce que nous entendons par sensation.

Chez les animaux supérieurs, un appareil compliqué de lentilles, arrangées d'après le principe d'une chambre obscure, sert à la fois à concentrer et à individualiser les faisceaux de lumière procédant des corps extérieurs. Mais la partie essentielle de l'organe de la vue est encore une couche de cellules, qui ont la forme de baguettes à extrémités tronquées ou coniques. Toutefois, ce qui semble une étrange anomalie, les extrémités vitreuses ne sont pas tournées vers la lumière, mais en sens contraire, et cette dernière doit traverser la couche des tissus nerveux avec lesquels leurs extrémités externes sont en rapport avant de pouvoir les influencer. En outre, les baguettes et les cônes de la rétine des vertébrés sont situés si profondément, et, à beaucoup d'égard, ont un caractère si particulier, qu'il semble impossible, à première vue, qu'ils puissent avoir quelque chose de commun avec cet épiderme dont les organes gustatif et tactile, et, en tout cas, les formes inférieures des organes auditif et visuel sont d'évidentes modifications.

Quelles que soient les diversités apparentes dans les appareils sensitifs, ils ont, cependant, des caractères communs. Chacun se compose d'une partie qui reçoit, d'une partie qui transmet et d'une autre partie qui fait la sensation. La partie essentielle de la première est l'épithélium ; celle de la seconde, les fibres nerveuses ; et pour la troisième, le cerveau ; la sensation est toujours la conséquence du mode de mouvement provoqué dans le département réceptif, et propagé par la partie transmissive jusqu'à la partie sensorigène de l'appareil sensitif. Et, dans chacun des sens, il n'y a aucune ressemblance quelconque entre l'objet du sens, qui est de la matière en mouvement, et la sensation, qui est un phénomène immatériel.

D'après l'hypothèse qui me semble être la plus commode, la sensation est un produit de l'appareil sensorigène causé par certains modes de mouvement dus à des impulsions venant du dehors. Les appareils sensitifs sont, pour ainsi dire, des usines dont chacune reçoit à un bout des matières premières d'une espèce semblable — à savoir : des modes de mouvement, — tandis qu'à l'autre elles livrent chacune un produit spécial, le sentiment qui constitue l'espèce de sensation qui la caractérise.

Ou, pour nous servir d'une comparaison plus serrée, chaque appareil sensitif peut se comparer à une boîte à musique qu'on a remontée, avec autant d'airs qu'il y a de sensations séparées. L'objet d'une sensation simple est l'agent qui presse le bouton d'un de ces airs, et plus l'agent est faible et plus délicate doit être la mobilité de ce bouton [1].

Mais, si cela est vrai, si la partie réceptive de l'appareil sensitif est, dans tous les cas, seulement un mécanisme affecté par des espèces plus grossières ou plus fines de mouvement matériel, nous devrions nous attendre à trouver que tous les organes des sens

[1] « Chaque fibre est une espèce de touche ou de marteau destiné à rendre un certain ton. » Bonnet, *Essai de Psychologie*, chap. IV.

sont fondamentalement pareils et résultent de modifications des mêmes éléments morphologiques. Et c'est exactement ce qui ressort de toutes les investigations histologiques et embryologiques faites récemment.

On a vu que la partie réceptive de l'appareil olfactif est un épithélium légèrement modifié qui tapisse une chambre olfactive profondément située entre les orbites, chez les êtres humains adultes. Mais, si nous remontons de ces chambres nasales jusqu'à leur origine dans l'embryon, nous voyons, au commencement, qu'elles ne sont que des dépressions de la peau de la partie antérieure de la tête, revêtues d'une continuation de l'épiderme général. Ces dépressions deviennent des fosses, et les fosses, par la croissance des parties adjacentes, acquièrent par degrés la position qu'elles finissent par occuper. L'organe de l'odorat, par conséquent, est une partie spécialement modifiée du tégument général.

L'oreille de l'homme semblerait présenter de plus grandes difficultés. Car la partie essentielle de l'organe de ce sens est le labyrinthe membraneux, sac d'une forme compliquée, qui repose enfoui dans les profondeurs de la base du crâne et est entouré d'os épais et solides. Ici, toutefois, en recourant à l'étude du développement on a promptement l'explication du mystère. Peu de temps après l'apparition de l'organe olfactif, sous forme de dépression de la peau sur le côté de la partie antérieure de la tête, l'organe auditif apparaît comme dépression similaire sur le côté de la partie postérieure. Cette dépression, devenant rapidement plus profonde, forme une petite poche ; et, alors, la communication avec l'extérieur se fermant, la poche est convertie en un sac fermé, et sa doublure épithéliale est une partie de l'épiderme général séparé du reste. Les tissus adjacents, se changeant d'abord en cartilages et puis en os, emprisonnent le sac auditif en un fort étui, dans lequel il subit d'autres métamorphoses ; tandis que le tympan, les os de l'oreille et le pavillon de l'oreille se trouvent surajoutés par des modifications non moins extraordinaires des parties adjacentes.

Plus merveilleuse encore est l'histoire du développement de l'organe de la vue. A la place de l'œil, comme à celle du nez ou à celle de l'oreille, l'embryon présente une dépression du tégument général ; mais, chez l'homme et les animaux supérieurs, cela ne donne pas lieu à l'organe sentant propre, mais seulement à une partie des organes accessoires intéressés dans la vue. En réalité, cette dépression, s'accentuant et se convertissant en un sac fermé, ne produit que la cornée, l'humeur aqueuse et le cristallin de l'œil parfait.

La rétine s'y ajoute par le développement de la paroi d'une partie du cerveau en une sorte de sac, à col étroit, dont le fond convexe est tourné en dehors, ou vers le cristallin. A mesure qu'avance le développement de l'œil, le fond convexe du sac est renfoncé en dedans, de façon à oblitérer par degrés la cavité du sac dont la paroi, autrefois convexe, devient profondément concave. Le sac cérébral est maintenant comme un double bonnet de nuit prêt à recevoir une tête, mais

la place que celle-ci occuperait est prise par l'humeur vitrée, tandis que la couche voisine du bonnet
devient la rétine. Les cellules de cette couche qui
sont le plus loin de l'humeur vitrée ou, en d'autres
termes, qui bornent la cavité primitive du sac, sont mé-
tamorphosées en baguettes et en cônes. Si l'on suppose
maintenant que le sac du cerveau pouvait être ramené
à sa forme primitive, les baguettes et les cônes formeraient partie de la doublure d'une poche latérale du
cerveau. Mais l'une des révélations les plus merveilleuses de l'embryologie est la preuve du fait que le cerveau lui-même n'est, à son premier début, qu'une sorte
d'enveloppe de la couche épidermique du tégument
général. D'où il suit que les baguettes et les cônes de
l'œil vertébré sont des cellules épidermiques modifiées,
tout autant que le sont les cônes cristallins de l'œil
de l'insecte ou du crustacé, et que le renversement
de la position des premiers par rapport à la lumière,
vient simplement de la manière détournée dont la rétine des vertébrés est développée.

Ainsi donc, tous les organes supérieurs des sens
ont le même point de départ, et l'épithélium réceptif
de l'œil ou de l'oreille est un épiderme modifié, tout
comme celui du nez. L'unité anatomique des organes
des sens est le parallèle morphologique de leur fonction physiologique, qui, ainsi que nous l'avons vu,
doit être imprimée par certains modes de mouvement, et ceux-ci sont fins ou grossiers, en proportion
de la délicatesse ou de la force des impulsions par
lesquels ils sont influencés.

En dernière analyse, donc, il semble qu'une sensation soit l'équivalent de termes de conscience pour un mode de mouvement de la matière du sensorium. Mais, si l'on pousse l'investigation plus loin, et si l'on demande : que savons-nous donc quant à la matière et au mouvement ? il n'y a qu'une réponse de possible. Tout ce que nous savons, au sujet du mouvement, c'est que c'est le nom donné à certains changements dans les rapports de nos sensations visuelles, tactiles et musculaires ; et tout ce que nous savons, au sujet de la matière, est que c'est la substance supposée des phénomènes physiques ; — et admettre son existence est aussi complètement affaire de spéculation métaphysique qu'il l'est d'admettre l'existence de la substance de l'esprit.

Nos sensations, nos plaisirs, nos douleurs, et les rapports entre tous ceux-ci forment le total des éléments de connaissance positive, incontestable. Nous nommons une grande partie de ces sensations et de leurs rapports matière et mouvement ; nous appelons le reste : esprit et pensée ; et l'expérience montre qu'il y a un certain ordre constant de succession entre quelques-uns des premiers et quelques-uns des derniers.

Voilà tout ce qu'une juste critique métaphysique laisse debout des idoles élevées par la pseudo-métaphysique du vulgaire bon sens. Le pur matérialisme, comme le pur idéalisme, pourrait s'accommoder de ce reste, mais il n'appartient ni à l'un ni à l'autre. Car l'idéaliste, non content d'affirmer la vérité que notre connaissance se borne à des faits de conscience, affirme la proposition absolument insoutenable que rien n'existe en dehors de ces faits et de la substance de l'esprit. Et, d'un autre côté, le matérialiste, professant que, faute de preuves du contraire, les phénomènes matériels sont les causes des phénomènes mentaux, affirme son dogme, impossible à prouver, que les phénomènes matériels et la substance de la matière sont les seules existences primaires.

Si vous retirez les propositions sur lesquelles aucun des controversistes ne sait rien, ou ne peut rien savoir, il ne leur reste rien comme sujet de querelle. Faites un désert de l'Inconnaissable, et l'Astrée divine de la paix philosophique commencera son règne béni.

VIII

LES ANIMAUX SONT-ILS DES AUTOMATES ?
HISTOIRE DE CETTE HYPOTHÈSE [1]

Il est, je crois, à peine nécessaire de vous rappeler
en ce moment la nature des travaux dont nos réunions
de sections ont à s'occuper. Nous enregistrons les
progrès accomplis par la science pendant le cours de
l'année précédente, et nous faisons tous nos efforts
pour augmenter ce progrès par des communications
originales et par une libre discussion. Mais, quand
on m'a imposé la tâche si honorable de prononcer
devant vous l'adresse de ce soir, ou plutôt, pour me
servir des paroles mêmes de mon ami, notre président,
lorsque j'ai entrepris de la prononcer, il m'a semblé
qu'on pourrait faire servir cette occasion à un but différent. Il nous serait aussi convenable qu'avantageux
de tourner nos regards vers le passé et de considérer
l'œuvre des grands hommes d'autrefois « qui sont
descendus dans la tombe avec leurs armes de guerre »,
mais qui, pendant leur vie, ont bravement combattu
pour la cause de la vérité, de reconnaitre leurs mérites

[1] Association britannique pour l'avancement des sciences, session
de Belfast. Traduction de la *Revue scientifique*, 24 oct. 1874, reproduite avec l'autorisation de M. Charles Richet.

et de témoigner de la reconnaissance que nous devons à leurs services.

Ce sentiment me décide à entreprendre une étude rétrospective de cette branche de la science avec laquelle j'ai le devoir d'être plus ou moins familier.

Sans remonter à une période très reculée, je ne m'occuperai que du xviiᵉ siècle, et les observations que je vous soumettrai ne se rapporteront guère qu'à la science biologique de l'époque comprise entre le milieu du xviiᵉ et le milieu du xviiiᵉ siècle. Je me propose de vous montrer quelles grandes idées apparurent alors dans la science biologique, comment se sont développées les spéculations qui en découlèrent, et enfin leurs relations avec ce qui est maintenant considéré comme formant le corps de la biologie scientifique. Le milieu ou plutôt le commencement du xviiᵉ siècle est une grande époque. En ce moment une idée, qui jusqu'alors était restée voilée dans une sorte de brouillard, prit la forme solide que l'observation définie des faits peut seule donner aux théories scientifiques : les phénomènes vitaux, comme tous les autres phénomènes du monde physique, sont susceptibles d'être expliqués par la mécanique, ils peuvent se classer, sont régis par des lois et, en définitive, l'étude de la biologie est une application des grandes sciences de la physique et de la chimie.

L'homme auquel nous sommes redevables d'avoir, le premier, donné à cette idée une forme pleine et tangible était, je suis fier de le dire, un Anglais, William Harvey. Harvey expliqua clairement le mécanisme de la circulation du sang et, par cette remarquable découverte, par la clarté et la précision avec lesquelles il ramena ce phénomène à ses éléments mécaniques, il jeta les bases d'une théorie scientifique expliquant la plus grande partie des phénomènes présentés par les êtres vivants, de ceux que nous nommons aujourd'hui *phénomènes de sustentation;* ses études du développement établirent la connaissance scientifique de la reproduction. Cependant, en dehors de ces grands pouvoirs possédés par les êtres vivants, il reste une autre classe de fonctions, celle du système nerveux, dont Harvey ne s'occupa point.

Cette étude était réservée à un de ses contemporains, à René Descartes, qui, ainsi qu'il nous le dit lui-même, fut poussé dans ses investigations par les brillantes recherches de Harvey. La part de ce savant relativement aux phénomènes du système nerveux est, à mon avis, égale à celle de Harvey relativement à la circulation. En songeant à ce qu'était Descartes, à la courte durée de sa vie, nous ne pouvons que nous étonner que cet homme, qui mourut à cinquante-quatre ans, soit un des chefs reconnus de la philosophie, qu'il soit, ainsi que je le tiens d'autorités compétentes, un des premiers et des plus originaux mathématiciens qui aient jamais existé, et qu'en même temps la fertilité de son intelligence et la portée de son génie aient été assez grandes pour lui permettre de se placer, comme physiologiste, à côté de l'immortel Harvey [1]. Rappelez-vous que Descartes n'a point été simplement, comme

[1] Voyez Huxley, *Les Sciences naturelles et l'Education : Descartes et le Discours de la Méthode,* Paris, 1891, p. 1.

l'ont été quelques-uns, un heureux faiseur de spéculations. Il avait travaillé à fond l'anatomie et la physiologie, il savait de ces sciences tout ce qui en était connu à son époque, il en avait pratiqué toutes les méthodes par lesquelles on était arrivé à des découvertes anatomiques et physiologiques. On rapporte de lui une anecdote bien caractéristique qui devrait réduire pour toujours au silence ceux qui ne craignent pas de parler de Descartes comme d'un philosophe livré à l'hypothèse et à la spéculation. Un de ses amis, venant un jour le visiter en Hollande, le priait de lui montrer sa bibliothèque : Descartes le mena dans un cabinet et, soulevant un rideau, lui laissa voir une salle de dissection remplie de cadavres d'animaux, en lui disant: « Voilà ma bibliothèque. »

Il nous faudrait beaucoup de temps, si je devais essayer de vous montrer les méthodes nécessaires pour établir pleinement tout ce que j'ai à vous dire, en d'autres termes s'il me fallait citer les nombreux passages des œuvres de Descartes qui se rapportent aux diverses propositions que je vais vous soumettre. Aussi je vous prierai de vouloir bien admettre sur mon autorité, mais seulement pour le moment, qu'elles y sont toutes exprimées clairement ; à mesure que nous avancerons, je comparerai chacune d'elles, aussi rapidement que possible, avec l'état actuel de la physiologie, afin de vous montrer le rang élevé qu'occupe ce savant relativement à cette science. Par bonheur, les matières dont je vous entretiendrai n'exigent pas une connaissance étendue de l'anatomie, et je suis d'avance assuré qu'elles ne dépassent même pas la somme de science possédée par chacun de nous.

Ce que nous nommons « système nerveux » dans un animal supérieur consiste en un appareil central composé du cerveau logé dans le crâne et d'une corde en connexion avec lui appelée la « moelle épinière » et logée dans la colonne vertébrale ou épine dorsale. De ces masses blanches et molles s'élancent des cordes ou nerfs, dont les uns se terminent dans les muscles, les autres dans les organes de sensation. Cet exposé concis de la composition fondamentale du système nerveux nous suffira pour atteindre le but que nous nous proposons actuellement.

Vous êtes tous familiers avec la première proposition recueillie dans les œuvres de Descartes et que je vais vous soumettre. A ma connaissance, Descartes fournit les premières preuves nettes et suffisantes que le cerveau est l'organe de la sensation, de la pensée et de l'émotion, le mot *organe* signifiant que certains changements s'effectuant dans la matière du cerveau sont les antécédents essentiels de ces états de perception désignés par les termes de *sensation*, *pensée* et *émotion*. Cette notion est aujourd'hui populaire. Si votre ami est d'une opinion différente de la vôtre, s'il s'élève contre un de vos préjugés favoris, vous vous écriez : « Ah ! le pauvre garçon a quelque chose là ! » Et vous voulez dire ainsi que son cerveau n'accomplit point sa besogne convenablement et que par suite il ne pense pas comme il le devrait.

Cependant, au temps de Descartes, et je pourrais ajouter cent cinquante ans après lui, les meilleurs physiologistes n'étaient point encore parvenus à ce point. Jusqu'à Bichat, on discutait pour savoir si les passions avaient ou n'avaient pas leur siège dans les viscères abdominaux. La solution de cette question était donc un pas immense fait par la science ; or Descartes l'établit dès le commencement et il ne s'en départit jamais.

En second lieu, Descartes admet que tous les mouvements des animaux sont effectués par le changement de forme d'une certaine partie de la matière de leur corps, à laquelle il applique le nom général de *muscle*. Il vous est nécessaire de vous rappeler cette remarque en lisant Descartes et d'employer les termes avec la signification qu'il leur donnait, car, autrement, vous ne le comprendriez pas. Cette proposition ne fait plus maintenant l'ombre d'un doute pour personne. Si j'agite mon bras, ce mouvement est dû au changement de cette masse de chair placée en avant de ce muscle biceps qui se raccourcit et devient plus épais ; quand je donne un mouvement à l'un quelconque de mes membres, l'explication du fait reste la même. Lorsque je vous parle, les différents tons de ma voix proviennent de la façon exquise et délicate dont s'ajustent les contractions d'une multitude de masses de chair de ce genre. Descartes alla plus loin ; il établit que dans l'état normal et habituel des choses, ces changements dans la forme d'un muscle appartenant à un corps vivant n'ont lieu que dans certaines conditions essentielles qui sont le mouvement de la matière contenue dans l'intérieur des nerfs, mouvement qui se propage de l'appareil central au muscle. Cette matière mobile reçut de lui le nom particulier

d'esprits animaux. Maintenant il ne nous est plus
permis de parler de l'existence d'esprits animaux, et
nous devons dire qu'un changement moléculaire s'effectue dans le nerf et se propage avec une certaine
vitesse depuis l'appareil central jusqu'au muscle.

Néanmoins, la modification subie par l'idée ne
dépasse pas celle qui s'est effectuée dans nos vues
sur l'électricité, lorsqu'après avoir supposé l'existence
d'un fluide nous avons ensuite considéré l'électricité
comme une condition inhérente à un changement
moléculaire en train de se propager. La physiologie
moderne a mesuré la vitesse du changement auquel je
viens de faire allusion, elle a jeté une merveilleuse
lumière sur sa nature, elle a augmenté nos connaissances sur son caractère, mais la conception fondamentale est exactement ce qu'elle était au temps de
Descartes.

Cet homme éminent avance ensuite que, dans les
circonstances ordinaires, le changement s'effectuant
dans la substance d'un nerf et donnant naissance à
la contraction d'un muscle, est produit par un changement dans l'appareil nerveux central, par exemple
dans le cerveau. Notre opinion actuelle est encore
la même. Descartes disait que les esprits animaux
étaient emmagasinés dans le cerveau et s'écoulaient le
long des nerfs moteurs, nous disons qu'un changement
moléculaire a lieu dans le cerveau et se propage le
long du nerf moteur. Les recherches expérimentales
fournissent de nombreuses évidences de ce fait. Descartes établit ensuite que les organes sensitifs, c'est-à-
dire ces appareils, donnant naissance à ce que nous

éprouvons lorsqu'ils sont soumis aux influences produisant la sensation, causaient dans les nerfs sensitifs
un changement décrit par lui comme étant un flux
d'esprits animaux le long de ces nerfs et se propa-
geant jusqu'au cerveau. Si je regarde cette bougie que
je tiens devant moi, la lumière tombant sur la rétine
de mon œil donne lieu à une affection du nerf optique
que Descartes considère comme un écoulement des
esprits animaux jusqu'au cerveau. Nous en parlerions
maintenant comme d'un changement moléculaire
propagé le long du nerf optique jusqu'au cerveau,
mais l'idée fondamentale reste la même. Dans toutes
les notions que nous possédons au sujet des opérations
des nerfs, nous construisons sur les fondations établies par Descartes. Ce n'est pas tout encore ; cet
illustre Français appuie, à de nombreuses reprises et
de la façon la plus distincte, sur une proposition dont
l'importance est capitale, non seulement pour la physiologie, mais pour la psychologie. Il nous dit que
lorsqu'un corps possédant la faculté de produire une
sensation touche les organes sensitifs, il se produit
dans les nerfs sensitifs un mode de mouvement qui
se propage jusqu'au cerveau, et que ce qui s'effectue
en ce dernier point n'est encore qu'un mode de mouvement. Mais, en outre, comme chacun de nous peut
le vérifier en expérimentant sur lui-même, il existe
quelque chose absolument impossible à comparer
avec un mouvement, qui en diffère complètement et
qui est cet état de perception nommé sensation. Descartes insiste fréquemment sur cette dissemblance
complète entre l'agent excitateur de l'état de percep-

tion et l'état de perception lui-même. Il nous apprend que nos sensations ne sont point des peintures des objets extérieurs, mais qu'elles n'en sont que les symboles ou les signes, et il accomplit ainsi la plus grande des révolutions, non seulement en physiologie mais en philosophie. Avant lui, on croyait que les corps visibles, par exemple, laissaient émaner d'eux une sorte de matière subtile, les *species intentionales*, ainsi qu'on les appelait, qui pénétrait l'œil et se rendait au cerveau, de sorte que l'esprit recevait ainsi une copie actuelle, un dessin des objets provenant de l'extérieur. Nous devons à Descartes le changement radical qui s'est accompli dans nos idées et qui nous a conduits à admettre que nous n'avons réellement aucune connaissance des causes de ces phénomènes appelés extérieurs, et que la seule certitude possédée par nous est qu'elles ne peuvent être semblables à ces phénomènes. En établissant cette proposition sur des bases que je ne crains pas de regarder comme parfaitement irréfutables, Descartes a fondé la philosophie idéaliste qui a été ensuite poussée jusqu'à ses dernières limites par Berkeley [1], et qui depuis a pris les formes plus variées.

Descartes remarqua que, dans certaines conditions, une impulsion exécutée par l'organe sensitif donne lieu à une sensation et, même dans certaines autres conditions, à un mouvement pouvant s'effectuer sans sensation, sans volition et parfois même en désaccord avec la volonté. Je m'efforce, pour gagner du temps,

---

[1] Voyez plus haut, *L'évêque Berkeley et la métaphysique de la Sensation*, p. 148.

de ne vous citer que le moins possible les passages de l'auteur ; cependant je vous demanderai de vouloir bien me permettre de lire quelques lignes remarquables de la réponse faite par Descartes aux objections qui lui étaient adressées par Arnauld, le célèbre disciple de Port-Royal [1].

« Je suis, écrit Descartes, extrêmement impressionné en observant qu'aucun mouvement ne peut s'effectuer dans les corps des animaux et même dans nos propres corps, si ceux-ci ne possèdent en eux-mêmes tous les organes et les instruments au moyen desquels ce mouvement serait exécuté dans une machine. Ainsi, en nous, l'esprit ou l'âme ne meut pas directement le membre, il se borne à déterminer la course de ce liquide subtil appelé esprits animaux, lequel en courant continuellement du cœur dans les muscles, en passant par le cerveau, cause tous les mouvements de nos membres et produit souvent aussi divers mouvements, toujours avec une égale facilité. Il n'exerce même pas toujours cette détermination car, parmi les mouvements qui ont lieu en nous, un grand nombre ne dépendent en rien de l'esprit, comme par exemple le battement du cœur, la digestion de la nourriture, la nutrition, la respiration d'un dormeur et même, chez une personne éveillée, la marche, le chant et d'autres actions semblables lorsqu'elles sont accomplies sans que l'esprit y songe. Lorsque quelqu'un tombant d'une certaine hauteur jette ses mains en avant pour protéger sa tête, il n'accomplit pas, par suite d'un raisonnement, cette action, qui ne dépend en rien de l'esprit, mais ne se fait que parce que les sens de la personne qui

[1] Quatrième méditation.

tombe, étant affectés par l'imminence du danger, produisent dans le cerveau un certain changement déterminant les esprits animaux à passer de là dans les nerfs de la façon requise pour produire le mouvement, absolument comme dans une machine, et sans que l'esprit puisse s'y opposer. »

Je n'ai rencontré dans aucun ouvrage moderne un énoncé plus clair et plus précis et une exposition plus parfaite de ce que nous appelons l'*action automatique du cerveau*. Il est remarquable qu'en parlant de ces mouvements, qui proviennent d'une sensation en quelque sorte réfléchie de l'appareil central dans un membre, comme par exemple lorsque quelqu'un se piquant le doigt et soulevant ensuite brusquement son bras, le mouvement du nerf sensitif se rend dans la corde dorsale et revient sur lui-même pour atteindre les muscles du bras. Descartes emploie identiquement le terme dont nous nous servons aujourd'hui, car il parle d'*esprits réfléchis*. Ce n'est pas un simple mot heureux perdu par ses contemporains, nous en trouvons une preuve en consultant le fameux ouvrage de Willis, professeur à Oxford [1].

En donnant un résumé des vues de Descartes, l'auteur lui emprunte sa propre phrase et parle de cette réflexion du mouvement d'un nerf sensitif en mouvement d'un nerf moteur, *sicut indulatione reflexa*, comme d'une vague rejetée en arrière. Non seulement l'action réflexe est décrite, mais le terme « réflexe » est reconnu avec sa pleine et entière signification.

[1] Willis, *De Anima brutorum*, publié vers 1672.

Le dernier grand service que je vous citerai comme rendu à la physiologie du système nerveux par Descartes est le suivant :

A ma connaissance, ce savant traça le premier une théorie physique de la mémoire. Il nous apprend que, lorsqu'une sensation s'effectue, les esprits animaux marchent le long du nerf sensitif, passent dans une portion spéciale du cerveau et là se frayent en quelque sorte un passage à travers les pores de la substance du cerveau. Lorsque ce phénomène s'est effectué une fois, lorsque les particules du cerveau ont été pour ainsi dire un peu écartées par un premier passage des esprits animaux, le passage est facilité dans la même direction pour tout afflux subséquent de ces mêmes esprits ; l'action se répétant devient de plus en plus aisée, jusqu'à ce que finalement ces esprits n'éprouvent plus aucune difficulté à mettre en mouvement ces particules spéciales du cerveau, ce qui donne lieu à la sensation appropriée ; toute impulsion ressentie alors par les esprits les fait affluer dans les pores déjà ouverts plus aisément que dans toute autre direction, et il se produit une nouvelle image, un état de perception semblable à celui qu'une impression sensoriale antérieure avait appelé à l'existence. Cette opinion est absolument analogue à celle donnée par toutes nos théories physiques actuelles de la mémoire. Il est hors de doute que la mémoire dépend d'un phénomène physique. Les résultats fournis par l'étude des maladies et de l'action des poisons établissent tous d'une manière décisive le fait que la mémoire est reliée indissolublement à l'intégrité de

certaines parties matérielles du cerveau et qu'elle en
dépend. Or je ne sais aucune hypothèse, autre que
celle de Descartes, pour expliquer ce fait.

Les idées émises par Descartes ont été tellement
répandues, augmentées et définies par les investigations modernes qu'elles sont devenues les pierres
angulaires de la physiologie moderne du système
nerveux. Cependant, à un certain point de vue, Descartes s'est avancé plus loin qu'aucun de ses contemporains et, de nos jours, il n'a été suivi que par un
bien petit nombre de successeurs, quoique ses opinions aient exercé pour la plus grande partie d'un
siècle une influence prépondérante sur l'esprit intellectuel de l'Europe. Descartes faisait le raisonnement
suivant :

« Je puis me rendre compte par la mécanique des
actions d'un grand nombre d'êtres vivants, parce que
les actions réflexes s'effectuent sans l'intervention de
la conscience et même contrairement à la volonté. »

Ainsi, par exemple, lorsqu'un homme qui tombe
projette mécaniquement ses mains en avant pour se
garantir, ou quand une personne, pour employer une
autre citation de Descartes, fait mine de frapper l'œil
d'un ami, bien que celui-ci sache parfaitement que le
coup ne sera pas donné, il ne peut néanmoins s'empêcher de faire un clignement.

« Dans ces circonstances, ajoute Descartes, j'ai la
claire évidence que le système nerveux agit mécaniquement sans l'intervention de la conscience et de
la volonté, ou peut-être même en opposition avec

elles. Pourquoi donc n'étendrais-je pas cette idée ? Puisque des actions impliquant une certaine dose de complexité sont ainsi amenées, pourquoi des actions encore plus complexes ne pourraient-elles pas être produites de cette façon ? Pourquoi, en résumé, l'ensemble des actions physiques de l'homme ne serait-il pas mécanique, tandis que son esprit vit en quelque sorte à part et ne fait sentir son influence que par occasions et au moyen de la volition ? »

C'est ainsi que Descartes fut amené par certaines de ses spéculations à voir que les bêtes n'avaient pas d'âme et par suite ne pouvaient avoir de conscience ; et, ces deux idées s'harmonisant mutuellement, il développa l'hypothèse fameuse de l'automatisme des brutes, sujet principal du discours que j'ai aujourd'hui l'honneur de vous adresser. Descartes voulait dire que les animaux sont absolument des machines telles que des moulins ou des orgues de Barbarie, qu'ils n'ont point de sentiments, qu'un chien ne voit, n'entend ni ne sent, mais que les impressions qui produiraient ces états de conscience en nous-mêmes donnent lieu, dans le chien, et par un phénomène mécanique réflexe, à des actions correspondant à celles que nous accomplissons lorsque nous sentons, nous goûtons ou nous voyons.

Considérée face à face, cette hypothèse semble des plus surprenantes, et je ne m'étonne point qu'elle ait été une pierre d'achoppement même pour des gens aussi habiles et subtils qu'Henry More, l'un des correspondants de Descartes ; cependant il est bien singulier que cette notion, l'une des plus hardies et

des plus paradoxales qu'ait créées Descartes ait été,
autant et aussi fortement que les autres hypothèses,
confirmée par les recherches physiologiques modernes. Je vais m'efforcer de vous expliquer aussi suc-
cinctement que possible la nature de ces confirma-
tions, et comment il se fait que l'hypothèse de
Descartes, bien que je déclare que je ne l'admets pas,
reste néanmoins aujourd'hui tout aussi défendable
qu'elle était de son temps et, peut-être, je dois
l'avouer, un peu plus défendable dans son ensemble.

Si, par un accident quelconque, il arrive qu'un
homme ait sa corde dorsale divisée, il en résultera
chez lui une paralysie de la partie de son corps
inférieure au point endommagé. Dans la plupart des
cas, cette paralysie sera complète, le malade n'aura
plus de contrôle sur ses membres et il n'y éprou-
vera aucune sensation. Si vous pincez son pied, si
vous le lui brûlez, si vous lui faites subir telle opération qu'il vous plaira, il restera absolument insensible. Par conséquent la perception, autant qu'il nous
est donné de la connaître, est entièrement annihilée
dans cette portion de l'appareil nerveux central,
placée au-dessous de la blessure. Mais, dans ces circonstances, quoique l'homme soit paralysé en ce sens
qu'il est incapable de mouvoir ses propres membres,
il n'est pas paralysé puisque ceux-ci ne sont point
privés de mouvement ; en effet, si vous chatouillez la
plante de ses pieds avec une plume, il dégagera sa
jambe avec autant et même plus de vigueur que
lorsqu'il avait pleine conscience des excitations qu'il
subissait. Nous sommes ici en présence d'une action

réflexe. L'impression reçue est transmise de la peau à la moelle épinière, de là elle est réfléchie, descend dans les muscles des jambes qui exécutent un mouvement en arrière et s'écartent vivement de la source d'irritation, quoique cette action, vous le remarquez, soit purement automatique ou mécanique.

Supposez que nous fassions subir le même traitement à une grenouille et que nous opérions une section dans sa corde dorsale : l'animal tombe absolument dans le même état, ses membres deviennent inutiles, mais il vous suffit de donner la plus légère irritation à la peau de son pied pour qu'instantanément la patte exécute un mouvement en arrière. Si donc nous avons une base quelconque d'argumentation, nous sommes en droit d'affirmer que dans ces circonstances la moitié inférieure du corps de la grenouille est aussi dépourvue de perception que la moitié inférieure du corps de l'homme, et que le corps de la grenouille situé au-dessous du point excité est absolument dépourvu de conscience, comparable à une simple machine telle qu'une boîte à musique, une orgue de Barbarie ou une montre. Vous observerez en outre que le mouvement des membres correspond à un but déterminé, en d'autres termes, lorsque vous irritez la peau du pied, ce pied est écarté du danger comme il le serait si la grenouille était consciente et douée d'une raison de suggestions de laquelle elle conformerait ses actes. Mais il est assez aisé de comprendre comment une action aussi simple pourrait avoir lieu mécaniquement.

Exécutons une autre expérience. Prenons cet ani-

mal qui certainement est incapable de sentir et touchons la peau d'un côté de son corps avec un peu
d'acide acétique, de vinaigre, qui ne manquerait pas
de faire éprouver une vive douleur à une grenouille
susceptible de sentir. Il ne peut alors y avoir de douleur, car l'application du caustique est faite au-dessous
du point sectionné, cependant la grenouille soulève
le membre situé du même côté et emploie sa patte à
frotter l'acide acétique ; ce qui est encore plus remarquable, si vous rabattez le membre en le maintenant
de façon que la grenouille ne puisse l'employer, celle-
ci peu à peu agitera le membre opposé, le fera tourner autour de son corps et l'emploiera encore pour se
frotter. Si la grenouille était dans son entier et avait
raisonné, il lui aurait été impossible d'accomplir des
actions tendant davantage à un but défini, et pourtant nous sommes complètement assurés que dans ce
cas la grenouille n'agit pas dans un but défini, qu'elle
n'est point dans un état conscient et n'est rien qu'une
machine automatique.

Supposons maintenant qu'au lieu de faire notre section de la corde dorsale dans le milieu du corps, nous
la fassions de façon à séparer la portion postérieure
du cerveau de la portion antérieure, et que les deux
tiers de cette portion antérieure aient été complètement enlevés ; la grenouille se trouvera complètement
privée de toute spontanéité ; elle restera indéfiniment
où nous l'aurons posée, elle n'en bougera que si nous
la touchons ; elle se soulève de la façon habituelle
aux animaux de son espèce, mais si vous la jetez
dans l'eau elle se mettra à nager tout comme une gre-

nouille intacte. Or la natation exige la coordination très soigneuse et très délicate d'un grand nombre d'actions musculaires impossibles à expliquer sinon en admettant que l'impression faite sur les nerfs nutritifs de la peau du batracien par le contact de l'eau communique à l'appareil nerveux central un stimulant mettant en jeu un certain appareil mécanique au moyen duquel tous les muscles de la natation entrent en action en suivant un ordre et une succession convenables. Si la grenouille est excitée, touchée par un corps irritant, bien que nous soyons parfaitement certains qu'elle ne peut éprouver de sensation, elle saute ou s'avance comme pourrait le faire une grenouille complète. Mais il lui est impossible de faire davantage.

Supposons encore une autre expérience. Extirpons tout ce qu'on nomme les hémisphères cérébraux, c'est-à-dire la portion la plus antérieure du cerveau. Si cette opération est convenablement exécutée, la grenouille peut se conserver pendant des mois et même des années dans un état complet de vigueur corporelle, mais elle demeurera toujours dans le même endroit. Elle ne voit rien, n'entend rien, mourra de faim plutôt que de se nourrir, quoique si l'on place de la nourriture dans sa bouche elle l'avale. Quand on l'irrite elle saute ou marche, si on la jette dans l'eau, elle nage. Mais ce qu'il y a de plus remarquable c'est que si vous la déposez sur la paume de votre main, elle y demeure accroupie, parfaitement tranquille et y resterait ainsi éternellement. Inclinez alors très lentement votre main de sorte que la grenouille acquière une tendance naturelle à glisser, vous sentez ses pattes de devant gagnant doucement le bord de la main jusqu'à ce que l'animal puisse s'y maintenir solidement et ne point être en danger de tomber ; en ce moment vous tournez la main, alors il monte avec beaucoup de précautions et de délibération, avance successivement d'abord une patte, puis la suivante, et finit par prendre un état parfait d'équilibre ; en retournant complètement la main, il recommence la même série d'opérations jusqu'au moment où il se trouve en sûreté sur le dos de la main. Tout cela exige une délicatesse de coordination et un ajustement de l'appareil musculaire qui ne peut se comparer qu'à celui d'un danseur de corde. Ces mouvements sont accomplis avec fermeté et précision, il vous est loisible de varier la position de votre main et de voir aussitôt la grenouille avancer ou reculer tant que vous mettrez une lenteur convenable à vos mouvements. Placez l'animal sur une table, dressez un livre entre lui et la lumière et donnez-lui une légère impulsion, il sautera, non pas contre le livre, mais latéralement, à droite ou à gauche, en montrant ainsi que, bien qu'il soit complètement insensible aux impressions ordinaires de la lumière, il existe en lui quelque chose qui passe à travers le nerf sensitif, agit sur la machine du système nerveux et l'oblige à s'adapter à l'action convenable.

Nous pouvons aller plus loin Je n'ai pas besoin de vous dire que depuis les jours où la science anatomique commençait et où l'on remettait des criminels aux médecins, nous ne pouvons plus faire d'expériences sur les êtres humains ; cependant ces expériences sont quelquefois faites pour nous d'une façon fort remarquable. Cette opération, appelée *la guerre,* est une grande série d'expériences physiologiques qui amènent des résultats bien précieux. Mon ami, le général Strachey, a bien voulu porter à ma connaissance le fait suivant [1].

Un militaire français, un sergent, fut blessé à la bataille de Bazeilles, l'une de celles qui furent le plus vivement disputées pendant la dernière guerre. L'homme reçut une balle dans la tête qui lui fracassa l'os pariétal gauche ; il lui resta cependant assez de vigueur pour envoyer sa baïonnette dans le corps du prussien qui l'avait blessé ; puis il s'avança de quelques centaines de mètres en dehors du village et tomba privé de sentiment. Après l'action il fut recueilli et porté à l'hôpital où il demeura quelque temps. Lorsqu'il revint à lui, ainsi qu'il arrive habituellement dans le cas de pareilles blessures, il était complètement paralysé du côté opposé de son corps, c'est-à-dire du bras droit et de la jambe droite. Cet état de choses se prolongea, je crois, pendant près de deux années ; mais le blessé finit par guérir et, maintenant, il peut agir avec activité, et une mesure délicate permet seule de reconnaître une différence entre les deux côtés de son corps.

L'enquête dont je vais vous donner les principaux résultats a été conduite par des personnes dont la

[1] Bourru et Burot, *Variations de la personnalité.* Paris, 1888, p. 223. — Voyez, sur le même sujet, Azam, *Hypnotisme, double conscience et altérations de la personnalité.* Paris, 1887.

compétence est hors de doute ; celles-ci rapportent qu'actuellement cet homme vit de deux vies, l'une normale et l'autre anormale. Pendant la durée de sa vie normale, il est parfaitement bien, très gai, fait sa besogne d'infirmier, et sa conduite est excellente et très respectable ; cette vie dure pendant environ vingt-sept jours par mois, mais pendant un jour ou deux il entre soudainement et sans changement préalable dans sa condition anormale. Alors il est encore actif, marche comme auparavant et, en apparence, est toujours le même homme ; il se couche, se déshabille, se lève, fait sa cigarette, la fume, boit et mange. Pourtant il ne voit, n'entend, ne goûte ni ne sent ; il n'a conscience de rien, n'a plus qu'un seul organe sensitif en activité, celui du toucher, qui est excessivement délicat. Si vous placez un obstacle sur sa route, il le heurte, le touche et s'avance latéralement ; si vous le poussez dans une direction, il marche en ligne droite jusqu'à ce qu'il soit arrêté par quelque chose. J'ai dit qu'il faisait sa cigarette ; mais vous pouvez lui donner de la charpie ou toute autre chose à la place de tabac, et il roulera sa cigarette comme à l'ordinaire. Les actions sont purement mécaniques. Il mange avec voracité ; mais offrez-lui de l'aloès, de l'assa fœtida ou le mets le plus délicat, il ne fera aucune différence.

L'individu occupe une position exactement parallèle à celle de la grenouille dont je vous entretenais tout à l'heure, et il n'y a pas de doute que, lorsqu'il est dans cet état, les fonctions de ses hémisphères cérébraux ne soient en grande partie annihilées. Il est presque, quoique pas entièrement, dans la condition

d'un animal auquel on a extirpé les hémisphères cérébraux.

Cet exemple est pour moi rempli d'un intérêt merveilleux, car il rentre dans les phénomènes de mesmé-
risme dont je vérifiai un grand nombre pendant ma
jeunesse. Le soldat est alors capable d'accomplir
toutes sortes d'actions par simple suggestion. Il laissa
tomber sa canne, une personne la ramassa et la lui
remit; la sensation produite par le contact de cette
canne avec sa main occasionna évidemment en lui ces
changements moléculaires du cerveau qui, s'il eût eu
conscience de lui-même, auraient donné naissance à
l'idée de son fusil. En effet, il s'étendit sur le sol,
commença à se tâter pour trouver ses cartouches, fit
le mouvement d'armer son fusil et cria à un camarade
imaginaire : « Henri! les voilà; ils sont au moins une
vingtaine ; à nous deux nous en viendrons à bout ! »
Ce qu'il y a de plus remarquable, c'est la modification
apportée par la blessure dans la nature morale de cet
homme. Pendant sa vie normale, il est honnête et
plein de bons sentiments; dans son état anormal, c'est
un voleur invétéré. Il s'approprie tous les objets sur
lesquels il peut mettre la main, et s'il n'a rien autre
chose à voler, il s'empare de ce qui lui appartient à
lui-même et le cache.

Si Descartes avait été témoin de ces faits, je n'ai
pas besoin de vous faire observer combien sa théorie
de l'automatisme animal eût été raffermie. Il aurait
dit :

« Voici un homme qui accomplit les actions les
plus compliquées et qui, selon toutes les apparences,

dépendent de la raison plus qu'aucune autre opération ordinaire des animaux, et cependant vous avez la preuve positive que ces actions sont purement mécaniques. Qu'avez-vous dès lors à avancer contre ma doctrine que tous les animaux ne sont que des machines ? »

Pour employer les paroles de Malebranche qui adopta les vues de Descartes :

« Dans les chiens, les chats et les autres animaux, il n'existe ni intelligence ni âme spirituelle, ainsi que nous l'entendons communément ; ils mangent sans plaisir, crient sans éprouver de douleur, grandissent sans le savoir, ne désirent rien, ne connaissent rien et, s'ils agissent avec adresse et d'une façon qui indique de l'intelligence, c'est parce que Dieu, les ayant faits dans le but de les conserver, a construit leur corps de façon qu'ils échappent organiquement, sans le savoir, à tout ce qui pourrait leur nuire et qu'ils semblent craindre. »

Descartes avança cette hypothèse, et je ne sais trop comment on s'y prendrait pour la réfuter positivement. Nous ne pouvons observer directement la conscience sur d'autres êtres que nous-mêmes. Mais, quant à moi, je dois vous dire que je mets la matière sur le terrain de l'analogie ; je considère cette grande doctrine de la continuité qui nous défend de supposer qu'un phénomène naturel quelconque puisse apparaître soudainement et sans antécédent, sans une modification graduelle tendant à l'établir, et je me rappelle le fait indéniable que les animaux vertébrés

inférieurs possèdent dans une condition moins développée cette partie du cerveau que nous avons toute
raison de croire l'organe de la conscience en nous-
mêmes. Dès lors il me paraît beaucoup plus probable
que les animaux inférieurs, quoique ne possédant pas
cette sorte de conscience que nous avons en nous-
mêmes, l'ont cependant sous une forme proportion-
nelle au développement progressif de l'organe de cette
conscience et reproduisent d'une façon plus ou moins
indécise les sentiments que nous possédons nous-
mêmes. Telle est la conclusion la plus naturelle à
laquelle nous puissions arriver. Elle présente un
avantage immense qui ne peut, il est vrai, être pris
en considération en traitant de matières susceptibles
de démonstration, mais qui mérite d'être pesé dans le
cas actuel, parce qu'il nous délivre des conséquences
terribles qu'entraînerait la moindre erreur à ce sujet.
Je dois avouer qu'en voyant l'impitoyable lutte pour
l'existence qui s'accomplit partout dans le règne animal et l'effroyable somme de douleur qui accompa-
gnerait forcément une pareille opinion, si les animaux
possèdent la faculté de sentir, je serais heureux si les
probabilités étaient en faveur des idées de Descartes.
Mais, d'autre part, lorsque je réfléchis que, s'il fallait
regarder les animaux comme de simples machines,
nous pourrions nous laisser aller à des cruautés inutiles
et à un manque de soin à leur égard, je pense qu'il
vaut mieux se tromper du bon côté et ne pas être
d'accord avec Descartes.

Laissez-moi vous faire remarquer que, bien que
nous puissions conclure que Descartes avait tort en

supposant que les animaux sont des machines insen-
sibles, il n'en résulte aucunement que ceux-ci ne
soient pas des automates sensibles et conscients; telle
est du reste l'opinion existant plus ou moins clairement dans l'esprit de chacun de nous. Lorsque nous
disons que les animaux inférieurs sont doués d'instinct et non de raison, nous comprenons réellement
que, malgré qu'ils soient sensibles et conscients, ils
agissent toutefois mécaniquement, et leurs différents
états de conscience, leurs sensations et, s'ils en possèdent, leurs pensées et leurs volontés sont les produits et les conséquences de leurs arrangements mécaniques. J'avoue que pour moi l'opinion populaire
est la seule qu'il soit possible d'adopter scientifique-
ment. Tout ce que nous connaissons des opérations
du système nerveux nous conduit à croire que, lorsqu'un certain changement moléculaire s'effectue dans
la portion centrale du système nerveux, ce changement qui, en quelque sorte, nous est absolument inconnu, cause cet état de conscience nommé sensation.
Il n'y a pas à douter que les mouvements qui donnent
naissance à la sensation laissent dans la substance des
modifications répondant à ce que Haller appelait
vestigia rerum, les « vibratiuncules » du grand penseur David Hartley. La sensation qui a disparu laisse
derrière elle des molécules cérébrales aptes à sa
reproduction des « molécules idéogènes » pour ainsi
dire, constituant la base physique de la mémoire.
D'autres changements moléculaires donnent lieu à
des états de plaisir et de douleur et à l'émotion qu'en
nous-mêmes nous appelons volition. Telle est certai-

nement la relation entre les phénomènes physiques et mentaux de l'animal.

Il en résulte une conséquence forcée : ces états de conscience ne peuvent avoir aucune espèce de relation causative avec les mouvements des muscles du corps. Les volitions des animaux seront simplement les états d'émotion précédant leurs actes.

Pour rendre claires mes paroles, supposez que j'aie une grenouille placée dans ma main et à laquelle je puisse, en tournant ma main, faire accomplir les mouvements dont je vous entretenais tout à l'heure. Si la grenouille était un philosophe, elle pourrait raisonner de la manière suivante : « Je me sens mal à mon aise et en train de glisser ; je pose donc mes pattes en avant pour me garantir. Sachant que je vais tomber si je ne les pose pas plus loin, je les avance encore et ma volition amène tous ces beaux ajustements dont le résultat est de m'installer en sûreté. » Mais si la grenouille raisonnait ainsi, elle serait complètement dans l'erreur, car elle accomplit les choses absolument aussi bien sans avoir ni raison, ni sensation, ni possibilité de pensée d'aucun genre. Par conséquent, la seule conclusion à laquelle il me semble que nous sommes en droit d'arriver, c'est que les animaux sont des machines, mais des machines conscientes.

Je pourrais considérer ce que je viens de dire comme la conclusion des observations que j'avais à vous présenter à propos de l'automatisme animal. Je crois que le problème que nous venons de discuter est encore complètement ouvert aux investigations

Je ne vois aucun motif capable d'empêcher une personne, quelles que soient ses opinions, d'accepter, si elle y est disposée, la doctrine que je vous ai énoncée. Au point où en est la science actuelle, les animaux sont des automates conscients. Cette doctrine est parfaitement d'accord avec telle opinion qu'il nous plaira d'adopter sur cette spéculation très curieuse. — Les animaux possèdent-ils, oui ou non, réellement une âme, et, dans l'affirmative, leur âme est-elle, oui ou non, immortelle ? Cette doctrine n'est pas inconsistante avec l'adhérence stricte et littérale au texte de l'Écriture concernant « les bêtes qui périssent », et, d'autre part, elle n'empêche personne d'entretenir les douces convictions que donne Pope au sauvage qui croit que, lorsqu'il passera dans le royaume des bienheureux « son chien fidèle lui tiendra compagnie ». Toutes ces questions accessoires impliquent des problèmes d'autant plus impossibles à discuter par la science physique qu'ils se trouvent hors des limites de cette science, et rentrent dans le domaine de cette mère de toutes les sciences, la Philosophie. Avant de leur faire aucune réponse, nous devons écouter ce que la philosophie a à énoncer pour ou contre les opinions à soutenir.

Il est inutile de vous dire, après avoir si longtemps abusé de votre patience, que je n'ai pas le dessein d'aborder cette discussion. Une longue expérience me conduit, hélas ! à prévoir que très probablement ce que j'ai essayé de développer devant vous, avec une disposition d'esprit aussi calme et juste que possible, n'échappera pas au sort de tant d'autres doctrines scientifiques encore présentes à ma mémoire. Ce qui est arrivé à tant d'hommes meilleurs que moi m'arrivera certainement à moi-même, et il faut écouter avec patience ceux qui affirment et ont si souvent affirmé que les vues dont je vous ai parlé ont de funestes tendances. Je ne m'étonnerais pas si certaines personnes, parlant avec une autorité incontestable, quoique peut-être pas avec cette autorité basée sur la science et la sagesse, vous disaient que mon intention, en traitant ce sujet, était de vous amener à appliquer mes doctrines à l'homme comme aux brutes. On prétendra que j'aboutis logiquement au fatalisme, au matérialisme et à l'athéisme. Laissez-moi faire allusion à un autre fruit de ma longue expérience.

Les conséquences logiques ont beaucoup d'importance, mais, je l'ai toujours constaté, elles sont les épouvantails des insensés et les phares des gens sages. Les conséquences logiques n'ont besoin de personne pour faire leur chemin. La seule question que puisse faire un homme est la suivante : cette doctrine est-elle vraie ou fausse ? — Elle doit être résolue avant toute autre. Les conséquences logiques des doctrines ne peuvent qu'avertir les gens sensés de peser si la doctrine soumise à leur examen est juste ou fausse et de l'essayer dans toutes les directions imaginables. Je reconnais que mon aperçu des relations entre les facultés physiques et mentales des brutes s'applique dans son entier à l'homme et, s'il était vrai que les conséquences logiques de cette croyance pussent m'amener à toutes ces conséquences terribles, je n'hésiterais pas un instant à m'y laisser amener, car en m'y refusant je ferais la violence la plus grande et la plus abominable aux convictions les plus profondément enracinées dans ma nature morale. Seulement, je demande la permission de dire que, dans ma conviction, il n'y a pas entre la doctrine que j'accepte et les conséquences qu'on veut en tirer le lien logique qu'on prétend exister. Il y a quelques années, en m'occupant de la philosophie de Descartes [1] et de certaines autres matières, j'ai énoncé nettement mes convictions à ce sujet et, bien que je sache par expérience combien il est futile d'essayer d'échapper à ces sobriquets que tant de gens prennent pour des arguments, cependant si ceux qui trouvent intérêt à s'occuper de ces questions dans un esprit de candeur et de justice veulent jeter un coup d'œil sur mes écrits, ils y verront mes raisons pour nier qu'il soit possible de tirer de telles conclusions de telles prémisses. A ceux qui ne veulent pas regarder ces matières avec candeur et désir de connaître la vérité, je n'ai rien à dire, je me bornerai à les avertir, dans leur propre intérêt, de ce qu'ils font, car certainement si pour les doctrines que je vous ai prêchées ce soir je suis cité à la barre de l'opinion publique je n'y serai point seul. D'un côté j'aurai, parmi les théologiens, saint Augustin, Calvin et Jonathan Edwards, dont le nom devrait être bien connu des presbytériens d'Ulster, s'il n'était aujourd'hui de mode de négliger, comme tant d'autres études, celle des grands maîtres de la théologie ; de l'autre côté, parmi les philosophes,

[1] Huxley, *Descartes et le Discours de la méthode,* in *Les Sciences naturelles.* Paris, 1891, p. 1.

j'aurai Leibnitz, le père Malebranche qui vit toutes
choses en Dieu, David Hartley aussi théologien que
philosophe, Charles Bonnet l'éminent naturaliste, l'un
des plus zélés champions qu'ait jamais eus le christianisme. John Locke ne serait certainement pas loin de
moi avec toute l'école de Descartes sinon le maître lui-
même, et je ne crois pas me tromper en pensant qu'en
pleine justice une citation devrait être faite aussi à
Emmanuel Kant. En pareille société il vaut mieux être
prisonnier que juge. Cependant je demanderai aux
personnes qui pourraient être influencées par le bruit
et les clameurs s'élevant au sujet de ces questions, si
elles n'ont pas plus de chance d'avoir raison en admettant que les grands hommes dont j'ai mentionné les
noms, ces pères de l'Église et de la philosophie,
savaient ce dont ils s'occupaient ou bien en supposant que les pygmées qui font le bruit connaissent
mieux qu'eux la signification des paroles dont ils se
servaient. Il est inutile qu'un homme s'occupe de
problèmes de cette espèce s'il ne prend point cette
occupation de son plein gré. La vie est assez pleine,
elle est remplie jusqu'au bord par l'accomplissement
des devoirs ordinaires qu'elle exige. Mais laissez-moi
vous avertir, laissez-moi vous conjurer de croire que
si un homme se décide à donner son jugement sur ces
grandes questions, bien plus, s'il prétend assumer la
responsabilité de distribuer la louange et le blâme à
ses frères en humanité pour les jugements qu'ils peuvent s'aventurer à exprimer, alors, à moins de commettre un péché plus mortel que celui qui est attaché
à la violation d'un article du Décalogue, il doit fuir

toute paresseuse confiance dans l'information recueillie à travers le préjudice et la passion. Qu'il aille à
ces grandes sources qui sont ouvertes à lui comme à
tous, et à personne plus qu'à un Anglais, qu'il
retourne aux faits naturels et aux pensées de ces
sages, qui pendant les générations disparues ont été les
interprètes de la nature.

IX

WILLIAM HARVEY ET LA DÉCOUVERTE
DE LA CIRCULATION DU SANG [1]

Le 1er avril 1878, il y a eu trois siècles que naissait William Harvey, qui a immortalisé son nom par la découverte de la circulation du sang.

On a beaucoup discuté sur la nature exacte et l'importance de la part prise par Harvey à la résolution du problème fondamental de la physiologie des animaux supérieurs; les uns lui ont refusé tout mérite et vont jusqu'à l'accuser de plagiat; les autres l'ont élevé au premier rang parmi les auteurs des grandes découvertes scientifiques. On n'est pas plus d'accord sur la méthode par laquelle Harvey est arrivé aux résultats qui ont illustré son nom. Il est bon, je crois, d'éclaircir ces questions; je viens donc ajouter mon faible tribut à la multitude d'études sur Harvey que cette année produira sans doute, heureux si je puis contribuer à dissiper l'obscurité qui a été accumulée sur certains points, en partie par hasard et quelquefois aussi à dessein.

[1] Institution royale de la Grande-Bretagne. Lectures du vendredi soir. — Traduction de la *Revue scientifique*, 8 juin 1878, reproduite avec l'autorisation de M. Charles Richet.

Tout le monde sait que la pulsation que l'on peut sentir ou même voir entre la cinquième côte et la sixième, du côté gauche d'un homme vivant, est causée par les battements du cœur, et que, de façon ou d'autre, l'activité incessante de cet organe est essentielle à la vie. S'il s'arrête, aussitôt l'intelligence, la volition et même la sensation sont abolies, et l'organisme humain le plus vigoureux s'affaisse et ne présente plus qu'une pâle image de la mort.

Tout le monde connaît bien aussi ces autres pulsations que l'on peut voir ou sentir au poignet, en arrière de la cheville du pied ou aux tempes, pulsations identiques en nombre avec celles du cœur et presque simultanées. Dans la région temporale, il est facile de constater, surtout chez les vieillards, que la pulsation provient du changement de forme d'un tissu compressible et ramifié, situé sous la peau et que l'on nomme une *artère*.

De plus, il n'est pas nécessaire d'être très grand observateur pour avoir remarqué sous la peau de différentes parties du corps, et notamment sous celle des mains et des bras, certaines autres lignes bleuâtres qui n'ont point de pulsations et qui marquent la position de tissus assez semblables aux artères, auxquels on donne le nom de *veines*.

Enfin, des blessures accidentelles ont démontré à tout le monde que le corps contient une grande quantité d'un liquide rouge et chaud : c'est le sang. Si la blessure a atteint une veine, le sang coule à flots de l'intérieur de cette veine et d'un cours régulier ; si elle intéresse une artère, le sang jaillit par saccades, dont l'intervalle correspond aux pulsations de l'artère elle-même et à celles du cœur.

Ces faits sont sans doute connus depuis l'époque où les hommes ont, pour la première fois, observé la marche journalière de la nature, dont nous faisons nous-même partie. Sans doute aussi les bouchers, ainsi que ceux qui étudiaient les entrailles des victimes afin d'y lire l'avenir, ont dû remarquer de très bonne heure que les artères et les veines sont disposées à peu près comme un arbre dont le tronc se trouve près du cœur et en communication avec ce viscère, tandis que les branches vont se ramifiant dans tout le corps. En outre, ils ont dû observer que le cœur contient des cavités, dont les unes communiquent avec le tronc artériel et les autres avec le tronc veineux. Enfin, les changements de formes rythmiques et réguliers qui constituent les battements du cœur sont si frappants chez les animaux qui viennent d'être tués et chez les criminels soumis à des supplices qui étaient autrefois très ordinaires, qu'il dut être démontré de très bonne heure que le cœur est un organe contractile, ce qui donna, sans qu'on l'eût cherchée, l'explication de la cause des battements constatés entre les côtes.

Ces faits sont la base même de ce que nous savons sur la structure et les fonctions du cœur et des vaisseaux sanguins chez l'homme et les animaux supérieurs. Ils font, en quelque sorte, partie des connaissances générales que nous acquérons pour ainsi dire sans les chercher ; nous n'y sommes pas arrivés par cette recherche de la nature exacte et des rapports

causatifs des phénomènes dont les résultats méritent
seuls le nom de science.

L'étude scientifique a commencé quand les hommes
sont allés plus loin, et que, poussés par le besoin de
s'instruire, ils ont cherché à connaître la structure
exacte de toutes ces parties et à comprendre les effets
mécaniques de leur disposition et de leur action.

Dès le iv⁰ siècle avant notre ère, les Grecs étaient
arrivés à cette phase scientifique. En effet, dans
les ouvrages attribués à Aristote, ouvrages qui constituent une sorte d'encyclopédie des connaissances de
cette époque, nous trouvons des preuves que l'auteur
sait tout ce que nous venons de dire, et il en parle
d'après ses devanciers. Ainsi, il y a vingt-deux siècles,
l'anatomie et la physiologie existaient déjà comme
sciences, quoique bien jeunes encore et ne marchant
que d'un pas chancelant. On cite souvent comme un
exemple de l'ignorance d'Aristote la description qu'il
fait du cœur, mais je crois qu'en cela l'on est injuste
envers ce grand homme.

Quoi qu'il en soit, il est certain que, très peu de
temps après lui, la science de l'anatomie et celle de
la physiologie avaient fait de très grands progrès. Les
anatomistes grecs, en étudiant la structure du cœur,
reconnurent qu'il contient deux cavités principales,
auxquelles nous donnons maintenant le nom de « ventricules », séparées par une cloison longitudinale : l'un
dès ventricules est à gauche, et l'autre à droite. C'est
seulement au corps charnu qui contient les ventricules que les anciens donnaient le nom de « cœur ». Il
y a un autre point encore sur lequel leur terminologie

différait complètement de celle des modernes, de
sorte que, si nous ne nous rappelons pas que l'on
peut présenter les faits avec autant d'exactitude de
leur façon que de la nôtre, nous pouvons fort bien
les accuser à tort de s'être trompés [1]. Ce qu'ils nom-
ment les oreillettes du cœur, nous l'appelons les
appendices des oreillettes ; ce que nous nommons les
oreillettes, les anciens l'appellent, à droite, une partie de la grande veine ou veine cave et, à gauche, une
partie du système artériel, en réalité la racine de ce
qu'ils nommaient artère veineuse. Ainsi ils parlent
des oreillettes comme étant de simples appendices ou
dilatations, situés, l'un, sur le tronc artériel et, l'autre,
sur le tronc veineux, tout près du cœur ; et ils disent
toujours que la veine cave et les artères veineuses
s'ouvrent, l'une, dans le ventricule droit et, l'autre,
dans le ventricule gauche. C'était là la base de leur
classification des vaisseaux, car ils appelaient « veines »
tous les vaisseaux qui, dans ce sens, s'ouvrent dans le
ventricule droit, et « artères » tous ceux qui s'ouvrent
dans le ventricule gauche. Mais ici se présentait une
difficulté. Les anciens avaient observé que l'aorte, ou
tronc des artères, et toutes les ramifications principales qui vont de l'aorte dans tout l'organisme sont
très différentes des veines ; qu'elles ont des parois

---

[1] Nous disons que le cœur, chez l'homme et les animaux supérieurs, se compose de deux oreillettes et de deux ventricules, et
que chaque oreillette a un appendice en forme de poche. Nous
donnons au vaisseau qui part du ventricule droit le nom d'*artère
pulmonaire*, parce que c'est lui qui porte le sang aux poumons. Aux
vaisseaux qui ramènent le sang des poumons à l'oreillette gauche,
nous donnons le nom de *veines pulmonaires*.

bien plus épaisses et restent ouvertes quand on les coupe, tandis que les veines, dont les parois sont minces, retombent sur elles-mêmes. Mais la *veine* qui reliait le ventricule droit aux poumons avait la paroi épaisse d'une artère, tandis que l'artère qui rattachait le ventricule gauche aux poumons avait la paroi mince d'une veine. A cause de cela, ils donnaient à la première le nom de *vena arteriosa*, veine semblable à une artère, et à la seconde celui d'*arteria venosa*, artère semblable à une veine.

La *vena arteriosa* est ce que nous appelons l'*artère pulmonaire*, et l'*arteria venosa* est notre *veine pulmonaire ;* mais, si nous voulons comprendre les anatomistes anciens, il est indispensable d'oublier notre nomenclature et d'adopter la leur. Si nous prenons ce soin et que nous tenions bien compte des faits, nous verrons qu'au fond leur manière de voir est excessivement exacte.

Vers l'an 300 avant Jésus-Christ, une grande découverte, celle des valvules du cœur, fut faite par Érasistrate. Cet anatomiste découvrit, autour de l'ouverture par laquelle la veine cave communique avec le ventricule gauche, trois replis membraneux triangulaires, disposés de manière à permettre au liquide contenu dans la veine de passer dans le ventricule, mais non d'en revenir. L'ouverture par laquelle la *vena arteriosa* communique avec le ventricule droit est tout à fait distincte de celle de la veine cave ; et Érasistrate observa qu'elle est pourvue de trois valvules en forme de demi-lunes et semblables à des bourses, disposées de telle sorte qu'un liquide peut passer du ventricule dans la *vena arteriosa*, mais ne peut revenir en sens inverse. Il trouva trois valvules semblables à la communication de l'aorte avec le ventricule gauche. L'*arteria venosa* a un orifice distinct dans le même ventricule, et cet orifice est muni de valvules membraneuses triangulaires semblables à celles qui se trouvent du côté droit, mais seulement au nombre de deux. Ainsi les ventricules ont quatre orifices, chacun deux, et il y a en tout onze valvules disposées de manière à permettre aux liquides qui viennent de la veine cave et de l'*arteria venosa* de pénétrer dans les ventricules et d'en ressortir par la *vena arteriosa* et l'aorte, sans que ces liquides puissent rebrousser chemin.

De cette découverte importante il résultait que, si le cœur contient un liquide, et si ce liquide a un mouvement, celui-ci ne peut avoir lieu que dans une seule direction, c'est à-dire en partant de la veine cave pour traverser le ventricule et arriver aux poumons par la *vena arteriosa* du côté droit ; et, à gauche, en partant des poumons et passant par l'artère veineuse pour traverser le ventricule et ressortir par l'aorte, d'où il se répand dans tout l'organisme.

Ainsi ce fut Érasistrate, qui, jusqu'à certain point, jeta les fondements de la théorie de la circulation du sang. Mais il ne lui fut pas donné d'aller plus loin. Quel est le contenu du cœur ? Ce contenu a-t-il un mouvement ? C'étaient là des questions que l'expérience seule pouvait résoudre. Et, faute d'expériences, faites avec assez de soin, Érasistrate quitta le vrai chemin pour s'engager dans une impasse infranchis-

sable. Ayant observé que les artères sont ordinairement vides de sang après la mort, il supposa à tort
que c'est là leur état naturel et, que pendant la vie,
elles sont pleines d'air. Remarquons qu'il est assez
probable que la découverte faite par Érasistrate des
valvules du cœur et de leur mécanisme ne fit que le
confirmer dans sa manière de voir. En effet, comme
l'artère veineuse va se ramifier dans les poumons,
n'est-il pas probable que ses dernières ramifications
doivent absorber l'air inspiré, et que cet air, passant
dans le ventricule gauche, est alors lancé dans tout
l'organisme par l'aorte, afin de fournir le principe
vivifiant qui se trouve évidemment dans l'air, ou
bien encore afin de modérer la trop grande chaleur
du sang ? Avec quelle facilité s'explique l'élasticité
des pulsations artérielles, si l'on suppose que les
artères sont pleines d'air ! Si Érasistrate avait seulement connu la structure des insectes, quelle confir-
mation de ses idées il aurait trouvée dans l'analogie
que lui aurait présentée leur système trachéal ! Son
hypothèse n'avait en soi rien d'absurde, et l'expérience était le seul moyen d'en démontrer l'exactitude ou la fausseté.

Plus de quatre cents ans s'écoulèrent avant que la
théorie de la circulation du sang rentrât dans la voie
de la vérité, et elle y fut ramenée par la seule méthode
possible, celle de l'expérience. Un homme d'un génie
extraordinaire, Claude Galien de Pergame, qui avait
étudié l'anatomie et la physiologie dans les grandes
écoles d'Alexandrie, consacra tous les instants d'une
vie assez longue à des recherches incessantes, à l'ensei-

gnement et à la pratique de la médecine [1]. Nous avons encore de lui plus de cent cinquante traités sur des sujets philosophiques, littéraires, scientifiques et pratiques ; et il y a de bonnes raisons de croire que ce n'est guère là que le tiers de ses œuvres. Aucun de ses devanciers n'avait poussé aussi loin les connaissances anatomiques, et on peut le regarder comme le fondateur de la physiologie expérimentale. C'est même précisément à sa supériorité dans la méthode expérimentale qu'il dut d'en savoir plus qu'aucun de ses prédécesseurs sur les mouvements du cœur et du sang, et de léguer à la postérité une science qui devait en rester pour ainsi dire au même point pendant plus de treize cents ans. Les idées de Galien sur la structure du cœur et des vaisseaux sanguins, sur leurs actions et sur le mouvement du sang, ne forment un ensemble complet dans aucun de ses nombreux ouvrages. Mais, en rapprochant soigneusement tous les passages dans lesquels ces idées se trouvent exprimées, je suis arrivé à la conviction que les théories de Galien sur la structure des organes en question étaient en général aussi exactes que le permettaient les moyens d'analyse anatomique dont il disposait, et qu'il avait sur l'action de ces organes et sur les mouvements du sang des notions positives et assez conséquentes, quoique toutes fussent loin d'être également justes.

Galien avait pris pour point de départ les faits fondamentaux établis par Érasistrate au sujet de la struc-

---

[1] Galien naquit en l'an 131 de notre ère, et mourut vers l'an 201. Voy. Galien, *Œuvres anatomiques, physiologiques et médicales*, trad. Ch. Daremberg. Paris, 1854-1857.

ture du cœur et du mécanisme de ses valvules ; mais
le grand service qu'il a rendu à la science a été de
prouver, par la seule méthode qui eût une valeur
démonstrative réelle, c'est-à-dire par des expériences
faites sur les animaux vivants, que les artères tout
aussi bien que les veines sont pleines de sang pendant la vie, et que la cavité gauche du cœur, aussi
bien que la droite, est également remplie de sang.

De plus, Galien a affirmé avec raison, quoique les
moyens de recherche dont il disposait ne lui aient
pas permis d'en donner la preuve, que les ramifications de la *vena arteriosa* dans la substance des poumons communiquent avec celles de l'artère veineuse par des passages directs, quoique invisibles,
auxquels il donne le nom d'« anastomoses », et qu'au
moyen de ces communications une certaine partie du
sang du ventricule droit du cœur arrive par les poumons jusque dans le ventricule gauche.

En un mot, Galien énonce positivement le fait de
l'existence d'un courant de sang traversant les poumons, bien que ce ne soit pas là le courant que
nous savons y exister. En effet, bien qu'il crût qu'une
partie du sang du ventricule droit passait par les
poumons et, même, comme je le ferai voir, qu'il
décrivît en détail le mécanisme par lequel il supposait
que s'opère ce passage, il admettait que la plus
grande partie du sang du ventricule droit passe directement, par certains pores de la cloison, dans le
ventricule gauche. Ce fut l'erreur de Galien, erreur
sans laquelle un homme d'une telle pénétration aurait
infailliblement reconnu le véritable caractère du cou-

rant pulmonaire et aurait très probablement devancé Harvey.

Mais, même en proposant cette hypothèse erronée de la porosité de la cloison du cœur, Galien prend toujours le plus grand soin de distinguer entre l'observation et la simple théorie. Il dit expressément qu'il n'a jamais vu les ouvertures dont il suppose l'existence, et qu'il les croit invisibles à cause de leur petitesse et de leur fermeture par le refroidissement du cœur après la mort. Néanmoins il ne saurait douter de leur existence, soit parce que la cloison présente un grand nombre de creux qui, en se rétrécissant, pénètrent évidemment dans sa substance, et que, comme il aime à le répéter, la nature ne fait rien en vain ; soit aussi parce que la veine cave est si large par rapport à la *vena arteriosa* qu'il ne voit pas comment tout le sang qui arrive dans le ventricule pourrait en sortir si celle-ci était la seule issue.

Voici donc, selon Galien, la direction que le sang suivait dans le cœur : du côté droit, il entrait par la veine cave et ressortait par la *vena arteriosa* et les pores de la cloison ; du côté gauche, il entrait par les pores de la cloison et par l'artère veineuse, et ressortait par l'aorte. Maintenant, que devient le sang qui, remplissant la *vena arteriosa*, arrive aux poumons ? Les idées de Galien sur ce point sont parfaitement définies. La *vena arteriosa* communique avec l'artère veineuse dans les poumons par de nombreux canaux. Pendant l'expiration, le sang qui est dans les poumons, se trouvant comprimé, tend à retourner au cœur en passant par la *vena arteriosa ;* mais, les val-

vules semi-lunaires étant fermées, il se trouve arrêté.
Alors une partie de ce sang est rejetée dans l'autre
direction et arrive par les anastomoses dans l'artère
veineuse ; puis, mélangé avec le *pneuma*, il est porté
dans le ventricule gauche, d'où il est lancé par l'aorte
et ses ramifications dans tout l'organisme.

Non seulement Galien se donna beaucoup de peine
pour établir par l'expérience que pendant la vie
toutes les artères contiennent du sang, et non de
l'air, comme le supposait Érasistrate, mais même il
affirme positivement que le sang du ventricule gauche
et de l'artère veineuse diffère de celui du ventricule
droit et des veines, y compris la *vena arteriosa*, et
que cette différence entre les deux consiste dans la
couleur, la température et la plus grande quantité de
pneuma contenue dans le sang artériel. Or ce *pneuma*
est quelque chose que le sang a acquis dans les poumons. L'air qui est inspiré dans ces organes est une
sorte d'aliment. Il n'est pas entraîné de toutes pièces
dans l'artère veineuse et de là transporté dans le ventricule gauche pour remplir le système artériel,
comme le croyait Érasistrate. Au contraire, Galien
affirme à plusieurs reprises qu'il ne peut en être ainsi,
et il rappelle souvent les expériences par lesquelles
il a prouvé que tout le système artériel est plein de
sang pendant la vie. Mais l'air fournit une substance
analogue au *pneuma*, laquelle, combinée avec le
sang, produit le *pneuma*. Aussi celui-ci entre-t-il pour
une proportion considérable dans le contenu de l'artère veineuse, et c'est de son mélange avec le sang
qui a filtré à travers la cloison que se forme le sang

pneumatique rouge que les artères contiennent et distribuent dans tout l'organisme. L'artère veineuse est
un canal par lequel le *pneuma* arrive au cœur ; mais
ce n'est pas là sa seule fonction, car elle doit en
même temps livrer passage à certaines matières fuligineuses et impures contenues dans le sang, et qui
doivent s'échapper dans la direction contraire ; et
c'est pour cette raison qu'il n'y a que deux valvules à
la jonction de l'artère veineuse et du ventricule.
Comme ces valvules ne ferment pas hermétiquement,
elles laissent passer les matières fuligineuses en question.

Les commentateurs modernes aiment a déverser le
mépris sur Galien, parce qu'il pense que le cœur n'est
pas un muscle. Mais, si l'on étudie avec un soin
impartial ce qu'il a dit sur ce sujet, et si l'on veut
bien se rappeler que Galien n'était pas tenu d'employer la terminologie du xixe siècle, on verra qu'il
a mérité l'éloge bien plutôt que le blâme, puisqu'il a
su distinguer des choses qui sont en effet différentes.

Tout ce que Galien affirme, c'est que le cœur ne
ressemble en rien à un des muscles ordinaires du
corps, car non seulement il a une structure différente,
mais encore il est indépendant de la volonté. Bien
loin de douter que les parois du cœur soient compo-
sées de fibres actives, il décrit ces fibres en termes
explicites et nous dit quels doivent être, selon lui,
leur disposition et leur mode d'action. Les fibres sont
de trois espèces : longitudinales, transversales et
obliques. L'action des fibres longitudinales consiste à
faire entrer, celle des fibres circulaires à faire sortir,

et celle des fibres obliques à retenir le contenu du cœur. Comment Galien supposait que les fibres obliques pouvaient exécuter la fonction qu'il leur assigne, c'est ce que je ne saurais dire ; mais il est clair qu'il pensait que l'action des fibres circulaires augmentait et que celle des fibres longitudinales diminuait la capacité des cavités dont elles formaient les parois. De nos jours, dès qu'une fibre est active, on l'appelle musculaire ; Galien n'accordait ce nom qu'aux fibres qui possédaient en outre les caractères de muscles soumis à la volonté.

D'après Galien, les artères ont une systole et une diastole — c'est-à-dire un état de contraction et un état de dilatation — qui alternent avec celles des ventricules et dépendent de l'action de contraction et de dilatation de leurs parois. Cette faculté active des artères leur est inhérente, parce qu'elles ne sont, en quelque sorte, que des prolongements de la substance des ventricules qui la possèdent ; elle disparaît dès que la continuité vitale des artères avec le cœur est détruite par une section ou une ligature Il en résulte que les artères se remplissent comme le fait un soufflet, et non comme un sac dans lequel l'air est injecté par une force étrangère.

Les ramifications ultimes des artères s'ouvrent par des anastomoses dans celles des veines, dans le corps tout entier ; ainsi le sang artériel vivifiant communique ses propriétés à la grande masse de sang qui est dans les veines. Dans certaines conditions, cependant, le sang peut couler des veines aux artères ; et, comme preuve de cette assertion, Galien allègue que l'on peut vider tout le système vasculaire en ouvrant une artère.

Les deux ventricules, les oreillettes, les vaisseaux pulmonaires et l'aorte avec ses ramifications sont considérés par l'anatomiste grec comme un appareil surajouté aux veines ; celles-ci sont à ses yeux le fondement essentiel et la partie la plus importante de tout le système vasculaire. Rien dans les doctrines de Galien n'a été plus vivement critiqué que sa persistance à refuser d'admettre que les veines, comme les artères, prennent naissance dans le cœur, et à soutenir que la source et l'origine du système veineux tout entier se trouvent dans le foie. Mais ici je dois faire observer que tout homme qui s'est occupé d'anatomie pratique reconnaîtra sans peine, non seulement que les faits matériels peuvent justifier la théorie de Galien, mais encore qu'il fut possible d'alléguer en sa faveur bien plus de raisons qu'en faveur de la doctrine contraire, tant que la nature véritable de la circulation ne fut pas comprise et que les considérations physiologiques n'eurent pas détrôné celles qui se fondent uniquement sur la structure.

Quand on se rappelle que l'oreillette droite n'était, aux yeux de Galien, qu'une partie de la veine cave, il est impossible de ne pas être frappé de la justesse de sa comparaison de la veine cave avec le tronc d'un arbre dont les racines vont s'enfoncer dans le foie comme dans le sol, tandis que les branches se répandent dans tout l'organisme. Galien fait observer que l'existence de la veine porte, qui reçoit du sang du canal alimentaire et le distribue au foie, sans approcher du cœur, est une objection fatale à la théorie de ses adversaires, qui veulent que toutes les veines prennent naissance dans le cœur ; et, si l'on ne tient compte que des faits anatomiques, cet argument est sans réplique.

Il devait assurément paraître tout simple aux premiers anatomistes que la nourriture apportée au foie par la veine porte s'y élaborât de manière à se transformer en sang, et qu'ensuite ce sang, absorbé par les racines du système veineux, fût réparti dans tout l'organisme par ses ramifications. Ainsi les veines étaient les grands canaux de distribution du sang ; le cœur et les artères n'étaient qu'un appareil surajouté pour la distribution par les artères d'une partie du sang *pneumatisée* ou vivifiée, et cette addition du *pneuma* ou principe vivifiant s'opérait dans les ouïes des animaux aquatiques et dans les poumons des animaux à respiration aérienne. Mais pour ceux-ci le mécanisme de la respiration entraînait l'addition d'un nouvel appareil, le ventricule droit, pour assurer le passage constant du sang par ces organes de *pneumatisation*.

Il serait facile de prouver par des citations empruntées aux œuvres de Galien tous les faits avancés dans les paragraphes précédents ; il faut donc admettre que ce grand anatomiste se faisait une idée merveilleusement exacte de la structure et de la disposition du cœur et des vaisseaux, ainsi que du mode des ramifications ultimes de ceux-ci, dans l'organisme en général aussi bien que dans les poumons ; que sa théorie générale des fonctions du cœur était juste ; qu'il savait que le sang passe du côté droit du cœur au côté gauche, en traversant les poumons, et que, pendant ce trajet, ses qualités subissent des changements considérables dus à son contact avec l'air contenu dans les poumons. Il est donc incontestable que Galien avait ainsi deviné l'existence d'une circulation pulmonaire, et qu'il fut bien près d'arriver à se rendre compte du procédé de la respiration ; mais il n'avait pas même entrevu la circulation générale ; il se trompait complètement en supposant que la cloison du cœur est perforée ; enfin sa théorie des causes mécaniques de la systole et de la diastole du cœur et des artères était erronée.

Malgré tout cela, pendant plus de treize cents ans, Galien a été bien en avance sur tous les autres anatomistes, et quelques-unes de ses idées — par exemple celle de la dilatation active des parois des vaisseaux — ont été discutées par des physiologistes de notre temps.

Il est impossible de lire les œuvres de Galien sans être frappé de l'étendue et de la variété merveilleuses de ses connaissances et de la vivacité avec laquelle son esprit pénétrant saisissait les méthodes expérimentales qui seules peuvent faire avancer la physiologie. On est touché de voir les tâtonnements d'une si grande intelligence autour de quelque vérité fondamentale qui ne lui échappe que parce que cette intelligence ne dispose pas des moyens de recherche qui sont, de nos jours, entre les mains de tous les étudiants. J'ai lu des dissertations savantes sur la question de savoir pourquoi les anciens ont échoué dans leurs recherches scientifiques. Je ne sais quel peut

être l'avis de ceux qui sont en état de juger les travaux d'Euclide, d'Hipparque et d'Archimède ; mais je
pense que tout biologiste qui vient d'étudier les
œuvres de Galien se demandera plutôt comment ces
hommes ont pu aller si loin avec des moyens matériels si insuffisants. En réalité, c'est parmi les Grecs
que nous devons chercher non seulement les devanciers, mais encore les pères intellectuels des hommes
de science moderne. L'aptitude des Occidentaux
pour les recherches physiques aurait peut-être som-
meillé longtemps encore si elle n'avait été éveillée
par l'introduction de la science et des méthodes des
Grecs ; et les anatomistes et les physiologistes modernes ne sont que des héritiers de Galien, qui ont su
tirer profit du patrimoine légué par lui au monde
civilisé.

Quiconque étudie les œuvres des anatomistes et des
physiologistes de l'Europe qui ont vécu au xvᵉ siècle
et au commencement du xvıᵉ reconnaîtra que leur
principale occupation a été d'apprendre par eux-
mêmes ce que Galien savait déjà. Il n'est donc pas
étonnant qu'accablés par un génie si puissant ils se
soient laissés dominer par son autorité à un point
que lui-même aurait été le premier à blâmer. Vesale,
le grand réformateur de l'anatomie, eut une grande
lutte à soutenir pour pouvoir continuer l'œuvre de
Galien, en montrant les erreurs qu'il avait commises
lorsqu'il avait démontré la structure du corps humain
sur la foi d'observations faites sur les animaux inférieurs ; mais, jusqu'au milieu du xvıᵉ siècle, rien ne
fut fait pour corriger la physiologie de Galien et

surtout ses doctrines sur les mouvements du cœur et ceux du sang.

Le premier pas dans cette voie est généralement attribué à Michel Servet, l'infortuné qui fut brûlé à petit feu par l'ordre de Calvin : triste résultat d'une querelle théologique rendue plus ardente par une haine particulière ; meurtre judiciaire dont l'iniquité doit retomber également sur les églises protestantes de la Suisse. Nous devons à M. le Dr Willis un récit clair et complet de cette histoire [1], et je n'en parle que pour faire observer que le nom et la réputation de la victime de Calvin auraient sans doute été aussi complètement effacés que le voulait son persécuteur, si par le plus grand des hasards, un ou deux exemplaires de la *Christianismi Restitutio*, cause immédiate de la mort de Servet, n'avaient échappé à la destruction.

Servet savait sans doute l'anatomie, puisqu'il avait été, avec Vesale, prosecteur de Joannes Guinterus à l'école de Paris ; plus tard, il avait lui-même exercé la médecine. On ne doit donc pas s'étonner si la *Christianismi Restitutio*, bien qu'elle ne soit au fond qu'un fatras de rêveries théologiques, contient beaucoup de physiologie. C'est en développant ses idées sur les rapports entre Dieu et l'homme que Servet à écrit les passages bien connus qui lui ont fait attribuer la découverte de ce fait que le sang part du cœur, traverse les poumons et revient au cœur, c'est-à-dire de ce que l'on appelle de nos jours la *circulation pulmonaire*.

[1] *Servetus and Calvin*, par le Dr R. Willis, 1877.

J'ai étudié les passages dont il s'agit avec le plus
grand soin et avec un désir sincère de rendre à Servet
ce qui lui est dû ; mais j'avoue n'avoir pas réussi à
voir qu'il eût fait de grands progrès sur Galien[1]. Nous
avons vu que celui-ci dit qu'une partie du sang passe
du côté droit du cœur au côté gauche en traversant
les poumons, mais que la plus grande partie traverse
la cloison du cœur. Servet semble d'abord affirmer
que tout le sang du côté droit traverse les poumons pour gagner le côté gauche et que la cloison
n'a point d'ouvertures. Mais il modifie ensuite cette
affirmation en admettant qu'une partie du sang du
ventricule droit peut filtrer à travers la cloison, de
sorte que la différence entre lui et Galien n'est plus
qu'une question de mesure. Servet ne cite ni expérience ni observation en faveur de l'imperforation de
la cloison et mon impression est qu'il n'en savait
réellement pas plus que ce que Vesale avait déjà
publié, mais que l'amour des théories conjecturales,
qui le caractérise à un si haut degré, le poussa à
s'avancer là où son collègue plus sage s'était prudem-
ment arrêté.

Quoi que l'on puisse penser du droit moral de Servet à être considéré comme ayant découvert la circu-

---

[1] Je ne puis m'empêcher de penser que l'affection bien naturelle
de M. Willis pour son héros l'a emporté un peu trop loin dans ce
passage : « Si son *Rétablissement du christianisme* avait pu être
publié et tomber entre les mains des anatomistes, il nous semble
probable que Harvey ne jouirait pas de l'immortalité qui s'attache
si justement à son nom » Cependant, moins de six mois après la
mort de Servet, la doctrine de la circulation pulmonaire fut publiée
par Realdus Columbus, sans produire l'effet que suppose M. Willis.

lation pulmonaire, nous n'avons aucune raison de croire qu'il ait eu aucune influence sur les progrès réels de la science [1]. En effet, Calvin avait traité tous les exemplaires de la *Christianismi Restitutio* sur lesquels il réussit à mettre la main comme il avait traité l'auteur de ce livre, et l'on croit que très peu d'exemplaires échappèrent aux flammes. L'un d'entre eux, qui se trouve à la Bibliothèque Nationale de Paris, est le livre même dont se servit l'avocat poursuivant dans le procès intenté par Calvin ; un autre est à Vienne. Le public ne connut l'ouvrage que quand il fut réimprimé, plus de deux siècles après.

Le premier auteur qui déclara d'une manière positive que la cloison des ventricules n'est point perforée et que tout le sang du ventricule droit traverse les poumons et passe dans le ventricule gauche — sauf la quantité qui peut être retenue pour la nutrition de ces organes — fut Realdus Columbus, professeur d'anatomie à la fameuse école de Padoue. Le traité remarquable intitulé *De Re Anatomica*, que nous devons à ce savant, fut publié en 1559, c'est-à-dire six ans seulement après la mort de Servet dont rien ne prouve que Columbus ait connu les idées. De plus, celui-ci, aussi adroit expérimentateur que savant anatomiste, traite la question tout autrement que Servet ; de sorte qu'à partir de son temps l'existence de la circulation pulmonaire, dans le sens moderne de cette expression, peut être regardée comme un fait établi.

---

[1] Les arguments allégués par le savant et ingénieux Tollin (*Die Entdeckung des Kreislaufs, durch Michel Servet*, 1876) en faveur de l'opinion contraire ne résistent pas à un examen sérieux.

Le grand chirurgien Ambroise Paré, dans un de ses ouvrages qui date de 1579 [1], parle de la circulation du sang dans les poumons comme ayant été découverte par Columbus. Pour moi, je crois non seulement que Realdus Columbus est celui à qui revient tout l'honneur de ce progrès considérable sur les idées de Galien, mais encore qu'il est le seul physiologiste, entre l'époque de Galien et celle de Harvey, qui ait fait aucune addition importante à la théorie de la circulation.

On a cité à propos de la même découverte le nom du célèbre botaniste Cæsalpinus ; mais cette allégation me semble dépourvue de tout fondement [2]. Bien des années après la publication de l'ouvrage de Realdus Columbus, qui était professeur à l'école d'anatomie la plus fameuse, la plus fréquentée du temps, et qui aurait été assurément le dernier à mettre la lumière sous le boisseau, Cæsalpinus décrit incidemment la circulation pulmonaire en des termes qui ne font

---

[1] Ambroise Paré, *Œuvres*. Edition Malgaigne, Paris, 1840.

[2] « Videmus Cæsalpinum eadem de sanguinis itinere per pulmonem, atque de valvularum usu quæ Columbus ante docuisset proponere : causas vero sanguinis movendi juxta cum ignarissimis nescivisse ; motus cordis atque arteriarum perturbasse ; sanguinem e dextro cordis ventriculo per pulmonem in sinistrum ventriculum deferri, nullo experimento sed ingenii commento probabili persuasum credidisse. De venis ob injecta vincula intumescentibus aliena omnino dixisse ; alimentum auctivum e venis in arterias, per oscula mutua vasorum sibi invicem commissorum, elicitum invita experientia docuisse. »

Pas un des ingénieux avocats de Cæsalpinus n'a encore, ce me semble, rien dit qui pût faire révoquer cette sentence inscrite par le savant biographe de Harvey dans l'édition de ses œuvres complètes qui fut publiée en 1766 par le *Collège des médecins*.

qu'exposer la doctrine de Columbus, sans y rien ajouter, et, disons-le à son honneur, sans chercher à s'en attribuer le mérite. Comme tout le monde depuis l'invention de la saignée, Cæsalpinus a remarqué que la veine se gonfle du côté de la ligature qui est le plus éloigné du cœur et il fait observer que ce fait n'est pas d'accord avec les idées admises sur le mouvement du sang dans les veines. Si à cette idée première il avait ajouté les recherches expérimentales nécessaires, il aurait pu devancer Harvey ; mais il ne le fit pas.

D'un autre côté, en 1547, Cannani découvrit l'existence de valvules dans plusieurs veines et, en 1574, Fabricius les découvrit de nouveau et appela l'attention sur leur mécanisme. Néanmoins cette découverte, quoique importante et immédiatement répandue, ne servit en aucune façon à amener ses auteurs ou leurs contemporains à des idées correctes sur la circulation générale. Tout comme les autres anatomistes du xvi⁰ siècle, Fabricius croyait que le sang partait du tronc principal, ou veine cave, pour aller gagner les plus petites ramifications des veines et contribuer à la nutrition des parties où elles se trouvent. La connaissance du mécanisme des valvules aurait dû l'amener à renverser sa théorie du cours du sang veineux, et ce fut au contraire la théorie dominante sur le cours du sang qui l'amena à interpréter à sa façon le mécanisme des valvules. Selon lui, les valvules servaient à ralentir le cours du sang veineux et à l'empêcher de s'accumuler dans les organes vers lesquels il était lancé ; et, tant que l'on n'eût pas démontré le cours véritable du sang, cette hypothèse était tout aussi vraisemblable.qu'une autre.

Pour bien nous rendre compte de ce que l'on savait au temps de Harvey sur les mouvements du cœur et du sang, il suffit de consulter les ouvrages de ses contemporains publiés immédiatement avant l'*Exercitatio Anatomica*, qui parut en 1628 [1]. De tous ces ouvrages il n'en est peut-être pas qui puisse mieux nous mettre au courant que le *De Humani Corporis Fabrica Libri decem* d'Adrien Van den Spieghel, élève de Fabricius d'Aquapendente, comme le fut aussi Harvey, et si distingué par son habileté et son savoir qu'il succéda à son maître dans la chaire d'anatomie de Padoue.

Van den Spieghel, ou Spigelius, comme il se faisait appeler, suivant la mode du temps, mourut relativement jeune, en 1625, et son ouvrage fut publié par son ami Daniel Bucretius, dont la préface porte la date de 1627. Les descriptions du cœur, des vaisseaux et du mouvement du sang qui se trouvent dans le livre de Spigelius sont complètes et claires; mais, sauf quelques détails, elles ne dépassent Galien que sur deux points, et un de ces points est une erreur.

---

[1] Voici le titre complet de l'exemplaire de la première édition, devenue très rare, qui se trouve à la bibliothèque du *Collège des médecins :* « Exercitatio anatomica de motu cordis et sanguinis in animalibus. Gulielmi Harvæi, Angli Medici Regii et professoris anatomiæ in Collegio medicorum Londinensi. Francofurti, sumptibus Gulielmi Fitzeri. Anno MDCXXVIII. » Les dédicaces, parmi lesquelles une à Charles Ier, ajoutée après coup, comme si l'auteur ne s'en était avisé que trop tard, vont jusqu'à la page 9; l'avant-propos jusqu'à la page 19, et l'*Exercitatio* de la page 20 à la page 72 inclusivement. Il y a deux planches représentant des expériences sur les veines du bras.

Le premier point est la circulation pulmonaire, qui est enseignée, comme Columbus l'avait fait près de quatre-vingts ans auparavant. Le second est, je le crois, particulier à Spigelius. Il pense que le battement des artères contribue à favoriser le mouvement du sang dans les veines qui accompagnent ces artères. Du véritable mouvement du sang dans son ensemble Spigelius ne se doute pas plus qu'aucun autre physiologiste de cette époque, si l'on en excepte William Harvey. Quant aux leçons faites par ce dernier au *College of Physicians* de Londres, leçons qui commencèrent six ans avant la mort de Spigelius, il n'était pas probable que le bruit en fût arrivé jusqu'en Italie, avec la lenteur de communications et l'absence de publications périodiques qui distinguent ce temps.

Quiconque, après avoir lu le livre de Spigelius, lira à son tour le traité de Harvey, sera immédiatement frappé de la différence qui existe entre les deux.

Ce que l'*Exercitatio* se propose avant tout, c'est d'exposer et de démontrer, par des expériences directes et aussi par des preuves accessoires, une proposition dont ni Spigelius ni aucun de ses contemporains ou de ses devanciers n'ont parlé, même indirectement, et qui est diamétralement opposée aux idées sur la circulation du sang dans les veines exposées dans leurs ouvrages.

Depuis Galien jusqu'à Spigelius, tous les physiologistes sans exception ont cru que le sang de la veine cave et de ses rameaux se dirige du tronc principal vers les plus petites ramifications. Tous sont

également d'accord pour enseigner que la plus grande
partie, sinon la totalité, du sang ainsi distribué par
les veines provient du foie, et que dans cet organe
il est formé au moyen des matériaux qui viennent du
canal alimentaire en passant par la veine porte. Tous
les devanciers de Harvey s'accordent également à
croire que seulement une faible fraction de la masse
totale du sang veineux arrive jusqu'aux poumons par
la *vena arteriosa* et passe par l'artère veineuse dans
le ventricule gauche pour être ensuite distribuée dans
tout l'organisme par les artères, Enfin, selon les circonstances, une partie du sang artériel raffiné et
pneumatisé franchissait les canaux anastomotiques
dont on supposait l'existence, et arrivait ainsi dans
les veines du système ; ou, au contraire, une partie
du sang veineux pénétrait par les mêmes voies dans
les artères. Le courant pouvait s'établir tantôt dans un
un sens, tantôt dans l'autre.

Contrairement à ces idées universellement admises,
Harvey affirme que le mouvement naturel du sang
dans les veines se dirige des ramifications périphé-
riques vers le tronc principal ; que la masse du sang
qui se trouve dans les veines à un moment donné
était quelques instants auparavant contenue dans les
artères et n'a fait que passer de celles-ci dans les
veines ; enfin, que le courant de sang qui va des
artères aux veines est constant, continu et rapide.

D'après les idées des devanciers de Harvey[1], les

---

[1] Voyez dans Galien, *De Naturalibus facultatibus*, vol. III,
chap. xv, la comparaison entre les veines et les canaux qui servent
à arroser un jardin.

veines peuvent se comparer à des canaux grands et petits, alimentés par une source qui coule dans les plus grands, d'où l'eau passe dans les autres. Le cœur et les poumons représentent une machine établie dans le principal canal pour aérer une partie de l'eau et la lancer dans tout le jardin. Une partie quelconque de cette même eau reviendra-t-elle ou non à la machine ? C'est là une affaire de pur hasard, et qui ne peut en tout cas avoir d'effet appréciable sur le mouvement de l'eau dans les canaux. Dans le système de Harvey, au contraire, le jardin est arrosé par des canaux disposés de manière à former un cercle dont deux points sont occupés par des machines de propulsion. L'eau circule sans cesse dans ces canaux, et la quantité que les machines reçoivent d'un côté est égale à celle qu'elles lancent de l'autre; ce mouvement de l'eau est dû uniquement aux machines.

Ce qui fait l'originalité de Harvey, c'est qu'il a compris que le mouvement de l'ensemble du sang est circulaire et qu'il a attribué ce mouvement circulaire simplement et uniquement aux contractions des parois du cœur. Avant lui, je ne sache pas que personne eût jamais même rêvé qu'une quantité donnée de sang, contenue par exemple dans le ventricule droit du cœur, pût par la simple action mécanique du battement de cet organe être ramenée à son point de départ après un voyage à travers les poumons et tout l'organisme. N'oublions pas que c'est à ce circuit complet fait par le sang, et à ce circuit seul, que l'on peut rigoureusement donner le nom de *circulation*. L'essence même d'un mouvement circulaire

est de ramener le mobile au point d'où il est parti.
Aussi la découverte du passage du sang du ventricule
droit à travers les poumons jusqu'au ventricule
gauche n'a-t-elle aucune analogie avec la découverte
de la circulation du sang. En effet, le sang qui suit
cette voie ne décrit pas plus un cercle que ne le fait
l'homme qui sort de chez lui pour entrer chez un
voisin qui demeure porte à porte. Quand même il n'y
aurait qu'une simple cloison entre lui et la chambre
qu'il vient de quitter, cette cloison constitue une
défense de circuler effective. Ainsi, quoi que Servet,
Columbus ou Cæsalpinus aient su au sujet de la soi-
disant circulation pulmonaire, prétendre qu'ils méritent une part de l'honneur qui revient à Harvey
me semble une erreur sur le fond même de la question.

Rappelons-nous, d'ailleurs, que la détermination
du chemin réellement suivi par toute la masse du
sang n'est que la plus remarquable des découvertes
de Harvey, et que son analyse du mécanisme qui
produit la circulation laisse bien loin en arrière tout
ce qui avait été publié jusqu'alors. C'est lui qui a
montré le premier que les parois du cœur ne sont
actives que pendant sa systole ou contraction, et que
sa dilatation dans la diastole est purement passive. De
là il résulte que l'impulsion qui met le sang en mouvement est une *vis a tergo* et que le sang n'est pas attiré
dans le cœur par une force de succion, que non seulement les devanciers, mais même beaucoup des successeurs de Harvey se sont plu à lui attribuer.

Harvey n'est pas moins original dans sa manière

d'expliquer les pulsations artérielles. Au contraire de Galien et de tous les anatomistes qui l'ont précédé lui-même, il affirme que l'extension des artères qui produit le pouls n'est pas due à la dilatation active de leurs parois, mais bien à leur distension passive par le sang qu'y injecte chaque battement du cœur ; en un mot, il renverse l'idée de Galien et dit que chaque artère se dilate comme un sac et non comme un soufflet. Ce point fondamental pour la pratique aussi bien que pour la théorie, il le démontre de la façon la plus admirable et par des expériences et par des exemples pathologiques.

Un des arguments les plus importants dont Harvey se sert pour démontrer la circulation est fondé sur la comparaison de la quantité de sang lancée hors du cœur à chaque battement avec la quantité totale de sang contenue dans le corps. C'est, je crois, la première fois que, dans la discussion d'un problème de physiologie, l'on tient compte de considérations quantitatives. Or, une des différences les plus frappantes entre la physiologie ancienne et celle de nos jours, une des principales raisons des progrès rapides faits par la physiologie depuis un demi-siècle, c'est justement l'introduction de déterminations quantitatives exactes dans les expériences et les observations physiologiques. Les modernes emploient des instruments de précision dont leurs ancêtres n'avaient pas même l'idée, parce que ces instruments sont dus aux progrès faits depuis un siècle par la mécanique et par d'autres sciences qui existaient à peine en germe au xvii° siècle.

Une fois arrivé à la connaissance de la circulation du sang et des conditions dont dépend son mouvement, Harvey pouvait en déduire la solution de problèmes qui avaient embarrassé ses devanciers. Par exemple, le véritable usage des valvules des veines était désormais parfaitement clair. Sans aucune importance tant que le sang suit son cours normal vers le cœur, elles empêchent instantanément tout renversement accidentel de ce cours qui pourrait être produit par la pression des muscles adjacents ou quelque cause de ce genre. De même, le gonflement des veines du côté d'une ligature le plus éloigné du cœur, gonflement qui embarrassait si fort Cæsalpinus, s'expliquait tout simplement par l'obstacle mis au passage du courant qui revient vers le cœur.

Les grands résultats positifs contenus dans le traité que Harvey appelle modestement *Exercice* et qui est en réalité moins long que plus d'une brochure insignifiante, ne sont pas le seul mérite de ce livre ; ses pages sont marquées par tant de simplicité et de précision dans l'exposition, une telle force de raisonnement et une intelligence si complète des méthodes d'investigation et de la logique des sciences physiques, qu'il est pour ainsi dire unique parmi les monographies physiologiques. Sous ce rapport, je crois pouvoir dire sans me tromper qu'il a rarement été égalé et jamais surpassé.

Nous venons de voir quel était l'état de la science avant Harvey et quel pas immense il venait de lui faire faire ; aussi n'est-il pas étonnant que la publication de l'*Exercitatio* ait produit une sensation profonde. Et la meilleure preuve indirecte de l'originalité de l'auteur de ce livre et du caractère révolutionnaire de ses idées, nous la trouvons dans la multiplicité et la virulence des attaques auxquelles elles furent immédiatement en butte.

Riolan, de Paris, était l'anatomiste le plus célèbre du temps, et il agit envers Harvey comme le font ordinairement les hommes qui jouissent d'une célébrité éphémère envers ceux dont la réputation est assurée. D'après Riolan, la théorie de Harvey sur la circulation était fausse; de plus, elle n'était pas neuve; enfin, Riolan inventa une doctrine hybride, composée des idées anciennes et d'autant de celles de Harvey qu'il en pouvait emprunter, sans se voir accusé de plagiat, et il essaya de tourner ainsi à son profit les travaux de son adversaire. En lisant ces disputes scientifiques depuis longtemps oubliées, il me semblait vraiment relire une histoire contemporaine. Au nom de Harvey substituez celui de Darwin et l'homme le moins intelligent reconnaîtra sans peine que l'histoire se répète souvent. On a dit de la doctrine de la circulation du sang qu'aucun homme de plus de quarante ans n'avait consenti à l'accepter, et je crois me souvenir d'avoir lu dans l'*Origine des espèces* un passage dans lequel l'auteur déclare qu'il n'espère convertir que les esprits encore jeunes et flexibles.

Il existe entre ces deux savants un autre point de ressemblance assez curieux : c'est que même les hommes qui donnaient à Harvey leur approbation générale et leur appui méconnaissaient quelquefois la valeur de certaines parties de sa doctrine, qui sont, il est vrai, de simples auxiliaires de la théorie de la circulation, mais qui ont presque la même importance. Sir Georges Ent, le grand ami et défenseur de Harvey, est dans ce cas, et je regrette d'être forcé de reconnaître que Descartes mérite le même reproche.

Ce grand philosophe, non moins grand mathématicien et physiologiste, dont l'explication des phénomènes de la vie comme phénomènes mécaniques [1] joue maintenant un rôle aussi important que la découverte de Harvey dans la science physiologique, ne manque jamais de parler avec admiration de la théorie nouvelle de la circulation du sang. Cependant, chose étonnante, et je dirais presque humiliante, on reconnaît que Descartes lui-même n'arrive pas à saisir l'explication profondément vraie donnée par Harvey de la nature de la systole et de la diastole, ou à voir la force de l'argument quantitatif. Il cite des preuves expérimentales pour combattre la première, et il s'éloigne encore plus de la vérité que Galien ne le faisait dans ses idées sur la cause physique de la circulation.

Que l'on me permette encore un rapprochement, ce sera le dernier. Malgré tous ses adversaires, la doctrine de la circulation du sang proposée par Harvey se trouva universellement adoptée dans ses points essentiels moins de trente ans après sa première publication. Thomas Hobbes, qui était l'ami de Harvey, dit à ce propos que celui-ci était le seul homme qui, à sa connaissance, eût eu le bonheur

---

[1] Voyez *Descartes*, in *Les Sciences naturelles et l'Éducation*, Paris, 1891, p. 1.

de vivre assez longtemps pour voir une doctrine nouvelle généralement acceptée. M. Darwin a été encore
plus heureux, car vingt ans ne se sont pas écoulés
depuis la publication de l'*Origine des espèces*, et cependant l'on ne peut nier que la doctrine de l'évolution,
méconnue, bafouée et méprisée en 1859, ne soit maintenant acceptée sous une forme ou une autre par les
maîtres de la science, dans tous les pays civilisés.

En commençant ce travail, je me proposais de
parler de la méthode suivie par Harvey dans ses
recherches, et qui l'avait guidé dans toute sa carrière
de découvertes.

Si je ne me trompe, tous les Anglais sont con-
vaincus que François Bacon, vicomte de Saint-Albans,
et pendant quelque temps grand-chancelier d'Angleterre, est l'inventeur de la philosophie inductive, dont
ils parlent avec presque autant de respect que de
l'Église et de l'État ; ils sont persuadés que, sans cette
induction baconienne, la science ne se serait jamais
tirée de l'état misérable dans lequel elle avait été
laissée par quelques ergoteurs que l'on appelle ordinairement les anciens philosophes grecs. Être accusé
de s'écarter des règles de la philosophie baconienne
est presque aussi terrible que de l'être de mal prononcer les *h* aspirées : cette accusation est considérée
comme une manière polie de dire qu'on n'est qu'un
rêveur absurde.

Or le *Novum Organum* fut publié en 1620, et Harvey
avait commencé dès 1619 à enseigner publiquement
la doctrine de la circulation du sang. La connaissance
de l'induction baconienne n'avait donc pas pu servir

beaucoup aux recherches de Harvey. Mais l'*Exercitatio*
ne fut publiée qu'en 1628. Y trouvons-nous quelque
trace de l'influence du *Novum Organum?* Absolument aucune. Bien loin de se permettre, comme le
fait Bacon, de déprécier les anciens avec si peu de
raison et de tact scientifique, Harvey en parle toujours avec le respect que l'étude attentive et intel-
ligente des fragments de leurs travaux qui nous sont
parvenus doit inspirer à tous ceux qui connaissent
par leur propre expérience les difficultés contre
lesquelles ils avaient à lutter et dont ils ont si souvent triomphé. Et, quant à la méthode, celle de
Harvey est la méthode de Galien, la méthode de
Realdus Columbus, la méthode de Galilée, la méthode
de tous les vrais travailleurs scientifiques anciens ou
modernes. D'un autre côté, si nous le jugeons comme
il convient de le faire d'après ce que l'on savait de
son temps, nous dirons que l'ignorance montrée par
Bacon sur les progrès que la science avait faits
jusqu'à son époque n'est égalée que par son insolence
envers des hommes auprès desquels il n'était qu'un
demi-savant. Même quand il a quelque vague notion,
acquise par ouï-dire, des travaux de ses devanciers,
il est si peu au courant des faits, il a si peu ce que je
pourrais appeler le sens scientifique qu'il n'entrevoit
même pas l'importance de ces travaux.

Bacon ne voyait rien de remarquable dans les principales découvertes scientifiques de Copernic, de
Képler ou de Galilée; il ne parlait qu'en ricanant de
son compatriote Gilbert; enfin, il accablait Galien
d'un feu roulant d'impertinences, parmi lesquellles

nous distinguons les épithètes de « méchant petit chien » et de « fléau [1]».

Je me permettrai de penser que si François Bacon, au lieu de perdre son temps à faire de belles phrases sur les progrès de l'instruction, afin de jouer avec la pompe nécessaire le rôle qu'il s'était assigné à lui-même de trompette de la science, avait suivi les leçons de Harvey et s'était servi de son esprit pour découvrir et réduire en méthode le procédé logique qui avait guidé ce grand esprit dans ses travaux, son temps aurait été mieux employé; tout au moins n'aurait-il pas mérité ce jugement sévère mais juste:

« La méthode de Bacon me semble impraticable, car non seulement elle n'a jamais donné de résultats, mais même le procédé par lequel les vérités scientifiques ont été établies ne peut pas être présenté de manière à avoir l'air de s'accorder avec elle. »

J'emprunte ce passage à la préface faite par M. Ellis pour le grand ouvrage de M. Spedding, le savant et impartial biographe de Bacon [2].

On n'a conservé que bien peu des *mots* de Harvey, mais Aubrey [3] nous dit que, quelqu'un vantant en sa

---

[1] « Video Galenum, virum angustissimi animi, desertorem experientiæ et vanissimum causatorem... o canicula! o pestis! — temporis partus masculus! » — Le mot *canicula* est même plus grossier que celui de « méchant petit chien ».

[2] Préface générale des *Œuvres philosophiques*, vol 1, p. 38.

[3] Voici ce que nous trouvons dans Aubrey : « Il était médecin du chancelier Bacon, dont il appréciait fort l'esprit et le style, mais auquel il refusait le titre de grand philosophe... » Il écrit la « philosophie comme un lord chancelier », me dit-il un jour ironiquement. . Il était très communicatif et toujours prêt à instruire ceux qui étaient modestes et respectueux envers lui. Lorsque je voulus

présence les mérites de la philosophie baconienne:
« Oui, dit Harvey, il écrit la philosophie comme un
chancelier. » Tout le monde ne donnera pas le même
sens à ce mot. Les lumières de l'expérience porteront
peut-être un des partisans modernes de Harvey à l'expliquer de la façon suivante: « Ainsi ce courtisan
servile, ce politique intrigant, ce juge peu scrupu-
leux, ce faiseur de phrases voudrait m'enseigner mon
métier à ses moments perdus. J'ai supporté Riolan, je
puis bien être patient avec lui aussi. » Du moins je
n'en trouve pas de meilleure explication.

Pendant la seconde moitié du xvie siècle et le commencement du xviie, l'avenir des sciences physiques
était en sûreté entre les mains de Gilbert, de Galilée,
de Harvey, de Descartes et de la multitude de savants
qui accouraient sous leurs drapeaux et marchaient sur
leurs traces. Je ne pense pas que leurs progrès si rapides
eussent été le moins du monde ralentis si le *Novum
Organum* n'avait jamais vu le jour; tout au contraire,
si le petit *Exercice* de Harvey avait été perdu, la
physiologie serait restée immobile jusqu'à ce qu'il
naquît un autre Harvey.

Il est encore un autre point relatif à la méthode
sur lequel je voudrais contribuer, dans la limite de
mes faibles moyens, à dissiper une erreur populaire
très répandue. Sur la foi d'une conversation rapportée

faire mon voyage, il m'indiqua les choses et les gens qu'il fallait
voir, les livres qu'il fallait lire, les études auxquelles il fallait m'appliquer; en un mot, il me conseilla d'aller à la source et de lire
Aristote, Cicéron, Avicenne, et ajouta, en parlant des *Néotériques*:
« C'est presque « aussi mauvais que la canicule », le petit homme
noir et colère qu'il était ! »

par Robert Boyle, on dit que Harvey a reconnu n'avoir découvert la circulation du sang qu'en la déduisant de la disposition des valvules des veines. A cela je répondrai, d'abord, que les paroles attribuées à Harvey n'autorisent en aucune façon une pareille conclusion ; en second lieu, que, quand même elles le feraient, cette conclusion ne peut être juste, parce que Harvey lui-même a déclaré le contraire ; et, en troisième lieu, que, si la conclusion était justifiée par les paroles en question, et n'était pas contredite par Harvey lui-même, elle serait cependant sans valeur, parce qu'il est impossible de prouver la circulation du sang avec de telles données. Voici ce que rapporte Robert Boyle :

« Je me souviens que, quand je demandai au célèbre Harvey, dans la seule conversation que j'ai eue avec lui — c'était assez peu de temps avant sa mort, — quelles raisons l'avaient amené à croire que le sang circule, il me répondit qu'ayant remarqué que les valvules des veines de toutes les parties du corps sont disposées de manière à permettre au sang de couler librement vers le cœur, mais à l'empêcher de se mouvoir en sens contraire, il avait dû penser qu'une cause aussi prévoyante que la nature n'avait pas disposé ainsi tant de valvules sans dessein ; et, dès lors, n'était-il pas tout à fait probable que, puisque les valvules empêchaient le sang d'être amené par les veines dans tous les membres, ce sang y arrivait par les artères et revenait au cœur par les veines, dont les valvules ne s'opposaient nullement à son cours dans cette direction [1] ? »

---

[1] *Dissertation sur les causes finales des choses de la nature ;* œuvres de Boyle, vol. V, p. 427.

Il peut être très vrai, je n'en doute pas, que Harvey ait été *amené* à penser que le sang circule en considérant la disposition des valvules des veines, tout comme Cæsalpinus aurait pu y être amené aussi, puis ensuite découvrir comment les choses se passent en réalité, s'il avait suivi les indications que lui donnait la nature et s'il avait eu recours à des moyens qui lui fissent reconnaître si ces indications étaient ou non sans valeur. Harvey avait certainement eu connaissance des idées de Fabricius, son maître, et il est très probable que, pour un esprit aussi pénétrant que celui de l'élève, l'explication donnée par Fabricius des fonctions des valvules dut paraître plus qu'insuffisante. Mais, en fait, ce ne fut pas en partant de la donnée fournie par les valvules que Harvey conclut à l'existence de la circulation. Ses propres paroles, dans le passage où se trouve l'exposé le plus complet des considérations qui l'amenèrent à la doctrine de la circulation du sang, ne laissent aucun doute à cet égard :

« Jusqu'ici j'ai parlé du passage du sang des veines dans les artères [1], et de la manière dont il est lancé et distribué par l'action du cœur; et sur ce point quelques-uns, peut-être influencés par l'autorité de

---

[1] Dans le chapitre précédent — le septième — Harvey a discuté la question du passage du sang à travers les poumons, en invoquant à l'appui de ses idées, entre autres arguments, l'autorité de Galien et de Columbus. Il faut en outre se rappeler qu'il donnait à l'artère pulmonaire le nom de *vena arteriosa* et à la veine pulmonaire celui d'*arteria venosa*. Il a donc le droit de parler du « passage du sang des veines dans les artères. »

Galien ou celle de Columbus, ou enfin par les raisonnements d'autres auteurs, seront d'accord avec moi.
Mais, lorsque j'en viendrai à ce qu'il me reste à dire
au sujet de la quantité et de l'origine du sang ainsi
mis en mouvement — bien que cela mérite assurément d'être pris en considération — cela semblera
si nouveau et si inouï, que non seulement je crains
de m'attirer le mauvais vouloir de quelques-uns,
mais même je redoute d'être traité en ennemi par le
genre humain tout entier, tant l'habitude ou les doctrines une fois acceptées et fermement enracinées
sont puissantes sur tous les hommes, tant est grande
l'influence de l'opinion vénérable de l'antiquité !
Quoi qu'il en soit, maintenant que le sort en est jeté,
je mets mon espérance dans la bonne foi des amis de
la vérité et des esprits éclairés. En effet, après avoir
longtemps et sérieusement réfléchi à la grande
quantité de sang mise en mouvement, aux dissections
d'animaux vivants que j'ai faites pour mes expériences, à l'ouverture de leurs artères et aux conclusions que j'en ai tirées, à la grandeur et à la
symétrie des ventricules du cœur et des vaisseaux qui
y aboutissent et y ont leur point de départ (puisque
la nature ne fait rien en vain, ces vaisseaux n'auraient
pas reçu sans but des dimensions relativement si considérables), au mécanisme si parfait des valvules, des
fibres et du reste du tissu du cœur, ainsi qu'à bien
d'autres choses encore ; — après m'être longtemps
demandé quelle pouvait être la quantité de sang mise
en mouvement, avec quelle vitesse ce mouvement
pouvait s'effectuer, et si cette quantité de sang pouvait
être fournie par les jus des aliments ingérés, — j'ai
enfin conclu que les veines s'affaisseraient et se vide-
raient, et que, de leur côté, les artères seraient
rompues par l'excès du sang qui viendrait s'y déverser,
à moins qu'il n'y eût quelque voie par laquelle le

sang pût finir par repasser des artères dans les veines et revenir au ventricule droit du cœur. J'ai donc commencé à penser qu'il pourrait bien y avoir une sorte de mouvement circulaire et, plus tard, j'ai reconnu qu'il en est réellement ainsi [1]. »

Dans cet exposé si complet et si intéressant des recherches de Harvey, l'on remarquera qu'il n'est pas même question des valvules des veines. Les valvules dont il parle sont celles du cœur, qui étaient connues dès le temps d'Érasistrate, comme je l'ai montré plus haut.

Enfin, j'ose affirmer que ce n'est pas de la disposition des valvules des veines que Harvey a déduit l'existence de la circulation du sang, parce qu'il est logiquement impossible qu'une telle conclusion soit tirée de telles prémisses. La seule conclusion que l'on soit autorisé à tirer de la présence de valvules dans les veines, c'est que ces valvules tendront à opposer un certain obstacle à un liquide qui coulerait en sens contraire de l'inclinaison de ces valvules. La force de l'obstacle, depuis une simple gêne jusqu'à une occlusion complète, dépendra de la forme et de la disposition des valvules, de leur inertie ou de la raideur de leur mouvement par rapport à la force du courant et, avant tout, de la résistance plus ou moins grande des parois tubulaires auxquelles elles sont fixées. La soupape qui ferme hermétiquement tout passage dans un tube de fer peut être absolument insuffisante dans un tube en caoutchouc. Par conséquent, à moins de cons-

---

[1] Gulielmi Harvœi, *Exercitationes Anatomicœ*. Exercitatio 1, chap. VIII, éd. 1660.

tater l'action des valvules des veines par des expériences sur l'animal vivant, toute conclusion que l'on
prétendrait tirer de leur présence n'aurait qu'une
valeur douteuse et pourrait s'interpréter soit dans le
sens adopté par Fabricius, soit dans celui de Harvey.

De plus, en supposant que l'on pût prouver que,
dans les veines munies de valvules, le sang ne peut
suivre qu'une seule direction, que dira-t-on des nombreuses veines qui n'ont point de valvules ? Et si nos
expériences ne nous ont pas déjà appris que les parois
des cavités du cœur se contractent dans un certain
ordre défini, que les artères sont pleines de sang et
non d'air, etc., à quoi sert de savoir qu'il y a des valvules dans les veines ? Il y a des valvules dans les vaisseaux lymphatiques aussi bien que dans les veines et,
cependant, si l'on en concluait que la lymphe circule
comme le sang, on commettrait une erreur déplorable.

Le fait est que, dans aucun problème de physiologie, un raisonnement fondé sur l'observation d'un
tissu mort ne peut nous enseigner le rôle que joue ce
tissu à l'état vivant. La physiologie a pour but de
découvrir les lois de l'activité vitale, et nous ne pouvons arriver à ces lois que par des observations et des
expériences sur des organismes vivants.

Pour la circulation du sang, comme pour toutes les
autres grandes théories physiologiques, supprimez les
vérités que nous ont apprises les observations et les
expériences faites sur les tissus vivants, et tout l'édi-
fice s'écroule. Galien, Columbus, Harvey étaient tous
de grands vivisecteurs. Enfin, la démonstration ocu-
laire de la circulation du sang faite par Malpighi sept

ans après la mort de Harvey, nécessitait une expérience faite sur une grenouille vivante.

Cette expérience peut se faire sur un animal, dont il est facile de démontrer l'état d'insensibilité. Malgré cela, de nos jours tout sujet anglais qui la répète peut être soumis à l'amende ou à l'emprisonnement comme un vulgaire malfaiteur, toutes les fois que les chances des luttes politiques font tomber le ministère de l'intérieur entre les mains d'un ministre moins instruit, moins juste et surtout doué de moins de fermeté pour résister aux influences ouvertes et cachées que ne l'est le ministre de l'intérieur actuel.

Mes opinions sur la question brûlante de la vivisection ont été formées et exprimées en pleine connaissance de cause; elles n'ont pas été et ne seront probablement jamais modifiées par les accusations injustes et le torrent d'injures qu'elles ont soulevés contre moi. L'excellent Harvey, sans doute dans un accès de misanthropie, a dit que « l'homme n'est qu'un grand babouin malfaisant » ; et cependant il sut se taire pendant vingt ans et finit par répondre à Riolan avec une douceur tout à fait angélique. Si je ne puis imiter sa douceur, je puis du moins imiter son silence : Peut-être ceux-là ont-ils raison qui disent : « Il vaut mieux laisser périr la race humaine que de faire souffrir un seul chien. » Peut-être aussi les autres ont-ils raison, quand ils pensent qu'un homme vaut un million de singes et que celui qui ne veut pas sauver une vie humaine, quand il pourrait le faire au prix d'une hécatombe d'animaux, se rend complice d'un meurtre

Mais, sans m'engager sur ce terrain dangereux, je

puis rendre quelques services en en déblayant les abords. J'appellerai donc l'attention sur deux points.

Le premier est ce fait que la physiologie est fondée sur l'expérience et ne peut faire des progrès que par l'expérience ; que la découverte du véritable mouvement du sang n'a pas été établie autrement qu'en raisonnant sur les données fournies par un très grand nombre de vivisections.

Le second point n'est qu'un conseil, qui vient peut-être de ce que je vieillis et que j'ai perdu la faculté de me plier aux changements du monde. C'est, je le crois, une grande marque de sénilité que de devenir un *laudator temporis acti*. Mais je dis avec Harvey : « Le sort en est jeté, et je compte sur la bonne foi des amis de la vérité et des esprits éclairés. »

J'ai eu l'occasion de remarquer que la science d'autrefois n'était pas si méprisable que le croient quelques-uns ; et que, quelque sot que puisse être un respect exagéré pour la sagesse des anciens, un mépris exagéré de cette sagesse est peut-être encore plus blâmable. Je m'imagine même qu'un esprit sans prévention reconnaîtra que le même principe pourrait bien s'appliquer à l'opinion publique et au sens moral des anciens.

Harvey fut l'ami préféré de son souverain, le Nestor honoré de sa profession, l'orgueil de ses concitoyens. S'il vivait de nos jours et qu'il commît le crime de servir l'humanité de la même manière, sa récompense serait bien différente : pour prix de ses travaux, il verrait le reproche ou la calomnie s'attacher à son nom. Sans doute ses confrères l'honoreraient ; mais un très grand nombre de ses concitoyens, bien loin d'être fiers de lui, s'efforceraient de le mettre légalement au rang des voleurs et des assassins.

Je vous demanderai donc d'examiner sérieusement si l'opinion publique de l'Angleterre du temps de Harvey — de ce temps où les Anglais savaient repousser tout un monde ligué contre eux, parce qu'ils ne craignaient ni de souffrir ni de donner la douleur et la mort pour une bonne cause ; de ce temps où Shakspeare et Milton, Hobbes et Locke, Harvey et Newton, Drake et Raleigh, Cromwell et Strafford représentaient l'énergie de notre race pour le bien et le mal d'une manière qui n'a jamais été égalée auparavant ou depuis — si l'opinion publique de ce temps était absolument sans valeur auprès de celle du siècle actuel, siècle éclairé et d'éducation molle, pour ne pas dire sentimentale.

Peut-être en est-il ainsi ; peut-être le monde entre-t-il dans une phase où le grand, l'unique devoir de l'homme sera d'éviter pour lui-même et d'épargner à tout être vivant la souffrance physique, quelque diminution de maux et quelque bien positif qui dût en résulter pour l'avenir. Si cela est vrai, nous pouvons bien nous écrier: *Finis physiologiæ!* Quand ce temps viendra, ce sera la fin de tout progrès dans la connaissance des lois de la vie, de tout pas vers la médecine rationnelle. Et ce ne seront pas là les seules choses que la conséquence logique de semblables prémisses aura abolies. Le crime devra rester impuni, car comment justifier les « tortures » infligées à un pauvre voleur ou à un pauvre meurtrier, sinon par la considération du bien général de la société?

On n'entendra plus gémir la voix du paresseux, car personne n'osera le torturer en troublant son sommeil. Il n'y aura plus de moyens de transports, plus d'autres montures que la locomotive et le vélocipède, car la « torture » qu'il faut infliger aux bêtes de somme pour les dresser et les faire travailler sera intolérable. Désormais l'homme n'oserait même manger de la viande, bien qu'il doive peut-être lui-même servir de nourriture à d'autres êtres vivants ; car quel droit les hommes ont-ils de « torturer » des puces en se servant de poudre insecticide ? La chasse sera abolie et la guerre aura disparu, moins parce que la guerre est nuisible aux hommes qu'à cause des « tortures » affreuses qu'elle inflige aux chevaux et aux mulets, sans parler des souffrances qu'entraîneront pour les vautours et les loups les indigestions que leur aura procurées la méchanceté des humains.

Je l'avoue, je trouve un manque d'harmonie regrettable entre moi et nombre d'hommes estimables et enthousiastes dont j'ai l'honneur d'être le contemporain ; peut-être la perspective de voir s'ouvrir l'ère nouvelle qui nous apportera tous ces beaux résultats ne produit-elle pas sur les autres le même effet que sur moi. Sans doute le perfectionnement de notre espèce n'ira pas tout à fait aussi loin de mon temps. Je dois avouer que j'aurais peine à vivre dans un monde où mes idées de ce que les hommes doivent être et doivent faire ne pourraient plus être appliquées. Comme le vieux Norse, à qui l'on offrait de choisir entre le ciel avec la génération nouvelle et l'enfer avec l'ancienne, « j'aime mieux être avec mes ancêtres ».

X

RAPPORTS DES SCIENCES BIOLOGIQUES
AVEC LA MÉDECINE [1]

L'agriculture a été pratiquée de tout temps: dès la plus haute antiquité, les hommes ont acquis une grande habileté dans la culture des plantes utiles et ils ont su établir empiriquement plusieurs vérités scientifiques quant aux conditions de leur développement. Toutefois, ce n'est que tout récemment, et beaucoup d'entre nous peuvent se rappeler l'époque où la chimie, d'une part, et la physiologie végétale, de l'autre, se sont développées à ce point qu'elles ont pu fournir des bases solides à l'agriculture scientifique.

De même, la médecine est née des besoins pratiques de l'humanité. Tout d'abord, étudiée à part et sans relation avec d'autres branches de la science, elle a gardé longtemps, et jusqu'à un certain point elle garde encore son indépendance. Historiquement parlant, ses rapports avec les sciences biologiques se sont lentement établis, et l'étendue, l'intimité de ce rapprochement commencent seulement à être apparents de nos jours.

[1] Traduction de la *Revue scientifique*, 20 août 1881, reproduite avec l'autorisation de M. Charles Richet.

Je crois ne pas me tromper en pensant qu'un rapide coup d'œil sur le chemin qu'a parcouru une nécessité philosophique, avant de devenir une réalité historique ne sera pas sans intérêt, peut-être même sans profit.

L'histoire de la médecine est plus complète, plus remplie de faits que celle des autres sciences, l'astronomie exceptée ; si nous remontons les âges aussi longtemps que l'évidence nous le permet, nous arrivons aux premiers temps de la civilisation de la Grèce. Les premiers hôpitaux étaient les temples d'Esculape. A ces Asclepieia, toujours construits dans des endroits sains et entourés de verdure, les malades et les infirmes venaient implorer la faveur du dieu de la santé. Des tableaux et des inscriptions votives rappelaient la maladie et la gratitude de ceux qui avaient recouvré la santé. A l'aide de ces premiers renseignements cliniques, la caste moitié religieuse et moitié philosophique des Asclépiades posa les bases des premières généralisations de la médecine en tant que science d'induction.

Dans cet état, la pathologie, comme toutes les sciences d'induction à leur origine, était simplement de l'histoire naturelle; elle enregistrait les phénomènes de la maladie, les classifiait et hasardait un pronostic lorsque l'observation de faits constants suggérait l'arrivée des phénomènes semblables dans des conditions semblables.

Elle n'alla guère plus loin. De fait, dans l'état des connaissances et des idées philosophiques de l'époque, on ne cherchait pas, comme nous le faisons aujourd'hui, les causes d'un état morbide et un traitement rationnel. La colère d'un Dieu suffisait à expliquer une maladie, un songe donnait crédit à des mesures thérapeutiques ; et c'est un axiome tout moderne qu'un phénomène physique doit avoir une cause physique.

Le grand homme dont le nom est inséparable de la fondation de la médecine, Hippocrate, connaissait assurément fort peu et pratiquement rien de l'anatomie et de la physiologie [1]. Il n'eût même pas imaginé la possibilité d'un rapport entre la médecine et les études zoologiques de son contemporain Démocrite.

Et cependant lorsque Hippocrate et ceux qui travaillèrent avant et après lui dans le même esprit établirent comme fait expérimental qu'une blessure, une luxation, une fièvre présentaient tels et tels symptômes et que le retour du malade à la santé était favorisé par tels ou tels moyens, ils établirent les lois de la nature et posèrent les fondements de la pathologie.

Toute science véritable commence par l'empirisme, bien qu'il soit vrai de dire aussi que la véritable science ne mérite ce nom que le jour où elle réussit à passer de l'empirisme pur à la déduction de vérités générales. Aussi n'est-il pas étonnant que les médecins des premiers temps aient fait peu ou point pour le développement de la science biologique et que les biologistes ne se soient pas beaucoup préoccupés de la médecine. Rien ne nous montre que les Asclépiades aient contribué sérieusement à fonder l'anatomie, la physiologie, la zoologie et la botanique. Cela paraît

---

[1] Hippocrate, *Œuvres*, trad. E. Littré. Paris, 1839-1861.

avoir été plutôt l'œuvre des premiers philosophes qui étaient essentiellement des philosophes naturalistes, animés par cette soif si caractéristique des Grecs pour les connaissances.

Pythagore, Alcméon, Démocrite, Diogène d'Apollonie s'occupèrent tous de recherches anatomiques et physiologiques et bien qu'on ait dit qu'Aristote appartenait à une famille d'Asclépiades et qu'il devait probablement aux enseignements de son père son goût pour les recherches anatomiques et zoologiques, l'*Histoire des animaux* et le traité *Des parties des animaux* ne contiennent pas plus d'allusions à la médecine que s'ils étaient sortis d'un laboratoire de biologie de nos jours.

On peut ajouter qu'on ne voit pas bien l'avantage qu'aurait pu tirer un médecin du temps d'Alexandre des connaissances d'Aristote sur ce sujet. Son anatomie humaine était trop grossière pour aider beaucoup le diagnostic, sa physiologie trop remplie d'erreurs pour servir de base à des raisonnements pathologiques.

Mais lorsque l'école d'Alexandrie, avec Érasistrate et Hérophile à sa tête, comprit l'utilité qu'il y aurait à étudier l'anatomie humaine, ainsi que les Ptolémées lui en offraient les moyens, à apprécier pour le diagnostic du médecin et les opérations du chirurgien la valeur d'un nombre considérable de connaissances obtenues de cette façon, un rapprochement s'opéra entre la médecine et l'anatomie.

Depuis la renaissance des études, la chirurgie, le diagnostic médical et l'anatomie ont marché ensemble la main dans la main. Morgagni donne à son grand ouvrage le titre *De sedibus et causis morborum per anatomen indagatis* et non seulement il y indique le moyen de découvrir les localisations et les causes de la maladie par l'anatomie, mais il marche résolument dans cette voie.

Bichat, distinguant les grandes divisions des organes et des parties du corps, avait montré la direction que devraient suivre les recherches modernes ; puis l'histologie est venue poursuivre l'œuvre de Morgagni aussi loin qu'elle l'a pu avec l'aide du microscope et étendre le royaume de l'anatomie pathologique jusqu'aux limites du monde invisible.

Grâce à l'alliance intime de la morphologie avec la médecine, l'histoire naturelle de la maladie est arrivée de nos jours à un grand degré de perfection. Une anatomie complète dans ses détails a rendu possible l'exploration des parties les plus cachées de l'organisme et la détermination des changements morbides qui se produisent en eux pendant la vie. Les recherches anatomiques et histologiques *post mortem* ont permis d'établir une classification solide des maladies et d'apprécier le bien ou le mal fondé de leur diagnostic.

Si les hommes pouvaient se contenter de connaissances idéales, l'extrême précision avec laquelle, de nos jours, un malade peut être mis au courant de ce qui lui arrive, ou de ce qui va probablement lui arriver, même lorsqu'il s'agit des endroits les plus cachés du corps, serait une chose aussi agréable au malade qu'au savant pathologiste qui le lui dirait. Mais je crains qu'il n'en soit rien : le médecin praticien, bien que ne perdant pas de vue la valeur d'un diagnostic habile, doit souvent constater que son savoir consiste plutôt à ne pas faire mal qu'à faire bien.

On a dit, pour tourner en ridicule le médecin, que la nature et la maladie pouvaient être comparées à deux hommes qui luttent, et le docteur à un aveugle qui vient prendre part à la mêlée, frappant tantôt sur la maladie et tantôt sur la nature. On n'explique rien en supposant que l'aveugle a l'oreille si fine qu'il peut suivre toutes les phases du combat et prédire comment il finira. Il fera mieux de rester à l'écart tant que ses yeux ne seront pas ouverts, jusqu'à ce qu'il puisse voir l'exacte position des combattants et s'assurer de l'effet de ses coups. La maladie est une perturbation des activités normales d'un être vivant ; elle est et doit rester inintelligible aussi long-temps que nous ignorerons la nature de ces activités normales. En d'autres termes, il ne peut y avoir de véritable science de la pathologie tant que la science de la physiologie ne sera pas arrivée à ce degré de perfection qu'elle n'a pas pu atteindre jusqu'à ces derniers temps.

En ce qui concerne la médecine, je crois que la physiologie telle qu'elle existait à l'époque d'Harvey aurait pu tout aussi bien ne pas exister. Oui, il n'y a peut-être pas d'exagération à dire qu'à une époque récente, des médecins et des chirurgiens justement célèbres connaissaient moins de physiologie qu'on n'en apprend aujourd'hui dans un manuel élémentaire ; j'ajoute qu'à part quelques faits ils considéraient ce qu'ils en savaient comme ayant peu d'importance. Je ne les en blâme pas, car je sais que la physiologie

est inutile ou même nuisible à la pathologie lorsque
ses conceptions fondamentales sont erronées.

Harvey est souvent considéré comme le créateur de
la physiologie ; il est évident que la découverte des
fonctions du cœur, de la nature du pouls et du courant sanguin, mis au jour dans le mémorable petit
essai *De motu cordis* [1], a provoqué une révolution dans
les idées que l'on avait sur la nature et l'enchaîne-
ment de quelques-uns des plus importants phénomènes physiologiques chez les êtres vivants, et l'influence de ces découvertes a été peut-être encore
plus remarquable.

Mais bien qu'Harvey ait donné le signal et qu'il ait
contribué d'une manière importante à l'établissement de la physiologie moderne, ses vues générales
des phénomènes vitaux étaient identiques à ceux des
anciens, et dans les *Exercitationes de generatione,*
notamment dans le curieux chapitre « De calido
innato», il s'est montré le fils de Galien et d'Aristote.

Pour lui, le sang possède une puissance supérieure
aux éléments ; il est le siège d'une âme qui n'est pas
seulement végétative, mais douée aussi de sensibilité
et de mouvement. Le sang maintient et dirige toutes
les parties du corps, *idque summa cum providentia et
intellectu in finem certum agens, quasi ratiocinio quodam uteretur.*

C'est la doctrine du pneuma, le produit du moule
philosophique dans lequel s'est formé en Grèce l'animisme ancien.

---

[1] Voyez *William Harvey et la Découverte de la Circulation du
sang*, plus haut, p. 248.

Longtemps après Harvey, cette théorie subsistait encore. Cette tendance de l'esprit humain à supposer qu'un phénomène est expliqué lorsqu'on lui donne pour principe un pouvoir dont on ne sait rien, si ce n'est qu'il est l'agent hypothétique de ce phénomène, donna naissance au siècle dernier à l'animisme de Stahl, plus tard à la doctrine du principe vital, *asylum ignorantiæ* des physiologistes qui n'explique rien et dont on s'est contenté si facilement jusqu'à notre époque.

Aujourd'hui selon moi, l'essence de la science physiologique moderne comparée à l'ancienne réside dans l'antagonisme de la science de nos jours avec les hypothèses et la phraséologie animistes. Elle donne l'explication physique d'un phénomène vital, ou déclare franchement qu'elle n'en peut pas donner. Le premier savant qui envisagea de la sorte la physiologie, qui eut assez d'autorité pour émettre cette proposition que les phénomènes vitaux, comme tous les autres phénomènes du monde physique, sont en dernière analyse résolubles en idée de matière et de mouvement, est, suivant moi, René Descartes.

Les cinquante-quatre ans de la vie de ce puissant et original penseur ont été surpassés par les quatre-vingts ans d'Harvey qui survécut de sept ans à son contemporain et prit plaisir à faire connaître l'opinion du philosophe français sur sa grande découverte.

De fait, Descartes accepta la doctrine de la circulation telle que l'avait établie *Harvæus, médecin d'Angleterre ;* il en donna un résumé complet dans son premier ouvrage, le *Discours sur la méthode*, publié en 1637, neuf ans après le traité *De motu cordis;* et bien qu'en désaccord avec Harvey sur quelques points importants (désaccord, dans lequel Harvey était dans le vrai et Descartes dans le faux), il parle toujours d'Harvey avec un grand respect. Le sujet paraît même si important à Descartes qu'il y revient dans le *Traité des passions* et dans le *Traité de l'homme.*

Il est facile de voir que l'ouvrage d'Harvey avait une importance exceptionnelle pour le profond penseur à qui nous devons les philosophies spiritualiste et matérialiste des temps modernes [1].

C'est dans l'année même de la publication de l'ouvrage d'Harvey, en 1628, que Descartes commença cette vie d'expérience solitaire et de méditation dont sa philosophie fut le fruit. Et, comme le cours de ses réflexions l'amena à établir une distinction de nature entre le monde matériel et le monde de la pensée, il dut chercher l'explication des phénomènes du monde matériel dans le monde matériel lui-même; et, ayant attribué à l'âme le royaume de la pensée, il fit de l'étendue et du mouvement l'essence de la matière. Descartes emploie le mot « pensée » dans le sens que nous donnons au mot « conscience ».

« La pensée est la fonction de l'âme et sa seule fonction. Notre chaleur naturelle et tous les mouvements du corps, dit-il, ne dépendent pas de l'âme. La mort n'arrive pas par le fait de l'âme, mais seulement parce que quelques-uns des organes principaux du corps sont corrompus. Le corps d'un homme vivant diffère

[1] Voy. *Descartes et le Discours de la méthode*, in *Les Sciences naturelles.* Paris, 1891, p. 1.

de celui d'un mort comme une horloge ou un autre automate (c'est-à-dire un mécanisme qui se meut de lui-même) qui possède en lui-même le principe physique des mouvements que le mécanisme doit accomplir, diffère de la même horloge ou du même automate lorsqu'il est brisé et que le principe physique du mouvement n'existe plus. Toutes les actions qui nous sont communes avec les bêtes dépendent seulement de la conformation de nos organes et de la façon dont se comportent les esprits animaux dans notre cerveau, de la même manière que les mouvements d'une horloge sont produits par la seule force de ses ressorts et la forme de ses roues et autres parties. »

Le *Traité de l'homme* de Descartes est une esquisse de la physiologie humaine dans lequel il cherche à expliquer tous les phénomènes de la vie, excepté ceux de la conscience, par un raisonnement physique. Pour un esprit lancé dans cette direction, la théorie de Harvey qui faisait du cœur et des vaisseaux un mécanisme hydraulique devait être fort bien reçue.

Descartes n'était pas seulement un théoricien de premier ordre en philosophie, c'était aussi un vivisecteur et un expérimentateur assidu et il soutint énergiquement les vues pratiques de la nouvelle conception qu'il émettait. Il parle de l'importance de la conservation de la santé et de la connexion étroite entre l'âme et le corps, et, suivant lui, le seul moyen de rendre peut-être l'homme plus heureux et plus sage pourrait être trouvé dans la science médicale.

« Il est vrai, dit-il, que celle qui est maintenant en usage contient peu de choses dont l'utilité soit si remarquable; mais sans que j'aie aucun dessein de le mépriser, je m'assure qu'il n'y a personne, même de ceux qui en font profession, qui n'avoue que tout ce qu'on y sait n'est rien en comparaison de ce qui reste à y savoir; et qu'on se pourrait exempter d'une infinité de maladies tant du corps que de l'esprit et même aussi peut-être de l'affaiblissement de la vieillesse, si on avait assez de connaissance de leurs causes et de tous les remèdes dont la nature nous a pourvus [1]. »

Descartes était tellement impressionné par cette idée qu'il se résolut à employer le reste de sa vie à l'étude de la connaissance de la nature, pour arriver de là à l'établissement d'une meilleure doctrine médicale. Les adversaires du cartésianisme ont trouvé facilement matière à tourner en ridicule les aspirations du philosophe et pendant treize ans qui s'écoulèrent depuis le *Discours de la méthode* jusqu'à la mort de Descartes, ce dernier ne fit pas grand'chose pour réaliser ses projets. Mais, tous les progrès en physiologie qui furent faits au siècle suivant ont leur point de départ dans les œuvres de Descartes. L'ouvrage le plus considérable en physiologie et en pathologie, au XVIIᵉ siècle, le traité de Borelli, *De motu animalium*, n'est que le développement de la conception fondamentale de Descartes. On peut en dire autant de la physiologie et de la pathologie de Boerhaave, dont l'autorité domina dans le monde médical pendant toute la première moitié du XVIIIᵉ siècle.

Plus heureux que Descartes, les physiologistes du

---

[1] Descartes, *Discours de la méthode*, VIᵉ partie.

xviiie siècle ont pu trouver, dans la chimie et dans l'électricité, des données pour l'analyse des phénomènes de la vie. La plus grande partie des progrès accomplis dans ce siècle justifient les idées de Descartes, car elles consistent dans une assimilation de plus en plus complète des organes du corps humain en mécanismes physico-chimiques.

« J'entreprendrai d'expliquer tout le mécanisme du corps humain de telle façon qu'il ne sera plus nécessaire pour nous de supposer que l'âme produit des mouvements qui ne sont pas volontaires, qu'il ne l'est de penser qu'il y a dans une horloge une âme qui lui est nécessaire pour indiquer les heures[1]. »

Ces paroles de Descartes pourraient être prises de nos jours comme épigraphe d'un traité de physiologie. Mais bien qu'on ne puisse pas douter, suivant moi, que Descartes ait été le premier à considérer le corps humain comme un mécanisme physique, conception fondamentale qui établit une ligne de démarcation bien tranchée avec l'ancienne physiologie, il eut le tort de se laisser aller à la tentation naturelle d'établir dans tous ses détails un parallèle entre les machines qu'il connaissait, telles qu'horloges et appareils hydrauliques, et l'appareil humain. Dans toutes ces machines il y a une source centrale de pouvoir et les parties ne sont, en somme, que les distributeurs passifs de cette force.

L'école cartésienne considéra l'être vivant comme une machine de cette espèce et, cependant, elle

[1] Descartes, *De la formation du fœtus.*

aurait pu avec avantage s'instruire à l'école de Galien, qui, bien qu'ayant abusé de la doctrine des *facultés naturelles*, eut néanmoins le mérite de comprendre que les forces locales jouent un grand rôle en physiologie.

Glisson reconnut cette même vérité ; mais elle se développa surtout pour la première fois dans la doctrine d'Haller sur la *vis insita* du muscle. Si le muscle peut se contracter sans le nerf, l'explication mécanique de sa contraction par l'influx des esprits animaux n'a plus de raison d'être.

Les découvertes de Trembley sont dirigées vers le même but. Dans l'hydre d'eau douce, on ne trouve aucune trace de ces mécanismes compliqués supposés nécessaires à l'accomplissement des fonctions chez les animaux supérieurs ; et cependant l'hydre se meut, se nourrit, croît, se multiplie et ses fragments mêmes ont le pouvoir de l'individu complet.

Enfin, Gaspard Wolff [1], qui démontra que la croissance et le développement des plantes et des animaux avaient lieu avant l'apparition de leurs organes les plus importants, et quelles étaient les causes et non les conséquences de l'organisation, donna le dernier coup au système de la physiologie cartésienne, en tant qu'expression complète des phénomènes vitaux. Suivant Wolff, la base physique de la vie est un fluide doué d'une *vis essentialis* et d'une *solidescibilitas* qui donnent naissance à l'organisme ; et, ainsi qu'il le montre, cette conclusion renverse tout le système iatro-mécanique.

[1] Wolff, *Theoria generationis*, 1759.

En Angleterre, la grande autorité de John Hunter [1] a exercé une influence semblable. Cependant les expressions trop vagues que Hunter employait pour définir ses conceptions sont souvent susceptibles de plusieurs interprétations. Néanmoins, sur certains points, Hunter est suffisamment clair ; ainsi il pense que « l'esprit est seulement une propriété de la matière [2] ». Il est disposé à abandonner l'animisme, et sa conception de la vie est si complètement physique qu'il en parle comme de quelque chose qui peut exister en combinaison dans la nourriture.

« Les aliments que nous prenons ont en eux, à l'état fixe, la vie réelle ; et ils ne deviennent actifs que lorsqu'ils sont entrés dans l'estomac [3]. » Il pense aussi « qu'il est plus conforme aux principes généraux de la machine animale de supposer qu'aucun de ces effets n'est produit par un principe mécanique quelconque et que chaque effet est produit par une action spéciale de la partie, action produite elle-même par un stimulant sur la partie qui agit ou sur une autre partie sympathique, qui détermine l'action entière [4]. »

Hunter est d'accord avec Wolff, dont il ne connaissait probablement pas l'ouvrage, pour déclarer que :

« Quelle que soit la vie, elle ne dépend certainement pas du caractère ou de l'organisation. »

[1] Hunter, *Œuvres complètes*. Édition Richelot. Paris, 1845.
[2] *Introduction to Natural history*, p. 6.
[3] *Observations on physiology*, p. 113.
[4] *Loco citato*, p. 152.

Évidemment, il est impossible d'admettre que
Hunter ait eu l'intention de nier l'existence d'opérations purement mécaniques dans l'être vivant. Tout
en considérant, avec Borelli et Boërhaave, l'absorp-
tion, la nutrition et la sécrétion comme des opérations effectuées au moyen de petits vaisseaux, il différait des partisans de la physiologie mécanique, qui les
considéraient comme le résultat des opérations mécaniques des petits vaisseaux, telle que la grosseur, la
forme et la disposition de leurs canaux et de leurs
ouvertures. Hunter, au contraire, les considère
comme l'effet des propriétés de ces vaisseaux qui ne
sont pas mécaniques, mais vitaux :

« Les vaisseaux, dit-il, ressemblent plus aux polypes
que toutes les autres parties du corps. »

Puis il parle de « principes vivants et sensitifs des
artères » et même des « dispositions et des sensations
des artères ».

« Lorsque le sang est bon et naturel, les sensations
sont agréables... Elles font du sang le meilleur usage,
augmentant la valeur du tout, réparant les pertes et
conservant la bonne économie. »

Si nous suivons les conceptions de Hunter dans
leurs conséquences logiques, la vie d'un anima
supérieur est essentiellement la somme de la vie de
tous les vaisseaux. Chacun d'eux est une sorte d'unité
physiologique, correspondant aux polypes ; et, de
même que la santé est le résultat de l'action normale
des vaisseaux, de même la maladie est l'effet de leur

action anormale. Ainsi Hunter peut prendre place à mi-chemin de Borelli et de Bichat.

Le fondateur de l'anatomie générale a combattu Hunter dans son désir d'exclure tous les raisonnements physiques pour l'explication des phénomènes de la vie ; et, sauf l'interprétation de l'action des organes des sens, il ne veut pas admettre que la physique ait quelque chose à faire avec la physiologie.

« Appliquer les sciences physiques à la physiologie, dit-il, c'est expliquer par les lois des corps inertes les phénomènes des corps vivants. Or voilà un principe faux ; donc toutes ses conséquences doivent être marquées au même coin. Laissons à la physique son affinité, à la chimie son élasticité et sa gravité, ne revendiquons pour la physiologie que la sensibilité et la contractilité [1]. »

De toutes les affirmations d'un homme éminent, celle-ci paraît la plus malheureuse. Lorsqu'on pense aux avantages que la physiologie a tirés de la physique et de la chimie, on reste au-dessous de la vérité en disant qu'un manuel de physiologie moderne est composé au moins pour la moitié de physique et de chimie, et que c'est précisément dans l'étude des phénomènes de la contractilité et de la sensibilité que l'étude de la physique et de la chimie ont exercé le plus d'influence.

Et cependant Bichat a rendu un grand service au progrès de la physiologie en insistant sur ce fait, que ce que nous appelons « vie », dans un animal supérieur

---

[1] Bichat, *Anat. générale*, p. 54.

n'est pas une unité individuelle dominant un point central qui fait partie de l'organisme, mais un composé de la synthèse des vies séparées de ces parties.

« Tous les animaux sont un assemblage de divers organes qui, exécutant chacun une fonction, concourent, chacun à sa manière, à la conservation du tout. Ce sont autant de machines particulières dans la machine générale qui constitue l'individu. Or ces machines particulières sont elles-mêmes formées par plusieurs tissus de nature très différente et qui forment véritablement les éléments de ces organes [1]. »

« L'idée de la vie propre ne peut s'appliquer qu'à ces tissus simples, et non aux organes eux-mêmes [2]. »

Bichat applique cette doctrine de la vie synthétique, si je puis l'appeler ainsi, à la pathologie; puisque les maladies ne sont que des altérations des propriétés vitales et que chaque tissu est différent des autres sous le rapport de ses propriétés, il est évident qu'il doit en différer aussi par ses maladies. Donc, dans tout organe composé de différents tissus, l'un peut être malade et les autres rester intacts ; or c'est ce qui arrive dans la plupart des cas.

Avec un sens vraiment prophétique, Bichat annonçait que l'époque était venue où l'anatomie pathologique allait prendre un nouveau développement. L'analyse des organes avait conduit aux tissus, ces unités physiologiques de l'organisme. Dans la génération qui suivit, l'analyse des tissus conduisit à la cel-

[1] Bichat, *Ibid.*, p. 79.
[2] Bichat, *Ibid.*, p. 84.

lule, cet élément physiologique des tissus. L'étude contemporaine du développement a donné les mêmes résulats ; les zoologistes et les botanistes, étudiant les formes les plus simples et les plus rudimentaires des êtres animés, ont confirmé la théorie cellulaire ; si bien qu'avec des vues opposées en apparence, les physiologistes, qui ont combattu les uns contre les autres jusqu'au milieu du siècle dernier, avaient tous en partie raison.

Il faut reconnaître que la proposition de Descartes qui faisait du corps de l'être vivant une machine dont les actions s'expliquent par les lois connues de la matière et du mouvement contenait un grand fond de vérité. Mais il est vrai aussi que le corps de l'être vivant est une synthèse d'innombrables éléments physiologiques dont chacun pourrait presque être décrit, par l'expression de Wolff, « un fluide qui possède une *vis essentialis* et une *solidescibilitas* », ou pour employer un langage plus usuel, un protoplasma susceptible de métamorphose caractéristique et de métabolisme (changement) fonctionnel. La seule machine, dans le sens précis des Cartésiens, est ce qui règle les unités physiologiques et les coordonne en un tout organique.

En réalité, le corps est une machine qu'on pourrait comparer à une armée et non à nne horloge ou à une machine hydraulique. Dans cette armée, la cellule joue le rôle du soldat ; l'organe, celui de la brigade le système nerveux central, celui du quartier général et du télégraphe ; le sytème circulatoire, celui de l'intendance. Les pertes sont remplacées par des recrues ;

la vie de l'individu est une campagne menée avec
succès pendant un certain nombre d'années, mais
dans laquelle la défaite est certaine avant longtemps.

La valeur d'une armée, à un moment donné, dépend
de la santé du soldat et de la perfection du système
qui le prépare au combat pour le moment voulu.
Donc, si l'analogie est bonne, nous pourrons dire
qu'il y a deux sortes de maladies, l'une qui dépend de
l'état anormal des unités physiologiques, l'autre de
la pertubation apportée dans le mécanisme de la con-
centration et de l'alimentation.

L'établissement d'une théorie cellulaire dans la biologie normale a été suivi d'une pathologie cellulaire
comme contre-partie logique. Il est inutile de rappeler
quel grand instrument de recherches cette doctrine a
été dans les mains de l'homme de génie auquel on doit
son développement et qui aurait été, probablement,
le dernier à oublier que les conditions anormales de
coordination et de distribution dans la machine du
corps ne sont pas les moindres agents de maladie.

Donc le rapport qui existe entre la médecine et les
sciences biologiques est clairement défini. La pathologie pure est cette branche de la biologie qui a trait
aux pertubations spéciales de la vie cellulaire ou de
la machine coordinatrice, perturbations qui sont la
source des phénomènes de maladie.

Ceux qui connaissent la situation actuelle de la biologie n'hésiteront pas à admettre que la conception
qui consiste à faire de la vie d'un animal supérieur
une synthèse des vies d'une agrégation des cellules,
harmoniquement mises en œuvre par une machine

coordinatrice formée par une partie de ces cellules, est un emprunt fait à la science physiologique. Mais la dernière forme de la lutte entre l'idée de la vie animiste et de la vie physique réside dans la question de savoir si l'analyse physique des phénomènes vitaux peut être portée plus loin.

Pour quelques-uns, le protoplasma est une substance douée des caractères qu'Harvey reconnaissait au sang, *summa cum providentia et intellectu in finem certum agens quasi ratiocinio quodam uteretur*. Ceux-là considèrent avec le même mépris que Bichat toutes les tentatives faites pour appliquer les principes et les méthodes de la physique et de la chimie à la recherche des procédés vitaux de croissance, de métabolisme et de contractilité. Ils continuent les anciens errements; mais, en raison des progrès de la démocratie, qu'un grand écrivain a déclaré être la caractéristique des temps modernes, ils substituent une république composée de quelques millions d'*animulæ* à la monarchie de tous les *anima*.

D'autres, au contraire, soutenus par une foi robuste dans la possibilité d'appliquer en tout les principes posés par Descartes et voyant que les actions dites vitales ne sont que des changements de place des particules de la matière, comptent sur la physique moléculaire pour achever l'analyse du protoplasma vivant en mécanisme moléculaire. Si les théories physiques ont quelque vérité, ce contraste entre la matière vivante et la matière inerte, sur lequel Bichat s'est si fort appuyé, n'existe pas.

Dans la nature, rien n'est en repos, rien n'est

amorphe ; la particule la plus élémentaire de ce que
les hommes dans leur erreur appellent « la matière
brute » est une vaste agrégation de mécanismes moléculaires, accomplissant des mouvements compliqués
avec une étonnante rapidité et s'adaptant merveilleusement à tous les changements du monde extérieur.
La nature vivante diffère de la nature inanimée en
degré et non en genre ; le microcosme est une reproduction du macrocosme et une chaîne d'union et de
causation relie la nébuleuse, origine du soleil et du
système planétaire, avec la fondation protoplasmique
de la vie et de l'organisme.

A ce point de vue, la pathologie est l'analogue de
la théorie des perturbations en astronomie ; la thérapeutique a pour but de découvrir les moyens à l'aide
desquels un système de forces appropriées pour faire
disparaître toutes les pertubations peut être introduit
dans l'économie. Et, de même que la pathologie a sa
base dans la physiologie normale, de même la thérapeutique repose sur la pharmacologie, qui n'est, à proprement parler, qu'un côté de la grande question biologique de l'influence des conditions sur l'organisme
vivant et qui n'a pas de base scientifique en dehors de
la physiologie.

Rien ne me paraît mieux indiquer les heureux progrès de la médecine vers l'idéal de Descartes que la
comparaison de la pharmacologie de nos jours avec
ce qu'elle était, il y a quarante ans. Si nous examinons les progrès faits dans le *modus operandi* de l'atro-
pine, de la vératrine, de la strychnine, du bromure
de potassium, du phosphore, il est impossible de ne

pas être convaincu que tôt ou tard le pharmacologiste viendra en aide au médecin pour agir dans un sens voulu sur les fonctions d'un élément physiologique du corps. Il sera possible alors d'établir dans l'économie un mécanisme moléculaire qui, semblable à une torpille bien dirigée, pénètrera jusqu'à un groupe particulier d'éléments vivants et déterminera une explosion parmi eux, sans toucher au reste.

La recherche d'une explication des états morbides dans la vie cellulaire modifiée, la découverte du rôle important des organismes parasitaires, dans l'étiologie de la maladie, l'explication de l'action des médicaments à l'aide des méthodes et des données de la physiologie, tout cela me paraît être le progrès le plus considérable depuis l'établissement de la médecine sur une base scientifique ; j'ajoute que ce progrès eût été impossible sans les progrès de la biologie normale.

Il ne saurait donc y avoir de doute sur la nature ou la valeur des rapports qui existent entre la médecine et les sciences biologiques. L'avenir de la pathologie et de la thérapeutique et, par conséquent, de la médecine pratique, dépend de l'application plus ou moins étendue qui sera faite par les savants des vérités fondamentales de la biologie.

TABLE DES MATIÈRES

Tours, imp. Deslis Frères, rue Gambetta, 6.